ANDREAS HÖLL

AM ENDE DES SCHATTENS

ANDREAS HÖLL

AM ENDE DES SCHATTENS

ROMAN

mitteldeutscher verlag

TEIL I

I

Unmerklich hatte der Novemberhimmel die Farbe gewechselt, vom hellen Grau des Zements zum dunkleren von nassem Beton. Eine minimale Verschiebung des Lichts, als ob jemand einen Regler bediente und die Netzhaut verschattete. Segal Dolphin fiel es schwer, die Augen offen zu halten. Er lag fast waagrecht in seinem Schreibtischstuhl und sah zu, wie das Tiergartenviertel im Nebel verschwand. Unten auf dem Trottoir wurden Kohlen in den Keller geschaufelt. Ein störrisches Geräusch, von langen Pausen unterbrochen.

Er richtete sich auf, fuhr mit dem Zeigefinger über die Tasten der Schreibmaschine, um die Kühle des Metalls zu spüren. Das deutsche Wort *Fingerspitzengefühl* traf ungefähr seine Empfindung. Mit der Zärtlichkeit eines Pianisten strich er über die Imperial Good Companion, die erst kürzlich in der Berliner Redaktion des Daily Standard eingetroffen war, samt einer Karte mit Grüßen von Lord Bakerfield. Er schätze, so schrieb der Verleger, modernste Technik und – hier hatte er einen raumgreifenden Bindestrich eingefügt – gierige Reporter. Warum dann dieser Anruf?

Aus heiterem Himmel hatte der Lord ihm mitgeteilt, er werde ihn bald nach London zurückberufen und zum Chefkorrespondenten in Westminster machen. »Drei Jahre reichen«, nuschelte er in den Hörer, »Sie müssen etwas Neues kennenlernen.«

Dolphin war wie benommen und wusste nicht, was er sagen sollte. Der Herausgeber deutete sein Schweigen als freudige Überraschung und sprach von dem nächsten Schritt in der Karriere eines jungen Journalisten, für den es nun an der Zeit sei, sich mit der britischen Innenpolitik vertraut zu machen.

»Lord Bakerfield«, brach es schließlich aus ihm heraus, »das geht nicht. Es gibt noch so viel hier zu tun. Kapitale Geschichten. Sie müssen mir vertrauen.«

»Sachte, sachte«, sagte der Verleger nun deutlich kühler, »überschätzen Sie sich nicht.« *Er* wisse besser, was Dolphins Karriere zuträglich sei. Er halte ihn für ein Talent, doch das bedürfe zunächst einmal der weiteren Ausbildung. Erst Berlin, dann London, und wer weiß, vielleicht gehe es in ein paar Jahren nach New York, Sydney oder Kapstadt. Außerdem habe er schon einen Nachfolger. Einen Doktor der Germanistik, frisch aus Oxford.

»Also, liefern Sie mir noch das Stück über das Kaiser-Wilhelm-Institut, und am ersten Januar sind Sie hier.«

Dolphin holte Luft. »Meine Mission ist noch nicht beendet«, sagte er, ohne zu wissen, woher diese Worte kamen.

»Werden Sie nicht pathetisch, Dolphin.«

Er stand auf und öffnete das Fenster. Mit mechanischen Bewegungen zündete er sich eine Zigarette an und sah lange dem Rauch nach, wie er sich im Grau auflöste.

Um die Reportage über das Kaiser-Wilhelm-Institut für Anthropologie, menschliche Erblehre und Eugenik hatte Bakerfield ihn erst vor Kurzem gebeten, und bis jetzt hatte Dolphin sich vergeblich um einen Termin bemüht. Kein Geringerer als Winston Churchill hatte den Lord auf diese Berliner Forschungseinrichtung hingewiesen, als sie, wie er berichtet hatte, über die Malaise der Gesundheitspolitik gesprochen und dabei auch das Problem der Geistesschwachen und Verrückten gestreift hätten, welche ohne Frage Wohlstand, Vitalität und Kraft der britischen Gesellschaft bedrohten. Der Politiker sei sogar so weit gegangen, Segregation und Sterilisierung als unverzichtbar zu bezeichnen, damit der Fluch mit diesen Menschen aussterbe und nicht an nachfolgende Generationen weitergegeben werde. Offenbar verfolge jenes Institut in Berlin eine ganz ähnliche Richtung, um mit gezielter Bevölkerungspolitik die Degeneration des eigenen Volkes abzuwenden. Außerdem hätten die Wissenschaftler im früheren Deutsch-Südwestafrika Mischlinge aus Weißen und Eingeborenen vermessen, um den Einfluss von Umwelt, Erbe und Rasse zu untersuchen, was gleichfalls interessante Erkenntnisse für die britische Kolonialpolitik bringen könne. Und dann hatte er ein zerstreutes *good luck* in den Hörer genuschelt und aufgelegt.

Dolphin machte das Fenster zu. Der Nebel war so dicht geworden, dass er die Stadt dahinter fast völlig zum Verschwinden brachte. Ebenso gut könnte man in London sein. Doch eines wusste er: Er würde nicht nach London gehen.

Wie immer, wenn Dolphin die Dinge zu entgleiten drohten, beschloss er, sich zu rasieren. Vielleicht war es zu einem Tick geworden, doch ihn verlangte nach jener Form der Konzentration, die das Schweifen der Gedanken mit dem Gefühl der Reinigung verband, und so fuhr er vom Büro in seine Wohnung in der Knesebeckstraße.

Auf dem Weg ins Badezimmer passierte er den Rundfunkempfänger, der auf einer Anrichte thronte. Er zwang sich, einen Moment innezuhalten, schaltete behutsam den Apparat ein. Das Summen der Röhren beruhigte ihn. Und dann vernahm er die Stimme des Ansagers, der das Vormittagsprogramm verkündete.

Während er den Rasierschaum auftrug, wurden vom Flur her Fetzen eines Schlagers hereingeweht. *Ja, bei den Hottentotten,* sang Efim Schachmeister, *da tanzt man den Black Bottom,* als Dolphin die Klinge über die Wange zog. Einer strengen Symmetrie folgend, vollendete er erst einen Sektor auf der linken, dann auf der rechten Gesichtshälfte, bis mit jeder Links-rechts-Kombination ein weiteres Stück seiner Haut freigelegt wurde.

Er widmete sich nun seinem Kinn, das Ella besonders männlich fand. Dann betrachtete er die fein geschwungene Oberlippe, die im Kontrast zur Unterlippe durchaus etwas voller hätte ausfallen können. Mit seinem dunklen, leicht gewellten Haar konnte er zufrieden sein.

Jenseits des Spiegels, in den Tiefen des Radioapparats, tanzten die Hottentotten weiter ihren Black Bottom zu den Klängen des Jazz-Symphonie-Orchesters, und als jene Stelle mit den *schwarzen Puppen* kam, die man *beim Tanzen nicht bezuppen* darf, klatschte er sich eine Handvoll Wasser ins Gesicht und griff zu dem Handtuch, das seine Hauswirtschafterin bereitgelegt hatte.

Fräulein Herrmann kam dreimal die Woche, und hinterher war immer alles frisch, duftend und hell, wie die Schleiflackmöbel, die sich Dolphin in einem Anfall von Neusachlich-sein-Wollen hatte aufschwatzen lassen, gleich im Einrichtungsgeschäft um die Ecke. Seitdem überlegte er hin und wieder, wie er das Bauhausartige in seiner Wohnung mildern und ihr mehr das Gepräge eines britischen Gentlemans verleihen könnte. Er hatte bereits Brennholz und Reisig in dem offenen Kamin aufgeschichtet, doch dann begannen die Straßenschlachten und Schießereien, und er entschloss sich, einen alten Kupferstich vor die Öffnung zu stellen, um nicht mehr in das dunkle Loch starren zu müssen.

Das Telefon klingelte. Er schaltete den Rundfunkempfänger aus. Es war Ella, die ihn am Abend treffen wollte.

Als er aus der Haustür trat, schlug ihm dichter Nebel entgegen. Er stellte den Mantelkragen hoch und bewegte sich durch schlierige Streifen und Felder verschwommener Dinge.

Das Licht der Laternen versickerte im Wasserdampf, die Auslagen in den Schaufenstern, die Plakate an der Brandmauer gegenüber, alles schien hinter einer Schicht aus Glas zu verschwinden. Beim Näherkommen erkannte er einen verblichenen Anschlag, der *Das indische Grabmal* annoncierte.

Ella mochte exotische Monumentalfilme. Zum Glück fand sie wenigstens an den gemeinsamen Kinobesuchen Gefallen, auch wenn sie sich ansonsten weigerte, mit ihm in das Berliner Nachtleben einzutauchen. Für ihn war es unbegreiflich, wie man den Verlockungen der Varietés oder dem Rausch eines Sechstagerennens widerstehen konnte, wenn sich alles in der Ewigkeit des Augenblicks drehte, bis man am Ende der Nacht auf die seltsamsten Geschichten stieß, die britische Leser interessieren mussten. Ella wollte nichts davon wissen. Sie bestand darauf, mit ihm allein zu sein, wozu auch intime Essen oder die Abende im Lichtspieltheater zählten. Vor allem aber wollte sie reden. Doch was sie zu sagen hatte, kreiste zunehmend um Verlobung, Heirat und Kinder, und vermutlich waren es genau diese Themen, denen Dolphin immer häufiger ausweichen wollte.

Er kam am Milchladen vorbei, sah das Licht durch die Fenster schimmern und freute sich an der Tautologie der Milchglasscheiben. Auf einer war ein Strichmännchen aufgemalt mit der Aufschrift *Trink Milch, du Knilch*. Und dann hörte er tief in seinem Innern die Stimme des Milchmanns und das Scheppern der Flaschen, wie er es zum ersten Mal vernommen hatte, als er endlich, ein Jahr vor Kriegsende, mit seinen Eltern nach England ausreisen durfte. Die Londoner Geräusche kamen ihm damals, nach all den Kriegsjahren als feindliche Ausländer in Berlin, so unendlich fremd und zivilisiert vor.

Mit einem Mal verlangte ihn nach einem Glas Milch, das er, kaum dass es vor ihm auf der Theke abgestellt worden war, in der atemlosen Art eines Jugendlichen leer trank.

Wie so oft ging Dolphin zum Kiosk am Savignyplatz, wo er die Mittagsblätter kaufte. Sie kamen noch feucht aus der Druckerpresse und rochen nach Petroleum und Neuigkeiten. Mit dem Zeigefinger strich er über eine Schlagzeile und verwischte die Blockbuchstaben. Er konnte nicht sagen, warum er das tat, vielleicht, um sich in einem magischen Akt die Druckerschwärze einzuverleiben, vielleicht war es auch eine Kampfansage an die Konkurrenz.

Er griff in seine Manteltasche, holte ein paar Münzen heraus und bezahlte. Er achtete stets darauf, Kleingeld für den Kriegsinvaliden übrig zu haben, der ein paar Meter weiter auf dem Boden saß und mit dem Rücken am Sockel eines Hauses lehnte. Seinen Beinstumpf hatte er auf die Holzleisten seiner Krücke gelegt, daneben waren auf einer Decke Heftpflaster, Bindfäden, Reißverschlüsse und Sicherheitsnadeln ausgebreitet. Aus Verlegenheit kaufte Dolphin eine weitere Packung Sicherheitsnadeln, die sich nutzlos mit den anderen in der Nachttischschublade stapeln würde.

2

Am Nachmittag fuhr er ins Büro und versuchte Lord Bakerfield zu erreichen. Die Sekretärin in London richtete ihm in ziemlich hochnäsigem Ton aus, der Verleger sei nicht zu sprechen. Ob es Sinn habe, es heute nochmals zu probieren, wollte Dolphin wissen. Sie fürchte nein, sagte sie in einer Weise, in der wenig Furcht, aber viel Schadenfreude durchklang. Wusste sie von jenem katastrophalen Telefonat, das mit einem Ultimatum geendet hatte?

Er ließ sich eine Kanne Kaffee bringen und schaute auf die Uhr an der Wand gegenüber. In London war es jetzt 16.23 Uhr. Keinesfalls wollte er Parlamentskorrespondent in Westminster werden. Er wollte nicht analysieren und kommentieren, sondern aufdecken und verändern. In England war alles viel zu festgefahren, um als Journalist Karriere machen zu können. Die Langeweile verregneter Nachmittage im Commonwealth Club, die verstaubten Rituale im Oberhaus.

Dolphin verstand den Lord nicht. Nie zuvor in der Geschichte des Standard hatte die Berichterstattung aus der Reichshauptstadt einen so breiten Raum eingenommen. Darüber hinaus war es allein dem Spürsinn des gebürtigen Berliners und seines mühsam aufgebauten Netzes aus Informanten zu verdanken, dass er die exklusiven Reportagen, oftmals lange vor der Konkurrenz, platzieren konnte. Und war es nicht die Londoner Zentralredaktion, die immer wieder anrief, wenn sonst nichts los war und eine schlagzeilenträchtige Geschichte gebraucht wurde und der Chef vom Dienst fragte, ob er eine Story liefern könne? Wie sollte ein Doktor aus Oxford sein Nachfolger werden, der weder die Sprache richtig beherrschte noch die hiesigen Verhältnisse kannte?

Dolphin trank einen Schluck Kaffee. Erst neulich hatte er wieder einen *scoop* gelandet, als er an vorderster Front über die Gefechte zwischen SA und Kommunisten berichtete. Mit Fotoapparat und Notizblock bewaffnet, vertauschte er Tweedanzug und maßgefertigte Full Brogues mit seiner Kampfmontur aus Lederjoppe, Kniebundhosen und Schnürstiefeln und raste von einem Unruheherd zum anderen, um zwischen den Kämpfen seine Artikel durchzugeben, und nur mit sehr viel Glück war er damals einer Schießerei entkommen.

Er rief Ella an. Als sie sich meldete, musste er lächeln. Aus ihrer Stimme klang unverkennbar der Stolz der Fremdsprachensekretärin, die für eine große Aktiengesellschaft arbeitet. Doch sogleich wurde ihr geschäftlicher Ton weicher, als er vorschlug, sich später im Ambassadeur zu treffen.

Er nahm das Kinoprogramm zur Hand und blätterte darin. Im UFA-Theater zeigten sie wieder alte Stummfilme.

Der zweite Teil des *Indischen Grabmals* war für die Spätvorstellung angekündigt. Mit Ella hatte er kürzlich Folge eins gesehen, die ihr offenbar auch wegen des Dieners des Maharadschas gefallen hatte, ein düsterer, groß gewachsener Schwarzer, der aus den Kolonien nach Berlin gekommen war. Auch im letzten Teil spielte er mit, und das könnte ein Argument sein, um sie nach dem Abendessen ins Kino zu locken.

Mit einem Mal fühlte er sich müde und leer. Draußen regnete es. Er griff zum Regenschirm und ging zum Savignyplatz, wo es ihm nur mit Mühe gelang, ein Taxi anzuhalten. Er stieg ein und nahm den feuchten Hut vom Kopf. Dann drängte er den Chauffeur zur Eile, vielleicht aus Gewohnheit, vielleicht aber auch, um die eigene Antriebslosigkeit zu verscheuchen. Der Fahrer schwieg, wischte mit einem Tuch über die beschlagene Frontscheibe und zeigte auf die Wagen vor ihm. Heck an Heck standen sie auf dem glitzernden Asphalt, klebrig wie die Schnecken.

In der Friedrichstraße schließlich ein Stau vor dem Filmtheater. Säulen aus Glühbirnen wuchsen an dem Palast empor, gekrönt von der funkelnden Raute der UFA. Der Himmel darüber war von Wolken gefleckt. Streifen und Zacken unterschiedlicher Helligkeiten, Camouflagemuster, als wolle die Nacht sich tarnen.

Alles in dieser Stadt war Inszenierung: das Lichtspiel am Himmel, die Bewegungen der Kinogänger, die, einer geheimen Dramaturgie folgend, ihre Regenschirme ausschüttelten, bevor sie das Kino betraten. Selbst die Wassertropfen schienen aus Glas, das lautlos auf dem Trottoir zersprang.

Er ging hinein und kaufte zwei Karten für die Spätvorstellung, was überhaupt nicht notwendig sei, wie die grauhaarige Billettverkäuferin versicherte. Der Film laufe schon so lange, das sei nur noch etwas für Schlaflose und Verliebte.

Nach dem Essen schmiegte Ella sich an ihn, als sie im Taxi in die Friedrichstraße fuhren. Kerzen, Burgunderwein, das Parfüm, das er im Kaufhaus Wertheim extra in kornblumenblaues Papier hatte schlagen lassen, das alles schien jenes Fluidum zu erzeugen, das sie von einem Abend zu zweit ersehnte. Sie hatte nicht einmal den Umstand zur Sprache gebracht, dass sie sich bald ein Jahr kannten und noch immer nicht verlobt waren.

Im Kino saß nur eine Handvoll Zuschauer. Sie lehnte sich in ihrer üppigen Blondheit zu ihm herüber und verstand es, ihr Madonnengesicht so ins Bild zu rücken, dass Dolphin das Geschehen auf der Leinwand nur noch aus den Augenwinkeln verfolgen konnte. Er vertiefte sich in das Dreieck aus Ellas Engelshaar, ihren blauen Augen und dem vielleicht etwas zu kleinen Mund. Wenn sie zuschaute und schwieg, konnte er sich darin versenken. Sie schien es zu mögen, wenn er die Linien ihres Gesichts studierte. Eigentlich konnte man gar nicht von Geometrie sprechen, es hatte, zu seinem leisen Bedauern, eher etwas Daunenweiches, das wenig Widerstände bot.

Plötzlich richtete sie sich auf. Dolphin sah, wie sich der Diener des Maharadschas seinem Herrn näherte. Der Mann mit dem mächtigen Oberkörper beugte sich zu seinem Gebieter hinab. Er flüsterte in dessen Ohr, finster dreinblickend, verstärkt noch durch den Kontrast zwischen tiefschwarzem Gesicht und blendend weißem Turban. Etwas Undurchdringliches ging von ihm aus, ein Gesicht wie eine Maske, mit polierten Wangenknochen, um die sich sichelförmig Lichtpunkte verteilten, Reflexe von Härte, von Stolz, der sich nicht brechen ließ, auch wenn er nun den indischen Domestiken gab.

Es entging Dolphin nicht, wie sich ihre Pupillen weiteten, als sie den Schauspieler betrachtete. Er tippte sie an. »Wer ist das?«

»Louis Brody«, wisperte sie ihm ins Ohr, »das müsstest du eigentlich wissen.«

Dolphin lachte. »Mich interessiert eher die indische Tänzerin. Gefällt er dir?« Über Conrad Veidt, den Hauptdarsteller mit den ebenmäßigen Zügen, die in einem edlen Bronzeton geschminkt waren, hatte sie noch nie ein Wort verloren.

»Aber nein«, protestierte sie und boxte gegen seinen Arm. Ihr gefielen doch keine Afrikaner! Aber gut spielen könne er. So groß, so schaurig, er mache einfach Effekt.

Es war sehr spät, als sie in die Knesebeckstraße kamen. Ella bestand darauf, noch ein Bad zu nehmen. Und dann weckte sie ihn, mit einer Leidenschaft, die er so nicht von ihr kannte. Wie immer blieb sie stumm, aber ihr Keuchen verriet eine Erregung, die Dolphin, obgleich er über einen Meter achtzig maß und die Schultern eines Sportruderers besaß, nicht vollständig auf sich beziehen konnte. Das Feuer flammte nur kurz auf, dann lag sie erschöpft neben ihm und schlief sofort ein. Er roch das Parfüm, das er ihr geschenkt hatte. Es hieß Tabu. Ein Duft mit einer orientalischen Note, hatte die Verkäuferin im Wertheim gesagt und ihm den Flakon überreicht, verpackt in Ellas Lieblingsfarbe. Er schien so schnell zu verfliegen wie ihr nächtlicher Rausch.

3

Als er am nächsten Morgen ins Büro kam, versuchte er es erneut bei Lord Bakerfield. Der Verleger, so wurde ihm knapp beschieden, habe sich in Klausur begeben und wünsche keinesfalls gestört zu werden.

Auch beim Kaiser-Wilhelm-Institut hatte er kein Glück. Professor Fischer sei leider noch immer auf Reisen, beschied ihm dessen Vorzimmerdame und riet dazu, es nächste Woche wieder zu probieren.

Um auf andere Gedanken zu kommen, ließ er sich aus dem Zeitungsarchiv die Filmrezensionen kommen. Mit schüchternem Stolz verkündete seine Sekretärin, dass sie auch Material über den Schauspieler aus dem früheren deutschen Schutzgebiet gefunden habe. Dolphin blätterte in den vergilbten Seiten und stellte fest, dass er mal *Lovis,* dann *Lewis,* schließlich *Louis* Brody geschrieben wurde, was sich allmählich durchzusetzen begann. Fest stand, dass er in der deutschen Kolonie Kamerun als Ludwig M'bebe Mpessa geboren und mit fünfzehn Jahren ins Reich gekommen war, wo er sich offenbar überraschend schnell als Sänger, Musiker, Tänzer und Boxer etablieren konnte. Seine erste Rolle als riesenhafter Schwarzer, der im Namen der Blutrache einen Weißen tötet, erhielt er in dem Kriminalfilm *Das Gesetz der Mine.* Und nach Kriegsende tauchte er dann regelmäßig in großen Produktionen wie *Die Herrin der Welt, Der kleine Muck* oder *Die Boxerbraut* auf, dass sogar in Filmkritiken seine schauspielerische Leistung gewürdigt wurde.

Er war so in seine Lektüre vertieft, dass er zusammenzuckte, als das Telefon klingelte. Der Chef vom Dienst fragte nach, ob Berlin nicht etwas für ihn habe. Vielleicht ein *follow-up* zur letzten Schießerei? Dolphin versprach, darüber nachzudenken und sich bald zu melden.

Er hatte sich in vorderster Linie befunden und unentwegt fotografiert, bis er plötzlich zwischen die Fronten geraten war. Auf der einen Seite verschanzten sich SA-Trupps hinter einem umgekippten Lastwagen, auf der anderen lagen Rotfrontkämpfer hinter Barrikaden aus Leitern und Gerüsten, die Bauarbeiter in voller Absicht hatten liegen lassen. Plötzlich wurde es ganz still, und er spürte jenes Vibrieren in der Lendengegend, das Angst und Lust verheißt. Der Kitzel schien ihm Konturen zu verleihen, die bislang verborgen geblieben waren. Er fühlte seinen Brustkorb anschwellen, den Rücken breiter werden, fühlte den Nacken, wo Nervenstränge hervortraten. Er zog ihn ein, als erwarte er einen Hieb, spürte die Schweißperlen auf seiner Stirn, wenn sich der Körper gegen die Auslöschung aufbäumt und sich gegen fremde Kräfte stemmt, die im Kopf schon zu wirken beginnen. Und dann hörte er das Sirren einer Kugel, die knapp an seiner Schläfe vorbeistrich. Er warf sich auf den Boden, rappelte sich auf und konnte sich im Kugelhagel in einen Hinterhof retten, wenn Rettung auch bedeutet, dass man in einer Ecke mit einer Eisenstange niedergeschlagen wird und bewusstlos liegen bleibt, bis der Schmerz sich meldet, sobald man erwacht. Später gelang es ihm, sich in die Notaufnahme zu schleppen. Zum Glück, sagte der diensthabende Arzt, habe er einen Dickschädel und eine Konstitution wie ein Pferd.

Der Zwischenfall hatte ihn nicht davon abgehalten, einen zweiseitigen Artikel mit einzigartigen Fotos von der Bürgerkriegsfront zu publizieren, der auch in anderen englischen Zeitungen nachgedruckt wurde. Der Chef vom Dienst hatte ihn eigens angerufen und zu der Reportage gratuliert. Es galt nun, die Geschichte weiterzudrehen. Vielleicht könnte Professor Borsig helfen. Er kannte den Pathologen, einen profunden Gin-Trinker und Liebhaber alles Britischen, aus der Bristol Bar. Der war sichtlich bemüht, seine Freude über Dolphins Anruf zu dämpfen, und brummte, er habe etwas für ihn, um der Story, und hier ließ er ein fast akzentfreies Oxford English hören, den nötigen *background* zu verschaffen. Die letzte Straßenschlacht hätte ihm jedenfalls neue Kundschaft beschert.

Als er die Leichenhalle im Neuköllner Bezirkskrankenhaus betrat, winkte der Professor ihn herbei. Dann schlug er die Decke um und enthüllte einen grauenhaft zugerichteten

Körper. Dolphin spürte, wie sein Gegenüber ihn beobachtete. Er musste sich beherrschen, als er ein amüsiertes Zucken der Mundwinkel zu sehen glaubte, und rettete sich mit der Frage, wie es passiert sei.

Borsig erklärte in leierndem Tonfall, der Nachwuchskommunist sei auf dem Nachhauseweg zunächst mit einem Faustschlag gegen das Kinn niedergestreckt worden, rückwärts auf das Straßenpflaster gefallen, vom Angreifer mehrfach mit den Stiefeln ins Gesicht getreten, dann in Hüfthöhe wiederholt aufgehoben und fallen gelassen worden. Das ergäbe das typische Bild: schwere Schürfungen am Unterkieferwinkel und am Hinterhaupt mit Blutunterlaufung in der Hirnschwarte, dazu grobfleckige und flächig angeordnete Hämatome, die für Faustschläge und Tritte mit dem beschuhten Fuß sprächen.

Dolphin musste sich zwingen, die Leica hervorzuholen, um das zerstörte Antlitz zu fotografieren. Borsig kam langsam in Fahrt. Die Aussicht, in der meistgelesenen Zeitung des Empire zitiert zu werden, schien ihn zu beflügeln. Er zog die nächste Decke beiseite. »Oder hier, ein SA-Mann im gleichen Alter«, kommentierte er, und bei diesem Anblick musste Dolphin sich abwenden, »ein typischer Fall von Enthirnung samt scharnierartigem Aufklaffen des Schädels in der Bruchlinie.«

Er verspürte einen Brechreiz. Der Pathologe musterte ihn. Es gelang ihm gerade noch, sich zu beherrschen, was Borsig nicht entgangen war. Auf seinen knappen Dank hin erwiderte der Professor: »Das kostet Sie einen Tanqueray.«

Als er im Freien war, ließ Dolphin sich auf eine Bank sinken und zündete sich eine Zigarette an. Er brauchte lange, seine gewölbte Hand vermochte die Flamme nicht vor dem Wind zu schützen, mehrere Versuche schlugen fehl, sodass er schon aufgeben wollte. Als er schließlich das Nikotin einsog, war der Ekel einer tiefen Traurigkeit gewichen. Was sollte er noch tun, um den Lord umzustimmen? Die Zentralredaktion, das wusste er, war von der Qualität des Berliner Büroleiters überzeugt. Konnte der Verleger nicht begreifen, dass er keine Karriere in London anstrebte?

Es kam ihm vor, als ob er das zweite Mal aus seiner Geburtsstadt vertrieben wurde, wenn auch unter gänzlich anderen Vorzeichen. Gegen Ende des Kriegs hatte er sich nach dem fremden England und seiner unfassbaren Zivilität gesehnt. Doch dieses Mal war er kein Jugendlicher mehr, sondern ein gestandener Reporter, der in der aufregendsten Metropole Europas, wenn nicht der ganzen Welt, arbeitete. Vielleicht fühlten Kriegsberichterstatter wie er, wenn er in seiner Kampfmontur ins Ungewisse aufbrach. Diese seltsame Mischung aus Erregung und Bedrohung. Wenn er sich dann im Getümmel befand, zog sich in seinem Kopf ein dunkler Raum zusammen, zu einem Netz aus Farben, Schreien, Schüssen, Schweiß, Blut, es war, als würde das eigene Ich sich auflösen und in Wellen wilder Euphorie treiben. Doch wenn er es recht bedachte, waren es nicht nur die Gefahren des Straßenkampfes, die ihn mitrissen, sondern die immer neuen Geschichten, die diese Stadt hervorbrachte. Die Tatsache, dass er seine Reportagen für eine britische Zeitung schrieb, schärfte sein Bewusstsein für die Einzigartigkeit der deutschen Hauptstadt. Sie injizierte eine Energie in seinen Körper, die kein Benzedrin mobilisieren konnte. So staunte er selbst darüber, dass er, wann immer es ging, sein Rudertraining auf dem Wannsee absolvierte. Neulich hatte er sogar einen Boxclub aufgesucht, um wie in Studententagen den Sandsack mit einer Kombination aus Jab und Uppercut zu traktieren, und wie damals floss der Schweiß über seine behaarte Brust, in der sich die Silberkette verfangen hatte. Sie glitzerte rhythmisch im Scheinwerferlicht, als sende sie Morsezeichen.

Ohne Zweifel befand er sich hier am richtigen Ort zur richtigen Zeit, ob er sich nun in spektakuläre Betrugsprozesse vertiefte oder den Forschungen des Kaiser-Wilhelm-Instituts auf der Spur war. Seine Neugierde trieb ihn voran, und er war fest entschlossen, diese atemlose Epoche in einem Buch zu verewigen, das er für sich das *Berlin-Buch* nannte.

Als er in das Büro kam, beauftragte er seine Sekretärin, den Film entwickeln zu lassen. Und nachdem er telefonisch weitere Auskünfte von einem Polizeispitzel, der ebenfalls auf seiner Gehaltsliste stand, und einem Informanten aus dem Innenministerium eingeholt hatte, setzte er sich an die Schreibmaschine und begann verschiedene Anfänge auszuprobieren, um nicht nur die britschen Leser, sondern auch den Herausgeber vom ersten Satz an zu fesseln.

Stunden später goss er sich ein Glas Whisky ein und schaute in die Nacht hinaus. Alles war dunkel, nur die Schreibtischlampe brannte. Er hatte gerade erst seinen Artikel nach London durchgegeben und im Anschluss wieder versucht, den Verleger zu erreichen. Es sei sehr dringend, sagte er dessen Privatsekretär. Doch offenbar war die Sache für den Lord längst erledigt. Aus Ärger schüttete er den Whisky in den Papierkorb, wo sich dunkle Lachen auf dem zusammengeknüllten Manuskriptpapier bildeten.

Er überlegte, Ella anzurufen. Dann fiel sein Blick auf die Einladungskarten, die er Woche für Woche um den Fuß der Schreibtischlampe gruppierte. Botschaften luden ein, Industrieverbände, Parteien, Sportveranstalter oder Börsenspekulanten. Dolphin sortierte sie nach Wochentagen, und siehe da, heute hatte der Finanzmagnat Hugo von Ernst geladen.

Einen Moment lang dachte er daran, einfach bei Ella vorbeizufahren und sie zu überraschen, doch sie würde sowieso ablehnen. Festivitäten dieser Extravaganz, das wusste er, kamen auf keinen Fall infrage. Egal, was er tun würde, sie wäre verstimmt. Schließlich verschwand er im Badezimmer, wo neben der Dusche auch ein Kleiderschrank Platz fand. Nachdem er die Haare gekämmt, mit einem Hauch Pomade geglättet und aus Zeitgründen auf eine Rasur verzichtet hatte, zog er ein frisches Hemd an, band sich eine Fliege um, und nach und nach komplettierte sich das Bild mit Frack, Zylinder und Abendcape. Er verscheuchte die Gedanken an Ella und schwang den Gehstock mit dem Derbygriff. Zum Teufel mit Lord Bakerfield! Noch war er in Berlin. Dolphin tänzelte die Stufen hinab, zum berühmtesten aller Gastgeber in der Tiergartenstraße.

Als er am nächsten Morgen erwachte, war es halb elf. Er hatte den Wecker nicht gehört. War das alles tatsächlich passiert? Er suchte nach verdächtigen Spuren. Keine Scherben, keine fremden Gegenstände. Dann sah er das Taschentuch voller Blut auf dem Nachttisch liegen. Und offene Sicherheitsnadeln, die so verstreut waren, als kämpften sie mit erhobener Klinge.

Nach einer eiskalten Dusche und einem viel zu heißen Schluck Kaffee, den er fluchend in das Spülbecken spuckte, knallte er die Wohnungstür zu.

In der Knesebeckstraße suchte er eine Weile nach seinem Cabriolet. Womöglich hatte er es eine Straße weiter geparkt, und tatsächlich, es stand vor dem Milchladen. Er ging hinein und bestellte ein Glas.

So langsam beruhigte er sich. *Let the past be the past,* hörte er seinen verstorbenen Vater sagen, wie damals, als sie nach England gekommen waren.

Dolphin zwängte sich in seinen BMW. Als er auf die Potsdamer Straße fuhr, waren die Trottoirs voller Fußgänger, auf der Straße drängelten sich Radfahrer zwischen Lastwagen und Automobilen. Er verfluchte den Verkehr. Jetzt kam er nicht einmal mehr schrittweise voran.

Sein Kopf schmerzte. Er öffnete das Handschuhfach, fand unter den Wagenpapieren eine an den Rändern gelblich verfärbte Benzedrintablette, würgte sie hinunter, öffnete das Fenster und spürte die kalte Luft in seinem Gesicht.

Woran er sich erinnern konnte:

Das Strahlen des Gastgebers, das selbst dann nicht erlosch, als er Dolphin dem Ex-Kronprinzen vorgestellt und seine Exzellenz erwidert hatte: »Verzeihung, muss *ich ihn kennen?«*

Das Bassin in der Empfangshalle, eigens für den Abend aufgebaut, samt den darin schwimmenden Fässchen voll Kaviar, aus denen sich die Badenden mit den Händen bedienen konnten

Das Monokel des Generalobersts, das wie in einer Schmierenkomödie herausfiel, als jemand ihn versehentlich anstieß

Die Silbertabletts voller Champagner und Liköre, die sich immer schneller um ihn drehten, als stünde er im Zentrum eines Karussells

Ein Hauch von Knoblauchgeruch, als Harry Graf Kessler ihm ein so good to see you *zuwarf und dabei dem Bildhauer Maillol erklärte, warum Englisch die zweitschönste Sprache Europas sei und die Froschschenkel im Borchardt ein Graus*

Der Bechstein-Flügel, der einsam aussah, obwohl er gespielt wurde

Ein schlaksiges Mädchen im Badeanzug, gerahmt in einem Kristallspiegel, bis es aus dem Bild kippte und verschwunden war

Der Klang von Eis, das in ein Whiskyglas gefüllt wurde

Mehr Schollen aus Eis, nun an Caspar David Friedrich erinnernd

Das Mädchen im Badeanzug, das sich als junge Frau entpuppt, mit hochstehenden Beckenknochen und komplizierten Bewegungen, als gehe sie bergauf, bis sie Anlauf nimmt und springt

Der gelbe Urinstrahl, versickernd in den Eiswürfeln des Pissoirs

Die Schwimmerin plötzlich neben ihm an der Bar, mit dunklem nassem Haar und einem Lächeln, bei dem sie ein Stück Zahnfleisch zeigt

Warum sie einen Hosenanzug anhat und eine Leica in der Hand hält, weiß er nicht, dafür sprechen sie eine Ewigkeit über Kleinbildkameras, Belichtungszeiten und, ja, Vogelperspektiven

Ihre Lücke zwischen den oberen Schneidezähnen, das Zahnfleisch: Es kommt ihm vor, als zeige sie Wunden, die sie nicht hat

Warum überall so viel Eis? In den Gläsern, im Pissoir, im November?

Sie sprechen und trinken, als seien sie vor dem Verdursten

Irgendwann werden sie von jemanden fotografiert

Die kontrollierenden Blicke ihrer älteren Geliebten, so streng wie ihr Jungenscheitel

Leere Gläser voller Gin

Fast fällt sie herunter, als sie auf den Barhocker steigt, um ihn aus der Vogelperspektive zu fotografieren

Wieder die eifersüchtige Geliebte, ihr linkisches Zerren an der Leica, erfolgreich letztlich, ihr Abgang unter schweizerdeutschen Flüchen

Später Gelächter: Was hat Ablichten mit Abblitzen zu tun?

Ja, bei den Hottentotten *wünscht er sich von dem Pianisten, doch der tut so, als ob er noch nie davon gehört habe und klappt den Klavierdeckel herunter*

Wie lange er schon im Stau stand, konnte er nicht sagen. Erst, als ein Lastkraftwagen hinter ihm hupte, legte er den Gang ein und fuhr an. Er fühlte sich frischer, vielleicht war es die kalte Luft, die hereinströmte, vielleicht tat die Tablette ihre Wirkung. Er hatte sie von Dr. Benjamin, der ihn schon seit Kindheitstagen behandelte, gegen einen hartnäckigen Schnupfen verschrieben bekommen, und das Mittel hatte die wohltuende Nebenwirkung, dass man hellwach wurde. In letzter Zeit hatte er fast täglich eine Benzedrin genommen, bis ihn das Gefühl beschlich, damit aufhören zu müssen.

Als er endlich im Büro ankam, versuchte er Ella zu erreichen. Sie habe sich krankgemeldet, war die Antwort der Kollegin. Er probierte es zu Hause. Sie nahm nicht ab. Vielleicht schlief sie. Wahrscheinlicher schien ihm, dass sie gekränkt war, weil er sich gestern Abend nicht mehr gemeldet hatte. Ehe man es sich versah, war sie beleidigt. Und vermutlich wusste sie, dass er ohne sie ausgegangen war.

Er spürte, wie die Müdigkeit ihn übermannte, und schleppte sich vom Schreibtisch zum Diwan in der Ecke gegenüber, wo er in letzter Zeit immer häufiger übernachtete. Seine

Fingerspitzen strichen über den Kelim, den er darübergeworfen hatte, und er versank in einen traumlosen Schlaf.

Er schrak auf, als der Fernsprecher klingelte. Wie lange war er eingenickt? Als er sich mühsam aufrichtete und nach dem Hörer griff, war niemand am Apparat. War es Ella gewesen? Oder London?

Das Mädchen im Badeanzug kam ihm in den Sinn. Hieß sie tatsächlich *Sidonie*?

Irgendwie mussten sie mit einem Taxi in die Knesebeckstraße gekommen sein. Was er mit Bestimmtheit wusste, war, dass sie sich nicht hatte ausziehen lassen.

Sie hatte sich mit Händen und Füßen gewehrt und selbst die Führung übernommen. Dolphin lag, nackt bis aufs Unterhemd, im Bett, während sie in die Küche ging, um nach etwas Trinkbarem zu suchen. Er war zu betrunken, um ihr zu folgen. Ihm war rätselhaft, woher sie diese Energie nahm. Die Energie einer, wie er hoffte, mindestens Einundzwanzigjährigen. Sie reichte ihm die Whiskyflasche und musterte ihn.

Sidonie klang viel zu onduliert für das kurze Haar und den drahtigen Körper, sie hatte nichts Welliges und Vielsilbiges. Etwas Entschiedenes ging von ihr aus. Selbst im größten Rausch schien sie in der Lage zu sein, ihr Gegenüber, ihre Nacktheit, das, was sie preisgeben wollte und was nicht, zu kontrollieren.

Irgendwann versuchte Dolphin, aus einem unbekannten Gefühl der Demütigung heraus, sie zu bezwingen. Er hielt sie fest. Seine Zunge wanderte über immer nasseres Fleisch. Er fühlte ihren Widerstand schwinden, bis ihr schmaler Körper vor und zurück schnellte, kämpfte mit ihr, sie hatte Bauchmuskeln aus Stahl, presste ihre Arme nach hinten, hatte sie so weit und wollte endlich in sie eindringen, als sie ihn plötzlich, mit Kräften, die unerklärlich schienen, von sich stieß. Er spürte einen grellen Schmerz, irgendetwas Feuchtes mitten im Gesicht. Seine Nase blutete. Sie war erschrocken und schaute sich hilflos um. Er öffnete die Nachttischschublade und griff nach einem Taschentuch.

Dann tranken sie abwechselnd aus der Flasche, bis sie ihm das Taschentuch wegnahm und das getrocknete Blut aus den Nasenlöchern lecken wollte. Es war grotesk und sehr aufregend.

Er wusste nicht mehr, wann es war, aber plötzlich wurde ihr kalkweißer Oberkörper von einem Lachkrampf geschüttelt. Sie zeigte auf die Packungen, die aus der Schublade quollen.

Sie wurde still und schaute ihm prüfend ins Gesicht. »So einer bist du also«, sagte sie lüstern. Und dann begann sie, sich langsam zu schmücken. Aufreizend langsam öffnete sie eine Sicherheitsnadel und stach sie in ihr Ohrläppchen. Es folgte der Nasenflügel und in absteigender Folge die Brustwarze links, rechts. Dann spreizte sie die Beine, wovon Dolphin sie abhalten wollte, doch sie umklammerte sein Handgelenk, stieß einen Zischlaut aus, *tschtschtsch,* um ihn zur Ruhe zu bringen, drückte fester. Und schließlich schaute sie ihn triumphierend an, als sie die letzte in die Schamlippen stach.

Dolphin empfand einen unbeschreiblichen Ekel und spürte, wie er eine Erektion bekam.

4

Er sagte seiner Sekretärin Bescheid und fuhr nach Hause. Er musste den Kopf freibekommen. Im Bad war es ganz still. Er schäumte sich das Gesicht ein, griff zum Rasierer und konzentrierte sich auf die Symmetrie der Links-rechts-Serie. Er stellte sich Ella vor, wie sie ihn beobachtete. Diese Vorstellung hatte, wenn er ehrlich war, ihren Reiz verloren. Wenn sie sich von hinten an ihn heranschlich und seinen Stiernacken küsste, führte das in der Regel zu einem Geschlechtsverkehr der konventionellsten Sorte. Oder sie weckte ihn, wie neulich, und entfachte eine Art von Leidenschaft, die sich als Strohfeuer entpuppte. Plötzlich tat sie ihm leid, doch das konnte er ihr unmöglich sagen.

Mit beiden Händen wusch er den Schaum weg und trocknete sich ab. Die Schwimmerin war noch immer vom Erdboden verschluckt. Warum meldete sie sich nicht? Sie wusste, wie er zu erreichen war. War ihre Geliebte schuld?

Wenn es nach Lord Bakerfield ginge, würde er sie nie mehr wiedersehen. Eine Frau, wie man sie nur in dieser Stadt treffen konnte.

Die meiste Zeit seines Lebens hatte Dolphin sich geschämt, in Berlin geboren zu sein. Sein Vater Winston Segal Dolphin war Brite und arbeitete an der Humboldt-Universität als Lektor für englische Sprache und Literatur. Zur Entbindung wollte seine Mutter Elizabeth, die aus Cambridge stammte, nicht ohne ihren Mann nach England fahren. So kam es, dass Segal Dolphin in einem Gartenhaus am Savignyplatz zur Welt kam und dank den Bemühungen des Generalkonsuls zum Untertan Seiner Majestät des Königs wurde.

Als Kind hatte er seinen Vater gefragt, woher der Nachname stamme, was nie befriedigend geklärt werden konnte. Auf Deutsch hieß es Delfin. Und Delfine gab es nicht einmal im Zoologischen Garten.

Umso seltsamer war, dass sein Großvater Malcolm Dolphin Walfänger gewesen war. Er hatte blaue Augen. Das war Vater wichtig. Ansonsten schien er froh zu sein, dass der Ärmelkanal zwischen ihm und seinem Erzeuger lag. Weit weg von dem Tranöl, das ihm als Kind eingeflößt worden war.

Winston war aus der Art geschlagen. Statt Wale zu jagen, kam er, ausgestattet mit einem Stipendium der Universität Oxford, nach Europa, wo ein Strohhut mit grün-weiß-roten Bändern Zeuge für den Studienaufenthalt in Neapel war, während ein Kochbuch, mit unzähligen Varianten der berühmten Klopse, auf die Zeit in Königsberg verwies. Schließlich Berlin, wo ihm der Professorentitel verliehen wurde.

In seinen Stolz mischte sich Dankbarkeit, und so sprach er mit seinem Sohn bis zu dessen fünftem Geburtstag nur deutsch. Dann schickte er Segal mit der Mutter zum Englischlernen nach Cambridge. Nach einem Jahr Winstons Entzücken über die Sprachfertigkeit seines Sohnes. Und schließlich, im August 1914, die grässliche Gewissheit, dass er und seine Familie überrascht worden waren. Der Krieg. England gegen Deutschland. Sie saßen in der Falle, und Segal war mit einem Mal der Feind.

Ein Junge aus seiner Klasse beschloss, den *dreckigen Engländer* Mores zu lehren. Er traktierte ihn so lange mit einer Eisenstange, bis Dolphin zu Boden ging und sich beim Fallen die Zunge durchbiss. In seinem Mund explodierte ein Schmerz aus Splittern und Kanten, Zähne zerfetzten das Fleisch, und er brüllte, wie er sich noch nie hatte brüllen hören. Dolphin wusste nicht, wie er nach Hause gekommen war. Er brachte kein Wort heraus.

Der Hausarzt Dr. Benjamin sagte, es handle sich um einen Teilabriss, man müsse ständig kühlen und Geduld haben. Seine Mutter war außer sich. Sie schrie den Doktor an, er müsse auf der Stelle etwas tun. Doch Geld für eine Behandlung in der Charité hatten sie nicht. So dauerte es Wochen, bis er wieder zaghaft zu beißen versuchte. Zurück blieb eine Stelle, die für sein Gefühl niemals richtig verheilt war. Er konnte den Riss fühlen, vor allem, wenn etwas zu heiß war, und es blieb eine Verunsicherung, die er nicht in Worte fassen konnte.

Weil sein Vater es ablehnte, sich als Deutscher naturalisieren zu lassen, wurde er als feindlicher Ausländer interniert.

Mutters Gesicht war eine einzige Sorge.

Die ständige Angst, ertappt zu werden.

Sie bewegten sich wie Diebe durch die Tage.

Drei Jahre lang schreibt der Vater Bittschriften, bis die Behörden nachgeben und die Familie im Mai 1917 nach England ausreisen darf.

In London fühlt Segal sich als Flüchtling. Ein Jugendlicher, der nicht ganz sicher ist, ob er dort wirklich hingehört.

Das Rudern hilft, auch für das College in Oxford, wo er mit dem Achter bei der Henley-Regatta triumphiert. Dann das enttäuschende *magna cum laude* im Schlussexamen, auch die Bestnote in Germanistik kann kein *summa* herbeizaubern.

Schließlich das Schicksal in Gestalt eines kleinen Mannes mit wuchtigem Schädel und buschigen Brauen, der ihn grinsend fragt: »Mr. Dolphin, möchten Sie für den Daily Standard nach Berlin gehen?«

Was Lord Bakerfield in ihm sah, wusste er nicht so recht einzuschätzen. Ebenso wenig, wie er zu der Ehre kam, dass der Verleger ihn anlässlich der Unterzeichnung des Arbeitsvertrags in den Colony Room einlud, der hinter einer Enfilade aus Empfangssalon, Bibliothek und Arbeitszimmer lag und nur wenigen Auserwählten vorbehalten war, wie ihm die Sekretärin zugeflüstert hatte.

Der Saal war mit einer Täfelung aus Tropenholz und Ledersesseln ausgestattet, und nachdem man in ihnen versunken war, wies der Lord auf die Trophäen, die effektvoll illuminiert waren. Mit dem Stolz des Großwildjägers betrachtete er Löwen- und Leopardenfelle, Elefantenstoßzähne, Nashornkopf und Büffelschädel und klärte Dolphin darüber auf, dass es sich um die *Big Five* handelte. Ein fragender Blick genügte, um zu erfahren, dass sich die Größe nicht in erster Linie auf die Statur der Tiere bezog, sondern vorwiegend auf die damit verbundenen Gefahren bei der Jagd.

Besonderes Vergnügen bereitete ihm darüber hinaus die Tatsache, dass er seine Beute auf dem Boden der Südafrikanischen Union, notabene im früheren Deutsch-Südwestafrika, erlegt habe. So seien es auch Trophäen, die ihn für immer an das schmachvolle Ende von Wilhelm dem Zweiten erinnerten, der, obgleich ein Enkel Königin Victorias, die Niedertracht besessen hatte, das United Kingdom anzugreifen.

Lord Bakerfield gluckste und zeigte auf die Masken an der Wand gegenüber, die im Schein des Kaminfeuers lebendig wurden und darauf zu warten schienen, ob sich auch die präparierten Tiere regten. *Helm-und Kopfaufsatzmasken*, kommentierte er fachmännisch, die meisten aus dem letzten Jahrhundert, aber keine nach 1918, doch das Amüsante daran sei, dass auch sie aus einer ehemaligen deutschen Kolonie stammten.

Da ihm nicht verborgen blieb, dass sein Gast sich nicht vom Anblick der Objekte losreißen konnte, fragte er diesen, ob er raten wolle.

Dolphin zuckte zusammen. Wie stumme Zuschauer schienen sie die Szenerie zu mustern. Antlitze, deren Träger verschwunden und doch anwesend waren.

Nach einer Pause sagte er schnell: »Deutsch-Ostafrika«, und als der Verleger die Stirn runzelte, verbesserte er sich, nein, »Kamerun« müsse es heißen, was mit einem anerkennenden Nicken quittiert wurde. Schließlich ließ der Lord die Sekretärin kommen, nahm Mappe samt Füllfederhalter entgegen und legte Dolphin den Vertrag zur Unterschrift vor, bevor er ihn mit einem launigen *good luck* entließ.

5

Auch als er am folgenden Tag am Schreibtisch saß, ging ihm die Schwimmerin nicht aus dem Kopf. Wo steckte sie bloß? Dolphin schaute zum soundsovielten Mal hinüber zur Wand. Neben einer Weltkarte tickten dort fünf Uhren, die er jeweils mit einem Schild versehen hatte: Berlin, London, Sydney, Ottawa und Kapstadt. Er wollte seine Besucher beeindrucken, sie mochten darin das Reich des Daily Standard erkennen, in dem, gleich dem British Empire, die Sonne niemals unterging.

In London war es jetzt 14.57 Uhr. Er musste etwas tun, es wenigstens versuchen. Er rief den Chef vom Dienst an, um ihm mitzuteilen, dass er womöglich Adolf Hitler an einem Wochenende nach Berchtesgaden begleiten könne, als erster ausländischer Journalist überhaupt, doch der Redaktionsleiter befand sich in einer Besprechung. Dann wartete er auf seinen Rückruf.

Kein Geringerer als SA-Chef Röhm hatte Dolphin versprochen, den Führer, einen Duzfreund aus alten Kampftagen, um ein Exklusivinterview zu ersuchen, nachdem er den englischen Reporter in seine Lieblingsbars geführt hatte. Dort trugen junge Männer Perücken, Gummibrüste und Schminke, und Röhm ließ seinen Blick über ihre knochigen Körper gleiten, als er, wie aus einer Spendierlaune heraus, seine Berchtesgaden-Offerte unterbreitete. Würde er sich überhaupt noch daran erinnern, und mehr noch: Wort halten? Und falls ja: Befände Dolphin sich dann überhaupt noch in Deutschland?

Erneut griff er zum Hörer, nur um zu erfahren, dass der Chef vom Dienst bereits zu einem anderen Termin aufgebrochen sei.

Dolphin schaltete die Schreibtischlampe an, schaltete sie aus. Draußen fiel Schneeregen. Der Kippschalter ging ziemlich schwer. Welch lächerliche Kraft war nötig, um Licht in die Welt zu bringen. *On, Off,* er wiederholte das Spiel.

Er schaute zur Uhr. In makelloser Parallelität waren die fünf Uhrzeiger auf vier Kontinenten um eine Minute vorgerückt. Wie wäre es, wenn er in den großen Berliner Zeitungen, eine Suchanzeige schalten würde? Aber las sie überhaupt jene Rubrik im hinteren Teil des Blatts, mit dem für die Deutschen so typisch bürokratischen Terminus *Anschlussgesuche?* Ihm würde fürs Erste die Nummer ihres Anschlusses genügen.

Nach einer weiteren Stunde reichte es ihm. Er hatte das Gefühl, dass die Welt sich in einen Wartesaal verwandelt hatte. Die Schwimmerin war abgetaucht. Hugo von Ernst meldete sich nicht. Ebenso der Chef vom Dienst. Kein Zeichen, trotz mehrmaligen Nachfragens, vom Kaiser-Wilhelm-Institut. Offenbar war immer noch nicht klar, wann der Direktor zurückkehren würde.

Kurz entschlossen fuhr er ins Romanische Café. Wenn die Welt schon einem Wartesaal glich, konnte man ebenso gut den verheißungsvollsten in Berlins Kulturwelt aufsuchen.

Er bekam ein Tischchen in der Nähe der Kuchentheke zugewiesen, die von einer Säule im romanischen Stil flankiert wurde. Es wurmte ihn, dass er vom Kellner im Hauptraum platziert wurde, den die berühmten Schriftsteller, Maler, Schauspieler, Regisseure oder Journalisten *Bassin für Nichtschwimmer* nannten. Hier drängelten sich Leute, die seit Jahrzehnten nicht müde wurden, tagtäglich auf das Talent zu warten, wie der Schriftsteller Erich Kästner bemerkt hatte. Seinesgleichen residierte im Nebenraum. Dolphins Prominentenradar hatte erst kürzlich auf engstem Raum Dix, Remarque und Fritz Lang geortet. Verstohlen schaute er in diesen Bezirk, wo die Arrivierten sich lässig zuprosteten. Die Ungezwungenheit ihres Auftretens, die Gleichzeitigkeit fremder Blicke und scheinbarer Selbstvergessenheit, das alles trug zum Eindruck einer Natürlichkeit bei, die unverstellter nicht sein konnte. Man bewegte sich, als sei man im eigenen Wohnzimmer, nur mit dem Unterschied, dass dieses im Bewusstsein der Protagonisten in die Kulissen eines Filmstudios verlegt worden war.

Dolphin bestellte Kaffee und verlangte *Ham and Eggs*. Es verschaffte ihm Genugtuung, dass der blasierte Kellner ihn erst auf Nachfrage verstand.

Er strich über die kühlen Adern des Marmortischs. Bäche, Flüsse, ganze Deltas verzweigten sich, die ins Meer, ins Tiefe, ins Offene führten. Dann blätterte er in seinem Notizheft, in dem er Material für sein *Berlin-Buch* sammelte. Es sollte einen großen Atem haben. Und so hatte er es sich angewöhnt, auch die Nebensächlichkeiten festzuhalten, die Stimmungen und Gefühlsfarben, die er zum Ausschmücken seiner Geschichte brauchte. Es war wie bei einem Detektiv, jedes Detail konnte sich im Nachhinein als wichtig erweisen.

Schon lange war ihm klar: Wenn er den nächsten Schritt machen wollte, musste er etwas Größeres schaffen als die Artikel für den Standard. Er wollte nicht nur Zaungast am Bassin für Schwimmer sein.

In seinem Heft notierte er: *Berlin im November 1930*. Dann überlegte er fieberhaft, welches Thema er wählen sollte. Das Treffen mit Röhm? Ihm fehlte die Lust dazu. Er müsste vielmehr über die Schwimmerin schreiben und den Abend bei Hugo von Ernst. Die Spekulanten, Offiziere, Politiker, Künstler. Das Bassin, in dem Kaviarfässchen schwammen. Ihr nasser Bubikopf. Alles hatte sich im Glanz der Spiegel und Lüster gedreht. Der Rausch hatte sie in sein Schlafzimmer getragen, wo er sich, wie aus dem Nichts, in eine Nüchternheit verwandelte, die der Ausleuchtung in einem Operationssaal glich. Dolphin sah sie vor sich, wie sie sich systematisch perforierte, als wolle sie sich für etwas durchlässig machen, das sie noch nicht kannte. Mit ihrem Blick hielt sie ihn fest, wie sie ihn, hoch oben auf dem Barhocker balancierend, hatte bannen wollen mit der Leica. Er wusste kaum noch, was sie gesprochen hatten, all die Stunden. Sie hatte ein Netz aus Worten um ihn gesponnen, die immer noch nachklangen. Er wusste nicht, wer sie war und wo sie wohnte, niemand schien sie zu kennen, bis auf diese Schweizer Geliebte, die sie ganz hatte für sich haben wollen.

Dolphin klappte das Notizbuch zu, ohne eine Zeile geschrieben zu haben. Es war schwer, für solche Dinge eine Sprache zu finden. Er beschloss, zur Kuchentheke zu gehen, um sich ein Dessert auszuwählen. Über die Schlange davor war er nicht unglücklich, konnte man doch von hier aus einen Blick in den Nebenraum werfen.

Dass Brecht da war, erstaunte ihn nicht. Er saugte an einer zeppelinhaften Zigarre, die er sich gerade von einem Kellner anzünden ließ. Nicht weit weg davon saß der Film- und Literaturkritiker Willy Haas und schrieb, begleitet vom gelegentlichen Nippen an einem Likör, in eine Kladde.

Ein Gast, der, etwas abseits, an einem Marmortischchen Hof hielt, irritierte ihn. Es war ein breitschultriger Schwarzer in Nadelstreifenanzug. Er ließ gerade einen Stock aus Ebenholz so durch seine Finger gleiten, als gebe er mit dem silbernen Knauf den Takt an. Etwas von der Art eines Tambourmajors schwang mit, nur folgte er einem eigenen Rhythmus, der mit jenem der Märsche nichts gemein hatte. Er war umringt von einer Handvoll junger Frauen, die an seinen Lippen hingen, jederzeit bereit, in Gelächter auszubrechen, wenn die Lippen sich schürzten und das Signal für eine Pointe gaben. Er zog die Blicke auf sich und die Welt mit seinen Blicken an. Und als er sein Auge auf den Rücken des Obers warf, drehte der sich um, als sei er gerufen worden.

Dolphin konnte sein Profil sehen. Jetzt war er sich sicher, dass es sich bei dem Herrn im Maßanzug um Louis Brody handeln musste. Ohne Turban und indisches Gewand war er kaum wiederzuerkennen. Er bezahlte, setzte einen samtweichen Fedora-Hut auf und ging zu Haas, worauf der Journalist aufstand, ihm lange die Hand schüttelte und mit einem Klaps auf die Schulter verabschiedete.

Dolphin fuhr zurück ins Büro und versuchte, Ella zu erreichen. Niemand nahm ab. Er war erleichtert. Doch irgendwann würde er mit ihr reden müssen.

Er schaltete die Schreibtischlampe ein. Ihm fehlte die Lust, die Einladungen durchzugehen, die sich zum Wochenende hin naturgemäß häuften. Sein Blick fiel auf die Mappe mit den Filmrezensionen, die seine Sekretärin herausgesucht hatte. Müde blätterte er in den Zeitungsausschnitten, die umso gelbstichiger wurden, je länger sie zwischen Aktendeckeln begraben lagen. Und siehe da, auf schlechtem, holzhaltigem Papier hatte ausgerechnet Willy Haas vor vielen Jahren eine Kritik über die Verfilmung von Schillers *Verschwörung des Fiesco zu Genua* verfasst:

Eine der besten Leistungen, wahrscheinlich die stärksten überhaupt, war der Neger Musley Hassan des Lewis Brody: fleischig, verschlagen, bärenstark, mit der fast gutmütigen Ausgewitztheit des schillerschen Originals. An ihm, und vielleicht nur an ihm, ließe sich zeigen, wie viel von Schiller zum Film hinüberzuretten gewesen wäre – ungeheuer viel.

Dolphin rieb sich die Augen. Ein Afrikaner als Retter der Klassik. Vielleicht sollte er ein Porträt über Brody schreiben. Lord Bakerfield, dessen war er sich sicher, wäre auf jeden Fall dagegen. Und ihn zu überzeugen, war im Moment jedenfalls vergebliche Liebesmüh.

6

Eine Woche später meldete sich endlich das Kaiser-Wilhelm-Institut. Ob er gleich vorbeikommen könne, wollte die Vorzimmerdame wissen, Professor Fischer sei nur heute im Büro und dann wieder für mehrere Wochen verreist.

Unverzüglich machte Dolphin sich auf den Weg. Als er aus dem Wagen stieg und sich dem Gebäude näherte, sah er einen Bronzekopf der Minerva, die, als Hüterin der Weisheit, den Eingang mit undurchschaubarer Miene bewachte. Er trat ein und wurde von einer Mitarbeiterin in Empfang genommen, die ihn in den Ostflügel geleitete. Als sie schließlich die Tür öffnete, saß Professor Eugen Fischer gerade am Schreibtisch vor einer Unterschriftenmappe. Ohne den Kopf zur Seite zu wenden, signierte er mit schwungvoller Geste und präsentierte dabei sein Profil, das in gezackten Schwüngen Nase und Spitzbart verband. Das schräg einfallende Licht arbeitete plastisch seine Denkerstirn heraus, die Wimpern senkten sich wie Schirme. Er ließ sich Zeit. Dann stand er endlich auf und hieß den Gast willkommen.

Nachdem er Kaffee und Cognac hatte servieren lassen, sah er, begleitet von allerlei Geplauder, die Zeit gekommen, grundsätzlicher über sein Metier zu sprechen. Er bezeichne sich zwar als Anthropologe, aber im Grunde sei er überzeugter Rassenhygieniker, auch wenn die derzeitige Regierung das Wort Rasse lieber vermeide. So trage man diesen politischen Empfindlichkeiten Rechnung, wobei sich an der Ausrichtung seiner Forschungen seit 1908 wenig verändert habe. Damals habe er in der Kolonie Südwestafrika, in der Gegend um Rehoboth, Menschen untersucht, deren Vorfahren aus Weißen, die meisten davon Buren, sowie Schwarzen bestanden, in der Landessprache Khoikhoi, im Deutschen besser bekannt als Hottentotten. Im Felde habe er Köpfe vermessen, Fotografien angefertigt und Sippentafeln erstellt, um die Wirkung von Umwelt und Erbe zu erforschen, was ihn zu dem Schluss kommen ließ, dass sich menschliche Rassen ebenso nach den Mendelschen Regeln kreuzten wie zahllose Pflanzen- und Tierrassen.

Plötzlich stand Fischer auf und trat vor das Regal, aus dem er einen Folianten herauszog und vor sich auf den Tisch legte. »Gestatten Sie mir, Mr. Dolphin«, sagte er mit einem gewinnenden Lächeln, »dass ich die wenige Zeit, die uns heute bleibt, dazu nutze, Ihnen meine Forschungsergebnisse etwas genauer darzulegen?«

Und während er den Band öffnete, begann er von der Rassenmischung der *Rehoboter Bastards* zu sprechen, die man als eine Zwischenstufe zwischen überlegenen Weißen und unterlegenen Schwarzen definieren müsse. Aus diesem Grund hatte er selbst ein strenges Apartheidsystem vorgeschlagen, nach dem die Mischlinge den Kolonialherren, unter anderem als Sicherheitskräfte, zu dienen hätten. Jetzt blätterte er in dem Buch hin und her, bevor er mit einem Mal Dolphin ansah und mit leiserer Stimme fortfuhr. Auch wenn man es heute nicht so deutlich sagen könne, gelte immer noch, dass Mischlinge im Grunde nur ein Lebensrecht hätten, wenn es im Interesse der Kolonialmacht sei. Und dann bat er darum, eine Passage aus seiner Studie vorlesen zu dürfen, was Dolphin mit einem aufmunternden Nicken beantwortete. Fischer befeuchtete seinen Zeigefinger, bevor er weiterblätterte, und schließlich fand er jene Stelle, die er als seine Conclusio bezeichnete.

Also gewähre man ihnen eben das Maß an Schutz, was sie als uns minderwertiger Rasse gebrauchen, um dauernd Bestand zu haben, nicht mehr und nur so lange, als sie uns nützen – sonst freie Konkurrenz, das heißt Untergang.

Der Professor machte eine Pause, um die Worte nachklingen zu lassen. Und dann fügte er hinzu, dass diese zugegebenermaßen kompromisslose Schlussfolgerung nur vor dem Hintergrund des hinterhältigen Hereroaufstands zu verstehen sei, dessen Niederschlagung, mit aller gebotenen Härte, die heilige Pflicht der deutschen Schutzmacht gewesen sei, um die Zivilisierung in diesem Teil der Erde weiter voranzutreiben, eine Mission, unter Erbringung beträchtlicher Opfer, die leider mit Kriegsbeginn beendet werden musste.

Kurzes Klopfen war zu hören, dann erschien die Sekretärin mit der Mitteilung, das Taxi warte bereits. Im Hinausgehen entschuldigte sich Fischer, dass er sich leider verabschieden müsse. Er hoffe aber, zum Ausdruck gebracht zu haben, wie wichtig ihm das Interesse einer so renommierten wie international weitverbreiteten Zeitung an seiner Arbeit sei. Er verspreche hoch und heilig, dass Mr. Dolphin es nicht bereuen werde, wenn sie sich das nächste Mal träfen und dann wirklich alle Zeit hätten, in die Tiefe zu gehen, wie es dem journalistischen Anspruch eines Daily Standard angemessen sei.

Es kostete Dolphin Mühe, sich ein Lächeln abzuringen, als Fischer ihm die Hand gab.

Wie würde Lord Bakerfield reagieren, wenn er die Nachricht bekam, dass die Anregung seines Freundes Churchill noch immer nicht Eingang in die Wochenendausgabe fände?

In Gedanken versunken fuhr er zum Savignyplatz und kaufte die Abendblätter. Verstohlen drehte er sich um und schaute zu dem Kriegsinvaliden hinüber, der wie immer an der Hauswand lehnte. Bei jedem Wetter trug er seinen abgeschabten Militärrock, das Eiserne Kreuz seltsam nach unten verrutscht auf jene Höhe, wo sich die Leber befinden musste. Am verstörendsten jedoch war sein Gesicht. Sein Kinn schien zu einer ballonartigen Geschwulst aufgedunsen, die den einen Mundwinkel grotesk nach oben zog. Der schiefe Mund war stets ein Stück weit geöffnet, als strömten Schreie aus ihm heraus, die niemand hören konnte. Dolphin griff in die Manteltasche, um eine Münze herauszuholen. Er schüttelte den Kopf, als der Veteran auf die ausgebreiteten Waren am Boden deutete. Auf Sicherheitsnadeln konnte er vorerst verzichten.

Zu Hause versuchte er, ein Stichwortprotokoll anzufertigen. Es galt festzuhalten, was Fischer preisgegeben hatte. Lord Bakerfield, so viel war sicher, würde auf dem Artikel bestehen, egal wie mühsam die Recherche auch sein mochte.

7

Nach unruhigen Träumen erwachte Dolphin am frühen Sonntagmorgen und stand auf, um sein Frühstück zuzubereiten. Als er sein Ei löffelte, befleckten Spritzer flüssigen Dotters seinen Hausmantel. Er fluchte und versuchte, sie abzuwischen, ohne rechten Erfolg.

Der Stoff mit dem Paisleymuster hatte ihm sofort gefallen, als er das Kleidungsstück in der Savile Row entdeckt hatte, und seitdem war es wie zu einer zweiten Haut geworden, die er sich an den Wochenenden überstreifte. Es war Teil seines Frühstücksrituals, wie das Zubereiten eines speziellen Darjeelingtees, den seine Mutter aus England schickte. Doch viel zu selten gelang es ihm in letzter Zeit, sich zu entspannen. Selbst am Sonntag arbeitete er wie besessen und suchte in Journalen und Beilagen nach Anregungen, die er womöglich für die Leser des Sunday Standard aufbereiten konnte. Lord Bakerfield, so hatte es ihm kürzlich erst der Chef vom Dienst gesteckt, vermisste neuerdings *Themen der kontinentalen Lebensart* im Blatt. Wer weiß, welcher Berater ihm das eingeflüstert hatte. Aber warum meldete er sich nicht selbst? Es gehörte zu seinem schwer durchschaubaren Führungsstil, dass er mal großzügig Lob verteilte und teure Geschenke machte, dann wieder nicht zu sprechen war, wenn man ihn dringend zu erreichen versuchte, bis er plötzlich selbst zum Hörer griff, um einen Auftrag zu erteilen oder gar die baldige Abkommandierung zu verkünden. Oder man erhielt gelegentlich vom Chef von Dienst einen diskreten Wink, wie der Herausgeber sich offenbar die weitere Entwicklung seines Blatts vorstellte. Man konnte nie sicher sein, was er als Nächstes tat und dachte, und diese Unberechenbarkeit speiste die Aura seiner Macht.

Dolphin trank einen Schluck Tee und griff in den Zeitungsstapel, der vor ihm auf dem Tisch lag. Eine Frau in Badetrikot zierte das Titelbild von Das Leben. Ella blätterte gerne in der Illustrierten. Mode, Kosmetik und Filmstars interessierten sie. Und Skifahren in den Alpen. Vor ein paar Tagen war sie auf Einladung einer Münchner Freundin nach Garmisch aufgebrochen, ohne auch nur einmal anzurufen, bis zu ihrer Rückkehr gestern Abend. In dürren Worten teilte sie ihm mit, sie wolle ihn am Nachmittag sehen. Fast war er erleichtert. Es musste eine Entscheidung geben.

Er zog eine Beilage des Berliner Tageblatts heraus. Eine Überschrift erregte seine Aufmerksamkeit. *Die chemisch gefärbte Frau.* Darunter der Name der Verfasserin: Claire Goll. Kürzlich hatte er sie im Romanischen Café gesehen, zusammen mit ihrem Mann, natürlich im Bassin für Schwimmer. Dolphin strich über das Papier. Es hatte eine bessere Qualität als das gewöhnlicher Tageszeitungen. Unverrückbar waren die Blockbuchstaben. Er roch daran. Der Duft von Petroleum war nur noch zu erahnen.

Mit einem Mal stand wieder das Bild des Invaliden vor ihm, wie er, in Sichtweite des Kiosks, auf dem Boden lag.

Einmal, als er ihm eine Münze in die Hand drückte, hatte Dolphin sich gezwungen, ihn anzuschauen. Er sah in ein Gesicht, das in unzähligen Operationen zusammengeflickt sein musste, zusammengehalten, wie ihm ein Professor aus der Charité einmal erklärt hatte, von Aluminiumgerippen und Prothesen aus Gelatine. Sein Träger schien sich mit trotzigem Aberwitz gegen die Auflösung der Welt zu wappnen. Den Blick starr nach vorne gerichtet, lehnte er an der Wand. Und alles, was er auf der Filzdecke feilbot, ob Bindfäden, Heftpflaster oder Reißverschlüsse, war dazu da, die Dinge zusammenzuhalten. Doch keine Sicherheitsnadel hatte die Schwimmerin festhalten können. Selbst Hugo von Lustig war ratlos über ihren Verbleib. Womöglich, so spekulierte er, sei sie zu ihrer Geliebten in die Schweiz gefahren.

Er zündete sich eine Zigarette an und griff zu Golls Artikel. Sie hatte Strände an der Côte d' Azur besucht und beschrieb die neue Leidenschaft der Damenwelt für schwarzbraunen Teint. Hier zeige sich der *Sieg der Neger über die Weißen*.

Dolphin runzelte die Stirn. Da war er wieder, dieser hochgezüchtete Feuilleton-Stil, der im Bassin für Schwimmer gepflegt wurde. Und in gewohnt ironischem Ton ging es weiter, als Goll über *chemische Färbereien für Menschenhaut* in Paris schrieb, die weiße Damen in ihr Idol Josephine Baker verwandeln sollten.

Das Gewebe, das uns umhüllt, wird chemisch mit einem wasserdichten Braun durchtränkt. Und man behauptet, dass diese Tinkturen gewisser Schönheitsinstitute ebenso haltbar seien wie deutsche Anilinfarben. Die neue Modefarbe ist garantiert waschecht. Fett fleckt nicht darauf ab, geküsste Stellen werden nicht blasser, sogar Rotwein kann von dem braunen Crêpe de Chine spurlos entfernt werden, ohne Zitrone oder Kleesalz, also ohne Gefahr, Löcher zu hinterlassen.

Wider Erwarten amüsierte es ihn. Die Techniken der Schönheit im Chemiezeitalter. Er zückte sein Notizbuch und füllte etliche Seiten, ohne den Stift abzusetzen.

Zur Belohnung öffnete er eine Flasche Champagner und las in seinen Notizen. So könnte es klingen, sein *Berlin-Buch*. Rasant, wie Fitzgeralds *jazz age*. Genießerisch kritzelte er in seinen Anmerkungen herum und leerte Glas um Glas, bis nervöse Schöpferlaune in Müdigkeit umschlug und er auf sein Sofa zusteuerte und sich zu einem Mittagsschläfchen niederlegte.

Es passte nicht zu Ella, dass sie darauf bestanden hatte, Dolphin im Sportpalast zu treffen, ebenso wenig, seinen Einwand, dort sei es viel zu laut, einfach in den Wind zu schlagen. Außerdem kam Ella, die Pünktliche, mit mehr als einer Viertelstunde Verspätung auf die Tribüne. Sie hielt eine Papiertüte wie ein Schutzschild vor der Brust.

Das Radrennen war in vollem Gange, seine Begrüßung ging im Getöse unter. Die Massen feuerten einen Spanier an, der um den Ring raste, mit der Zwangsläufigkeit einer Maschine schwangen seine Oberschenkel auf und nieder.

Ella sah gut aus in ihrem kornblumenblauen Mantel, der das volle blonde Haar zur Geltung brachte, doch sie wehrte ab, als er ihr beim Ablegen behilflich sein wollte. Ein Gürtel umschloss ihre Taille. Dolphin bot ihr, da er nichts anderes hatte, einen Schluck Berliner Weisse an, worauf sie angewidert den Kopf schüttelte.

Er machte ihr ein Zeichen, dass er gleich zurück sei, und ging in Richtung des Getränkeausschanks. Als er zurückkam, war sie verschwunden. Auf seinem Sperrsitz lag eine Tüte vom Kaufhaus Wertheim. Er fand ein Kuvert und eine Schachtel darin. Im Briefumschlag kam ihm eine abgerissene Karte des UFA-Theaters in der Friedrichstraße entgegen. *Das indische Grabmal*. Er stieß auf weitere Kinobilletts der letzten Monate. Dann öffnete er den Karton. Darin stak eine fast volle Flasche Tabu.

Er schaute in das Flutlicht, das hinter einem Schleier aus Zigarettenrauch verschwand. Wie aus dem Nichts kam der Spanier angeschossen und wurde durch die Steilwandkurve katapultiert. Dann tauchte er wieder auf, in halsbrecherischer Schräglage, auf spiegelnder Bahn. Auch wenn es eine Ellipse war, man bewegte sich bloß im Kreis.

Als er kurz darauf auf die Straße trat, begann es zu schneien. Langsam segelten Flocken aus der Unendlichkeit der Wolkendecke herab. Gebannt schaute er nach oben. Er konnte den Blick nicht abwenden. Eine hypnotische Bewegung, von ganz weit oben hinab ins Bodenlose, wo sich das Bewusstsein in einem weißen Flimmern auflöst.

Er gab sich einen Ruck, trocknete mit einem Taschentuch die tränenden Augen und ging zum Auto. Nach einigen Versuchen gelang es ihm, den Motor zu starten, und vorsichtig fuhr er los, als spürte er noch die Langsamkeit der Flocken.

8

Am nächsten Morgen wurde er von einem Anruf des Kaiser-Wilhelm-Instituts überrascht. Professor Fischer war persönlich am Apparat und unterbreitete ihm das Angebot, seinen besten Doktoranden zu treffen. Leider sei er selbst verhindert, es würde ihm jedoch Vergnügen bereiten, wenn sein Promovend dem Korrespondenten des Standard die in der Fachwelt hoch gerühmte anatomische Sammlung zeige, zu der auch er, Fischer, sein Scherflein beigetragen habe, eine Sammlung mit teils aufsehenerregenden Präparaten, die von unschätzbarem Wert für die moderne Anthropologie sei.

Nachdem der Professor eingehängt hatte, kam Dolphin ins Grübeln. Hatte es Sinn, sich mit einem Subalternen zu treffen, dazu noch ohne Fotografen? Letzterer war bei dieser Thematik ohnehin unabdingbar, wenn es zu einer Titelgeschichte im Sunday Standard kommen sollte. Aber da gerade ein Interviewtermin im Reichstag geplatzt war, entschied Dolphin sich, zum Institut zu fahren.

Im weißen Kittel des Wissenschaftlers stand Hubert Bleichert schon vor dem Eingang, um ihn in Empfang zu nehmen. Lebhaft gestikulierend führte ihn der pausbäckige Mann die Treppen hinauf zum Dachgeschoss, wo sich die anatomische Sammlung befand. In dem Speicher lagerten, dicht gedrängt in Regalreihen, Tausende von Skeletten und Knochen, von denen viele aus dem damaligen Deutsch-Südwestafrika stammten, wie Bleichert stolz bemerkte. Dolphin wurde flau im Magen. Vielleicht lag es an der stickigen Atmosphäre, vielleicht an dem undefinierbaren Geruch mit einem Stich ins Modrig-Süßliche, der über allen Dingen lag. Um sich Luft zu verschaffen, musste er etwas sagen, und da ihm nichts Besseres einfiel, wollte er von dem Anthropologen wissen, wie diese Sammlung zustande gekommen sei.

Bleicherts Augen leuchteten. Er schien auf diese Frage gewartet zu haben und begann, vom früheren Direktor des Berliner Völkerkundemuseums zu erzählen, der kurz nach Niederschlagung des Hereroaufstands angeregt habe, *ohne Erregung von Ärgernis*, wie er sich ausdrückte, Leichenteile für die Wissenschaft zu retten. Und so sandten Forschungsreisende Schädel von verdursteten Herero an das Museum, die nach der Schlacht am Waterberg von den deutschen Schutztruppen in die Omaheke-Wüste getrieben worden waren, um dort den Tod zu finden. In einem anderen Fall, und jetzt trat Bleichert an das Regal heran und deutete auf gelbliche Knochenreste, handelte es sich um die Gebeine von Arbeiterinnen, die versucht hatten, der Farm eines deutschen Kolonisten zu entfliehen, und dementsprechend ihrer gerechten Strafe zugeführt wurden, und nachdem die Leichen als Corpus Delicti ans Obergericht in Windhuk gelangt waren, schickte sie die Kolonialverwaltung nach dem Gerichtsprozess zu Forschungszwecken nach Berlin.

Dolphin setzte der Geruch zu. Er griff nach seinem Taschentuch und hielt es sich vor die Nase. Unbeeindruckt davon fuhr Bleichert fort. Nur durch Unterstützung von Kolonialbeamten, Rassekundlern, Schutztruppenärzten und Missionaren sei es gelungen, noch in letzter Minute, ehe weitgehende Vernichtung und der Einfluss der modernen Kultur den ursprünglichen Sachverhalt weiter verwischten, die sterblichen Überreste für die Wissenschaft zu sichern. So erst konnte man, vor allem anhand von Schädelreihen, die Merkmale primitiver Rassen genauer bestimmen.

Als der Doktorand kurz innehielt, nutzte Dolphin die Unterbrechung, um auf seine Armbanduhr zu deuten und von einer unaufschiebbaren Telefonkonferenz mit London zu sprechen. Mit Bedauern nahm Bleichert dies auf und führte ihn hinunter zum Eingangstor.

Dolphin atmete tief durch. Er war froh, draußen auf der Straße zu sein, sog die Luft ein, den Geruch von Benzin und Braunkohle. Er sah Bleichert vor sich, mit geröteten Wangen, die sich beim Sprechen zu blähen begannen. Das fanatische Leuchten in seinen Augen, das einen unweigerlich abstieß, als seien Ideen alles und die Objekte seiner Wissenschaft nichts. Und Dolphin wusste nicht, wie er auf den Gedanken kam, der Forscher trage den Ausdruck eines Menschen auf dem Gesicht, der etwas gestohlen hatte.

Zurück im Büro erreichte ihn ein Anruf von Bakerfields Sekretärin, die einen Besuch des Verlegers in der Reichshauptstadt ankündigte. Schon morgen Nachmittag lande er auf dem Zentralflughafen und beabsichtige, im Hotel Adlon abzusteigen. Als Redaktionsleiter werde er gebeten, sich zur Verfügung zu halten.

Dolphin spürte, wie Nervosität in ihm aufstieg. Wie sollte er diese Visite deuten? Bislang hatte der Verleger sich noch nie im Berliner Büro blicken lassen. Kam er, um ihn womöglich noch früher abzuziehen? Oder ging es um die Themen kontinentaler Lebensart? Vielleicht wollte er auch nachschauen, wie weit die Recherche gediehen war. Im Moment verfügte Dolphin lediglich über die wenigen Informationen, die er sich stichwortartig bei den Gesprächen mit Fischer und Bleichert notiert hatte. Ohne ein weiteres Interview mit dem Institutsdirektor, ohne hochwertige Fotos von der Sammlung und eventuell auch historischen Aufnahmen aus Deutsch-Südwest, ergänzt durch aktuelle Auskünfte des Direktors des Völkerkundemuseums, konnte er die Titelgeschichte unmöglich publizieren. Und es gab noch nicht einmal den vereinbarten Folgetermin mit Fischer, der sich, wieder einmal, auf Reisen befand.

Für alle Fälle wies Dolphin die Sekretärin an, Kuchen zu kaufen, denn, so viel wusste er, der Lord liebte Süßigkeiten. Er selbst fuhr zum Kaufhaus des Westens, um dort Bakerfields Lieblingswhisky zu besorgen. Danach saß er lange in seinem Bürosessel, in das kahle Geäst vor seinem Fenster starrend, um vielleicht dort Klarheit zu finden, was dieser Besuch bringen würde.

9

Vorsorglich hatte seine Sekretärin eine Kaffeetafel hergerichtet, als am folgenden Nachmittag das Telefon klingelte und Dolphin ins Adlon beordert wurde. Mit einem Schulterzucken verabschiedete er sich von ihr und sprang in ein Taxi.

Als er Dolphin in seiner Suite empfing, war der Verleger von Freunden umringt, die ihn wie einen Kranken umsorgten. Er stellte ihm den Schriftsteller Anthony Bentley vor, der kaum ein Wort sagte, und einen rotgesichtigen Mr. Castleton, der sich, wie er mit einem anzüglichen Lächeln bemerkte, von dem Abstecher nach Berlin Anregungen für seine Kolumnen im Sunday Standard erhoffte.

Zur Begrüßung ließ Bakerfield den mitgebrachten Whisky servieren und äußerte dann, unter reger Anteilnahme seiner Entourage, den Wunsch, dass der hiesige Redaktionsleiter ihnen zunächst einmal das *sagenumwobene* Berliner Nachtleben zeigen sollte. Dolphins Vorschlag, den Abend mit einem Opernbesuch einzuleiten, stieß auf einhellige Ablehnung, was ihn zur Frage führte, ob ihnen vielleicht eher der Sinn nach Pikanterem stünde. Ein Blick in die Gesichter reichte, um die Kühnheit zu besitzen, einen Tisch im Eldorado zu reservieren.

Der Abend wurde ein voller Erfolg. Die britischen Gäste ließen schnell alle Reserviertheit fahren, ergötzten sich an einem mädchenhaften Afrikaner, der bis auf Schamgurt und Brustschilde seinen ölglänzenden Körper präsentierte, rätselten über dessen täuschend echte Weiblichkeit und sein wahres Geschlecht, bis sie es schließlich anderen Herren gleichtaten und sich den Genuss leisteten, zwischen den Darbietungen mit effeminierten Männern in Frauenkleidern zu tanzen.

In angeheitertem Zustand bat Castleton ihn, Homosexuellen- und Nacktkulturmagazine zu besorgen. Am nächsten Tag, nach einem Katerfrühstück im Adlon, meldete sich auch der schweigsame Bentley. Dolphin bemerkte den prüfenden Blick der Frau am Zeitungsstand, als er zum zweiten Mal erschien. Beim nächsten Botengang, den er im Auftrag des Lords erledigte, schaute sie ihm direkt in die Augen. Es war ihm egal.

Gleich nachdem er Bakerfield und seine Entourage zum Flughafen begleitet hatte, fuhr Dolphin hinaus zum Wannsee. Er atmete tief durch. Der Besuch war völlig anders geendet, als er sich es jemals hätte vorstellen können.

Er genoss es, bei geöffnetem Verdeck, die Sonnenbrille im Gesicht, in seinem Cabriolet zu sitzen, und summte leise einen Schlager. Man konnte, so kurz vor Weihnachten, einfach nur staunen über diese ungewöhnliche Wärme.

Als er in sein Ruderboot stieg, fühlte er sich an seine Kindheit erinnert. Ein Tag wie aus dem Bilderbuch. Mit Segelbooten auf einem tintenblauen See, die sich beim Aufklappen in den Horizont hineinstellten. Ein Häuschen aus Karton richtete sich am Ufer auf, das war die Villa des Malers Liebermann, davor der Rasen, auf dem Birken sich entfalteten mit den letzten Blättern, zitternd wie Papierschnipsel, in blinkendem Gold.

Dolphin hatte diese Bilderbücher geliebt, die Landschaften, Städte und Ritterburgen aus Pappe hochschnellen ließen, wenn man sie öffnete, und in Sekunden eine Welt hervorbrachten, auf die man wie ein Riese herabblicken konnte. Und er hatte den Wannsee geliebt, wo er zum ersten Mal mit seinem Vater rudern gewesen war. Die Szenerie hatte sich kaum verändert, wenn man sie vom Wasser aus betrachtete. Er sicherte die Ruderblätter, nahm das Handtuch und wischte sich den Schweiß von der Stirn. Da war der Teepavillon am Ufer und der Garten. Man sah das Anwesen des Malers, der es vermochte, die Wahrnehmung so zu manipulieren, dass die Wirklichkeit hinter das Kunstwerk zurückfiel. Liebermanns *Birkenallee im Wannseegarten nach Westen* war nicht zu übertreffen. Nun lag es in einer entlaubten Fassung vor ihm.

Eine Störung ging von diesem Bild aus. Einige Birken standen mitten auf dem Weg, als habe der Gärtner sie vor vielen Jahren übersehen. Sie waren, so schien es, einfach aus der

Reihe getanzt. Dass der Künstler sie stehen gelassen hatte, zeugte von Großzügigkeit und einem traumwandlerischen Sinn für Komposition. Als Betrachter fühlte man sich geborgen, wenn die Wirklichkeit hinter dem Bild verschwand. Schob sie sich zurück in den Vordergrund, war man wieder mit sich allein. Es war ein Gefühl, das jenem ähnelte, nachdem die Schwimmerin verschwunden war. Mit einem Mal war der Zauber erloschen, und es blieb nur die Erinnerung an eine flirrende Begegnung, die ebenso gut eine Illusion hätte sein können. Falls er sie niemals wiedersähe, wovon auszugehen war, läge es jetzt nicht mehr an Lord Bakerfield. Der Verleger hatte ihn zum Abschiedsessen ins Adlon eingeladen und bei Whisky und Zigarren schließlich verkündet, er sei mittlerweile zu der Einschätzung gekommen, dass Berlin doch in vielerlei Hinsicht aufregender und auch journalistisch ergiebiger sei, als man es von der Insel aus wahrnahm. Es sei eine Art Labor des modernen Lebens, das sicherlich auch auf andere Weltmetropolen ausstrahlen werde, und diese Experimente, die vielfach in neue Dimensionen vorstießen und mit althergebrachten Konventionen brächen, müssten auch die britischen Leser interessieren, wo doch das Reich auch verkehrstechnisch immer näher rücke. Man müsste es ja nicht so weit treiben wie die Schriftsteller Isherwood und Auden, die er gestern Abend zufällig in dem famosen Cosy Corner in der Zossener Straße getroffen habe, denn die Jungautoren seien gleich ganz von London aus übergesiedelt und hätten sich hier, und dabei hob er connaisseurhaft die Augenbrauen, zu *Inspirationszwecken* niedergelassen.

Er jedenfalls ermutige Dolphin ausdrücklich, neben der politischen Berichterstattung auch an die Themen der kontinentalen Lebensart zu denken, und nach allem, was er nun gesagt habe, werde es seinen Gastgeber nicht verwundern, wenn er dessen Vertrag doch für drei Jahre verlängere und den frisch gebackenen Doktor aus Oxford erst einmal zum

Parlamentskorrespondenten mache. Außerdem sei es nun an der Zeit, im Berliner Redaktionsbüro mit einem festangestellten Fotografen zu arbeiten. Das Visuelle gewinne heutzutage immer mehr an Bedeutung. Ohne suggestive Bilder, die zudem exakte Recherche mit Anschaulichkeit und Evidenz untermauerten, sei kein Blumentopf mehr zu gewinnen. Und als Zugabe hatte er ihm, unter dem vielsagenden Nicken von Castleton und Bentley, einen Black Label Blended Scotch aus dem Jahr 1918 überreicht.

»Warum Black Label?«, wollte Dolphin wissen.

»Jetzt enttäuschen Sie mich«, schmunzelte Bakerfield.

Er schaute ihn fragend an.

»Keine Idee?«

»Der Afrikaner im Eldorado?« Dolphin wagte ein schüchternes Grinsen,

Lachend schüttelte der Verleger den Kopf. »Kommen Sie«, sagte er und nickte aufmunternd, »das Datum.«

Als Dolphin immer noch schwieg, platzte es aus ihm heraus: »Totale Niederlage, Verlust aller Kolonien, Exil.«

Unter dem Gelächter seiner Freunde öffnete Lord Bakerfield die Flasche, und sie tranken auf den abgedankten Kaiser Wilhelm, dem sein Verrat an der englischen Großmutter einen wenig heldenhaften Abgang beschert hatte.

»Was für ein Hurensohn«, lachte der Verleger, »aber in Holland ist er gut aufgehoben, bevor er in die Grube fährt.« Und dann legte er Dolphin die Hände auf die Schulter, als segne er ihn, und flüsterte: »Ich habe noch Großes mit Ihnen vor.«

Dolphin beugte sich über den Bootsrand und schaute ins Wasser. Hatte Bakerfield es ernst gemeint? Oder war es nur einer Laune entsprungen wie dessen Besuch in Berlin?

Mit dem Schlag des Ruderblatts zerstörte er sein Spiegelbild, das im Kräuseln der Wellen unterging. Und dann legte er sich in die Riemen und ruderte so lange, bis er völlig außer Atem war und die Wirklichkeit von keinem Bild mehr eingeholt wurde.

10

Monate später, in einer schwülen Julinacht des Jahres 1931, raffte Dolphin sich dazu auf, nach Wilmersdorf zu fahren. Schon als er aus der Haustür trat, klebten die Kleider an seinem Körper. In einer fahrigen Parallelaktion öffnete er das Verdeck seines Cabriolets, während er, viel weiter als angemessen, das Hemd aufknöpfte und sich nach der Kühle des Fahrtwinds sehnte. Er bereute es bereits, Fürstenaus Einladung angenommen zu haben.

Die kurze Strecke brachte nur wenig Erleichterung, und nachdem er den Wagen geparkt hatte, näherte er sich widerwillig der Babuschka Bar.

Das Lokal platzte aus allen Nähten. Gelächter vermischte sich mit Balalaikaklängen, dazu der Gesang eines übersteuerten Heldentenors; und immer wieder Getrampel, als fegte eine Kavallerie über die Tanzfläche.

Er ließ sich in einem Séparée im Datscha-Stil nieder, das überraschend kühl war. Verstohlen wischte er sich mit dem Taschentuch über die Stirn, knöpfte das verschwitzte Hemd bis auf den obersten Knopf zu und versuchte, sich in Form zu bringen.

Zu seinem Erstaunen entdeckte er Louis Brody an einem Tischchen in der Nähe des Tanzparketts. Dieses Mal war er nicht von Bewunderinnen umringt, sondern sein Kollege Willy Fritsch saß neben ihm und prostete mit seinem kussmundhaften Filmschauspielerlächeln in die Runde. Dolphin konnte auch William Thomson erkennen, einen massigen

Boxer, der es als schwarzer Champion aus Dänisch-Westindien zu einiger Bekanntheit gebracht hatte und sich von Zeit zu Zeit im Romanischen Café sehen ließ.

Nun erhob Brody das Wodkaglas. In perfekter Synchronisation legten die Tischgenossen die Köpfe in den Nacken und richteten sich nach einer Kippbewegung wieder auf. Ihre Sommeranzüge, die Bühnenscheinwerfer in Rosa tauchten, harmonierten ebenfalls, und es schien, als seien sie sich selbst genug, sodass Dolphin nicht einmal den Versuch unternahm, hinüberzuwinken.

Er wartete auf seinen Kollegen André Fürstenau von der Vossischen Zeitung, der ihn zum Essen eingeladen hatte. Das sah ihm ähnlich. Es ging ihm nie um das Essen selbst. Er war ein Mann mit einer Mission.

Dolphin saß in seiner Nische und beobachtete das Trio, wie es scherzte, trank, Blinis und Kaviar vertilgte.

Fürstenau hatte wenig Sinn für die Welt des Films, ganz zu schweigen von der des Sports. Für ihn waren das im Grunde läppische Freizeitvergnügungen. Stattdessen hatte er sich wieder, wie er mit einem mokanten Lächeln zu sagen pflegte, in die *Rittmeistersache* verbissen.

Im Mittelpunkt seiner Recherchen, die sich, ausgehend von den altbekannten Fakten, ins Reich verschiedenster Hypothesen hinaufschraubten, befand sich Rittmeister Curt von Westphal, der einstmals zu den auffälligsten Figuren im Parlament gezählt hatte. Sein Ruf verdankte sich einer eigentümlichen Mischung aus Realpolitik und Spleen: einerseits machtbewusster Reichstagsabgeordneter mit exzellenten Verbindungen zum Reichskunstwart bis hin zum Innenminister, zum anderen promovierter Musikwissenschaftler mit einem abseitig anmutenden Faible für den Jazz. Laut amtlicher Diagnose hatte er vor zwei Jahren, aus Gründen, die sich nie zufriedenstellend klären ließen, Hand an sich gelegt. Sein Leichnam, vergiftet von einem Cocktail aus Barbitursäure und Alkohol, war in einem Stundenhotel in Spandau aufgefunden worden. Trotz allerlei Merkwürdigkeiten wurde der Fall rasch zu den Akten gelegt, einzig Fürstenau hegte Zweifel an der Selbstmordthese, was sich für Dolphins Begriffe so langsam zu einem Tick steigerte.

Wo andere ein unbeschriebenes weißes Blatt Papier sahen, bemerkte Fürstenau mikroskopische Flecken, seien es Spuren von Radiergummi oder einer Rasierklinge, mit der womöglich ein getuschtes Geheimzeichen entfernt worden war, und es sah aus, als verliere er sich immer mehr in diesen Kalligrafien des Verschwindens.

Rund herum im Lokal zweifelte niemand. Alles war, was es schien. Und das Einzige, was hier verschwand, war der Wodka in den Kehlen. Doch wo zum Teufel steckte Fürstenau?

Nach einer Weile erschien Natascha Sirina, die Patronin der Babuschka Bar, und servierte Wodka nebst Brot und einem Schälchen Kaviar. Sie lächelte ihn an und fragte: »Noch immer nicht da?«

Er schüttelte den Kopf. Trotz der Hitze hatte sie sich wie gewöhnlich als russisches Großmütterchen mit Kopftuch und Schürze ausstaffiert, und diese Berufsuniform schuf einen reizenden Kontrast zu ihren Apfelbäckchen und der straffen Figur, die sich unter den Stoffschichten abzeichnete.

Etwas abseits von Brodys Tisch kam plötzlich ein Mann ins Bild. Als er von einem Scheinwerfer aus dem Halbdunkel ausgeschnitten wurde, zuckte er kurz zusammen, hob reflexhaft die Hand vors Gesicht, ließ sie sinken, als habe er sich dadurch eine Blöße gegeben, schaute sich um und verfolgte dann missmutig den Lichtkegel beim Weiterwandern.

Dolphin blickte auf die Uhr. Das akademische Viertel war längst vorbei.

Von einem »langsamen Hinübergleiten in den Tod, infolge einer Überdosis eines früher weitverbreiteten Schlafmittels«, hatte der Gerichtsmediziner gesprochen, bei jener eilig einberufenen Pressekonferenz nach dem Ableben des Rittmeisters. Sie nahm Züge einer Haupt- und Staatsaktion an, und Journalisten von überall her drängelten sich neben Dolphin in einem Kellerraum des Reichstags.

Die Todesursache war zweifelsfrei geklärt, nicht so das Motiv. Vor allem der Zeitpunkt warf Fragen auf, fiel doch der Selbstmord in eine Phase erbittertster Auseinandersetzungen zwischen der Republik und den immer stärker werdenden Nationalsozialisten. Und ausgerechnet eine Woche, bevor in Frankfurt am Main der weltweit erste Studiengang für Jazz unter Leitung eines ungarischen Juden die Arbeit aufnahm, war er aus dem Leben geschieden. Die völkische Presse triumphierte. Für sie war Curt von Westphal der Inbegriff all dessen, was hassenswert war an dem *verjudeten System*. Vor allem aber galt er ihr als Wegbereiter der *entarteten Kunst*. Ehrabschneiderische Kampagnen waren Teil eines Kulturkampfs, der schon lange tobte und Monate vor Einrichtung der Jazz-Klasse zu einem Schlagabtausch im Preußischen Landtag führte. Damals stellte ein Abgeordneter der Deutschvölkischen Freiheitspartei die Frage, ob die Regierung bereit sei, »die Verniggerung deutscher Musik durch dieses Konservatorium zu verhindern, und wie sie gedenkt, die Schülerschaft vor den Erziehungskünsten des triebhaft undeutschen Lehrers zu schützen«.

Der Rittmeister hatte maßgeblich dazu beigetragen, die Akademisierung der angefeindeten *Negermusik* durchzusetzen, am traditionsreichen Hochschen Konservatorium, das einst Clara Schumann und Engelbert Humperdinck zu seinen Lehrern zählte, doch am Ende konnte er die feierliche Eröffnung nicht mehr erleben.

Auf der Pressekonferenz hatte das nur am Rande eine Rolle gespielt. Bald ging es nur noch um von Westphals Aktenkoffer, über dessen Verbleib der leitende Kommissar aus ermittlungstaktischen Gründen keine Angaben machen wollte. Und dann war alles im Sande verlaufen. Nur Fürstenau hörte noch immer die Sandflöhe husten, doch der ließ ihn warten.

Wieder streifte ein Scheinwerfer das Gesicht des Mannes. Er hatte helles Haar, das in dünnen Strähnen nach hinten gekämmt war, und ebenso helle, wimpernlose Augen. Widerwillig ließ er das Lichtspiel über sich ergehen, als müsse er die Berührungen einer Fliege ertragen. Die abrupte Art, wie er schließlich emporschnellte, um das Jackett abzulegen, hatte etwas Sprungfederartiges, das Dolphin irgendwoher bekannt vorkam. Jetzt stand er aufrecht und schien mit einem Mal bedeutend kleiner als im Sitzen. In weißem Hemd und Hosenträgern, die seinen sehnigen Oberkörper betonten, stand er da und schaute verstohlen hinüber zum Nebentisch, bevor er sich auf den Stuhl fallen ließ.

Als Natascha noch ein Schälchen Kaviar brachte, erhob sich schräg gegenüber Louis Brody und brachte, offenbar sehr zur Erheiterung von Willy Fritsch, einen Toast aus, dessen Pointe schließlich auch den Schwergewichtler erreichte und seinen Brustkorb stoßweise vibrieren ließ.

Dolphin musste an Ella denken. Was würde sie dafür geben, hier zu sein. Mit ihr hatte er *Die Boxerbraut* im UFA-Theater gesehen. Brody spielte, umschwärmt von Frauen, die Rolle des berühmten schwarzen Boxers Fighting Bob. Den Kontrapart gab Willy Fritsch als verträumter Fabrikantensohn Fritz Spitz, dessen Verlobte Helen ihm jedoch auf den Kopf zusagt, sie werde nur einen Boxchampion heiraten, worauf es Fritz mit einem Schwindel versucht und sich ihr gegenüber als Fighting Bob ausgibt.

Wie hatte Ella sich über das pechschwarz angemalte Gesicht von Willy Fritsch amüsiert, die schwarzlockige Perücke und die muskulöse Gestalt, nachdem er sich einen aufblasbaren Bizeps umgeschnallt hatte. Und sie hatte sich zu

Dolphin herübergebeugt und ihn geküsst, als am Ende der Schwindel aufflog und Helen plötzlich von ihrer Boxleidenschaft wie von jener für schwarze Männer geheilt war und mit ihrem Verlobten im Schlafzimmer verschwand.

Dolphin überlegte, ob er Ella anrufen sollte. Dann verwarf er es. Es würde sie zu sehr verletzen. Er strich mit dem Zeigefinger über den Rand des Wodkaglases und steckte ihn, als wolle er den Geschmack prüfen, in den Mund.

Aus dem Gewühl tauchte Natascha auf und steuerte den Tisch des Trios an. Unter großem Gebalze bezahlte Fritsch die Rechnung und verschwand mit seinen Zechkumpanen.

Natascha schaute ihnen nach, drehte sich plötzlich um und nickte Dolphin kurz zu. Er hob das Glas und zwang sich dann, den Blick abzuwenden. Fürstenau schien in einer unklaren Beziehung zu ihr zu stehen, die immer unklarer wurde, je öfter er die russische Exilantin in ihrem Nachtlokal aufsuchte. Dolphin war sich nicht sicher, was Fürstenau für sie empfand. Ob er überhaupt wahrnahm, wie reizend sie aussah, wenn aus ihrem Mund slawische Vokale und Kaskaden von gerollten Rs strömten. Doch Fürstenau und die Frauen, das war ein eigenes Kapitel. Dolphin musste lächeln. Einmal hatte er Fürstenau bei einem Bekannten unterbringen müssen, als der von seiner eifersüchtigen Ex-Frau verfolgt wurde. Sie konnte ihm nicht glauben, dass seine einzige Leidenschaft die Arbeit war. So war sie auch nicht von dem Verdacht abzubringen, dass er viele Liebhaberinnen hatte, und diese Besessenheit führte letztlich zu seiner Flucht.

Diese Episode hatte beide Reporter, trotz aller Peinlichkeit, miteinander verbunden. Das Seifenopernhafte konnte indessen nicht darüber hinwegtäuschen, dass Fürstenau ein hartnäckiger Rechercheur war, der mitunter beträchtliche Risiken auf sich nahm, um tatsächliche Skandale aufzudecken, oder Vorgänge, die er für solche hielt. Mit konventionelleren Tugenden wie Rücksichtnahme oder Pünktlichkeit dagegen konnte er wenig anfangen.

Es war seltsam, plötzlich den Gegenstand seiner Gedanken vor sich zu sehen. Wie üblich klopfte er ihm zur Begrüßung viel zu stark auf die Schulter, in jenem linkischen Überschwang, der, ohne es zu wollen, gleichsam Distanz schuf, rutschte auf die Holzbank gegenüber und erzählte von seinem Besuch bei Bettine von Westphal.

»Warum die Witwe?«, fragte Dolphin.

»Wer, wenn nicht sie«, entgegnete Fürstenau und winkte eine Kellnerin heran, um eine Flasche Mineralwasser zu bestellen. Ohne sie ein einziges Mal anzuschauen, machte er ihr im gleichen Atemzug klar, dass er keinesfalls Wodka wünsche, weder als Aufmerksamkeit des Hauses noch seitens alkoholisierter Damen an etwaigen Nebentischen. Er habe zu arbeiten, und fürs Erste genüge ihm Wasser und ein Teller Borschtsch. Als er seinen Kollegen fragend anschaute, bestellte Dolphin sich Blinis.

Nachdem sie alles notiert hatte, drehte sie sich auf dem Absatz um und kreuzte für einen Moment den Weg des Mannes. Er hatte eine junge blonde Frau im Schlepptau und strebte der Tanzfläche zu. Er war nur wenig größer als sie. Doch in der Art, wie er sie um die schmale Taille fasste, sie an sich presste und die Arme um sie schlang, lag eine mühsam kaschierte Aggression, die Dolphin gleichermaßen abstieß und erregte. Die Blonde war nicht willfährig, im Gegenteil. Ihre Widerspenstigkeit schien Teil des Spiels zu sein. Sie löste ihre Arme aus der Umklammerung und schob ihn weg. Nur kurz duldete er den Befreiungsversuch, und wieder hielt er sie umklammert, bis sie sich wie ein störrisches Kind beruhigte.

Ohne den Borschtsch und das Wasser auch nur anzurühren, erzählte Fürstenau, wie aufgeräumt und zugleich kämpferisch Bettine von Westphal gewirkt habe. Sie wollte endlich jenen Falschmeldungen und Verleumdungen entgegentreten, die nach dem Tod ihres Gatten zunächst in den völkischen, dann aber auch den liberalen Blättern verbreitet worden waren. Sie habe Fürstenau in ihrer Wannseevilla, übrigens nur einen Steinwurf weit entfernt vom liebermannschen Anwesen, mit selbst gebackenem Apfelkuchen und ihrer Tochter Clara auf dem Schoß empfangen, fest entschlossen, ihr Schweigen zu brechen und für die Rehabilitierung ihres Gatten zu kämpfen.

Fürstenau trank einen Schluck Wasser und wirkte erschöpft. Die Blonde drehte sich in den Armen des Mannes. Es sah aus, als wolle er sie in einem diffizilen Ritual unter Kontrolle bringen, wenn er sie mit schleichenden Bewegungen einlullte, um sie dann mit einem Hüftschwenk zu überrumpeln und zum Rande des Parketts zu führen, wo er geschmeidig, als absolviere er einen Slalom, um die Sektkühlerständer herumtanzte. Und bei all diesen Manövern hatte er seine Lippen an ihrem Ohr und redete die ganze Zeit auf sie ein.

»Das Problem ist nur«, sagte Fürstenau und seufzte, »dass die Witwe erst jetzt an die Öffentlichkeit gehen will.« Unmittelbar nach Westphals Tod sei sie wie gelähmt gewesen, außerstande, die Fragen des Kriminalkommissars zu beantworten, geschweige denn der Presse gegenüber jene Gerüchte zu widerlegen, nach denen ihre Ehe zerrüttet gewesen sei. Nach Fürstenaus Schilderungen war sie mit der gerade geborenen Clara und ausdrücklicher Unterstützung ihres Gatten in ihr Elternhaus gezogen, um sich dort von den Strapazen der Geburt zu erholen. Und der besuchte sie, sooft es seine Pflichten zuließen, glücklich wie selten zuvor, als zugegebenermaßen später, aber desto zärtlicherer Vater, schloss Fürstenau und schickte, wie das Zitat eines Zitats, ein zerstreutes Lächeln hinterher.

Der Tänzer flüsterte noch immer in das Ohr seiner Partnerin. Andere Paare waren auf das Parkett geströmt und verdeckten sie für einen Moment. Es mussten aufregende Dinge sein, welche die junge Frau zu hören bekam. Dinge, die Dolphins Fantasie entzündeten. Das Funkeln in ihren Augen. Reflexe einer unbestimmten Lust, gipfelnd in einem Aufschrei, worauf er mit dem Daumen über ihre Unterlippe strich, was unglaublich obszön aussah. Sie ließ es über sich ergehen, den Mund geöffnet, und Dolphin sah eine Lücke zwischen den oberen Schneidezähnen, die ihn seltsam berührte.

Fürstenau redete und redete. Der Haken an der ganzen Geschichte sei, und jetzt hob er die Stimme, dass die Westphals eine, sagen wir mal, sehr moderne Auffassung des Ehelebens vertraten. Bettine habe ihm seine Freiheiten gelassen, von Anfang an, wie sie freimütig erklärte. Er war ein richtiger Mann und mochte junge Dinger, er holte sich dort den Appetit, aber immer wieder sei er zurückgekommen. Doch *ein* schlagendes Argument, murmelte Fürstenau, habe die Witwe vorgebracht. Wenn er sich schon umbringen wollte, dann sicher nicht in einem Stundenhotel, das hätte er weder seiner Familie noch sich selbst zugemutet. Wenn, dann wäre der Abgang mit Würde erfolgt, mindestens im Adlon.

Sie waren untergetaucht in einem Gewirbel aus Köpfen, Rücken, Armen. Jetzt sah er den Mann, wie er ihren Nacken knetete. Sie krümmte sich, starr wie eine Katze.

»Was willst du tun?«, fragte Dolphin, um etwas zu sagen, und schaffte es doch nicht, sie aus den Augen zu lassen. Fürstenau schwieg, was erstaunlich war. So müde hatte er ihn noch nie erlebt.

Sie duckte sich weg, als ein kostümierter Kosak auf die Tanzfläche stürmte und mit zackigen Kommandos eine Polonaise anführte. Irgendwie rutschte dabei ihr blonder Haarschopf nach vorne, bis auf die Nase, während der Mann feixte und lachte, bis sie ihn wütend von sich stieß und die Frisur geraderückte. Als er ihr gleich darauf mit spöttischer Miene durch das Haar fuhr, sah es einen Augenblick lang aus, als wolle sie ihm ins Gesicht schlagen. Doch dann rauschte die Polonaise durch das Bild und sie gingen im Getümmel unter.

»Hörst du mir zu«, knurrte Fürstenau, »hier bin ich«, sagte er und wedelte mit den Händen, »hier, Herr Dolphin.«

Er nickte und zwang sich, Fürstenau anzuschauen.

»Ich werde«, sagte er nun grimmig entschlossen, »nicht lockerlassen, bis der Fall neu aufgerollt wird.« Westphals Ehe sei eigenartig, aber nicht zerrüttet gewesen. Und der Rittmeister war keinesfalls der Typ, der vor den Nazis in die Knie gegangen wäre, mochten noch so viele Morddrohungen in seinem Briefkasten gelegen haben. Jemand musste das sehr geschickt inszeniert haben, das sage ihm sein Instinkt. Und wenn es kein Suizid war, dann wanke die Republik.

Eher pflichtschuldig und ohne rechte Energie wollte Dolphin widersprechen, doch die Kellnerin erlöste ihn und schenkte Wodka nach, während Fürstenau demonstrativ die eine Hand über das Glas hielt. Mit der anderen schaufelte er einen letzten Löffel Borschtsch in sich hinein, schob den Teller weg und bezahlte. Dann drängte er zum Aufbruch und wollte wissen, ob er ihn mitnehmen solle. Dolphin schüttelte den Kopf. Er deutete auf sein Wodkaglas. »Bleib sauber«, murmelte Fürstenau und verschwand.

Auf dem Weg zur Toilette kam Dolphin an einer Vitrine vorbei. Sie schwankte ganz leicht. Umrahmt von gläsernen Regalböden multiplizierten sich zahllose Matroschkas in den Spiegeln. Natascha bot die Puppen zum Verkauf an. Sie kamen noch immer aus Russland, das ihrer Familie so übel mitgespielt hatte. Die Farben, das Birkenholz, die Erinnerung an den Geruch des Frühlings, das alles speicherte die Heimat wie in einer Kapsel. Und wenn auch die äußere

Hülle zerstört wurde, gab es eine weitere, die die nächste beschützte, und so gab es die Hoffnung, dass wenigstens der innerste Kern, der nichts mehr enthielt, unzerstört bleiben würde.

Das Heimweh war ihre Ressource. Er mochte den Gedanken. Es glich der Unendlichkeit in der Vitrine. Sein Heimweh, wenn man es überhaupt so nennen konnte, war komplizierter. Er lebte dort, wo er geboren und aufgewachsen war. Er sprach wie alle anderen, doch die Erinnerung an etwas, was er nie richtig kennengelernt hatte, schob sich dazwischen. Seinem Britischsein haftete etwas Theoretisches, Angelerntes an, und deswegen hatte er das Bedürfnis, es stärker zur Geltung zu bringen, während er sich zugleich der Lächerlichkeit bewusst war, nicht einmal als *expatriate* durchzugehen.

Er hing dem Gedanken nach. Er kam ihm notierenswert vor. Wenn er getrunken hatte, spürte er eine Weite, die er, so er es denn endlich in Angriff nähme, für sein Berlin-Buch brauchen würde. Es war jenes Stadium zwischen Nüchternheit und Betrunkensein, in dem er sich von den täglich wechselnden Neuigkeiten und dem Kampf um die nächste Story löste. Man musste sich auf das Wesentliche konzentrieren, doch was das Wesentliche war, das vergaß er unter dem zunehmenden Druck seiner Blase.

Dolphin stand vor der Rinne, aus der stechende Dämpfe aufstiegen, und konzentrierte sich darauf, einen bestimmten Punkt über dem Abfluss anzuvisieren. Das Geräusch klang wie Regen auf einem Blechdach.

Wie gewöhnlich hatte er sich in die hinterste Ecke der Herrentoilette verzogen, obwohl niemand sonst da war. Vom Saal wehten Wortfetzen und Gesang herein, untermalt vom Klang einer Balalaika.

Weiter vorne öffnete sich leise eine Klotür. Zu seiner Überraschung kam der Tänzer heraus. Nach ein paar

Schritten stand er vor dem Waschbecken. Er schien Dolphin nicht zu bemerken und schaute lange in den Spiegel. Sein Blick war eigenartig leer, als wäre er zugleich wach und schliefe. Die gleiche Art von Ausdruckslosigkeit lag darin, wie vorhin, als er die Tanzfläche verlassen hatte. Als versuche er, sich auszulöschen, um keine fremden Blicke auf sich zu ziehen.

Er stand da in seinem makellosen weißen Hemd, fast unnatürlich aufrecht, die Daumen unter die Hosenträger geschoben. Er betrachtete sich, offenbar nicht unzufrieden mit dem Ergebnis, und reckte das Kinn in die Höhe. Dann ließ er, als sei es das Normalste auf der Welt, mit einem lauten Knall die Gummibänder schnalzen. Das Geräusch befremdete Dolphin. Es brachte eine Saite in ihm zum Klingen, hart und wollüstig, wie sein Verursacher.

Und dann war er weg.

Er war nicht sicher, ob der Mann ihn gesehen hatte. Er stand am Waschbecken, spürte das Schwanken und vermied es, in den Spiegel zu schauen. Langsam seifte er die Hände ein, rieb sie lange aneinander, als sei Gründlichkeit mit einem Mal wichtig.

II

Fräulein Herrmann erschrak, als er gegen Mittag, auf der Suche nach einem Glas Wasser, im Bad erschien. Sie polierte den Spiegel und bemühte sich, seinen Zustand zu ignorieren. Seine Augen waren verquollen, die Haare hatten ein wüstes Eigenleben entfaltet, dazu war er nur mit einer Pyjamahose bekleidet. Nachdem sie sich rasch entfernt hatte, trank er hastig einen Schluck und machte sich auf den Rückweg ins Schlafzimmer.

Durch die offene Tür sah er, wie Fräulein Herrmann im Wohnzimmer den Staubsauger in Betrieb nahm. Das Gerät kam ihm grotesk vor. Es erinnerte an ein Beuteltier, das unaufhörlich Dreck in seinen Blähbauch hineinfraß.

Dolphin ließ sich aufs Bett fallen und vergrub sein Gesicht im Kissen. Er schaute auf den Wecker, fluchte, konnte keinen klaren Gedanken fassen. Er schwitzte, hatte Durst. Draußen summte der Staubsauger. Sie führte ihn auf dem Teppich spazieren, minutenlang, hin und her, her und hin, als hätte sie einen Spürhund an der Leine.

Sein Schädel schmerzte. In der Nachttischschublade fand er eine Benzedrin. Und noch eine. Er rollte sich auf dem Bett zusammen, kniete auf der Matratze und zog sich die Decke über den Kopf. Er stellte sich an der Wand auf, ging zum Fenster. *Aufrecht* stehen, das half. Es war zu dunkel. Er machte die Vorhänge auf. Zu hell. Er zog sie zu, auf, zu, wie in Trance, die Bilder der Nacht kamen, gingen, auf, zu, auf, zu, zu, auf.

Das rote Licht, das wie Sirup an ihrer kalkweißen Haut herunterläuft

Mit verrutschter Perücke geht sie, hoch erhobenen Hauptes, zur Bar, was ihn rührt

Die Stille um sie herum, als fremde Menschen sich an den Schultern fassen und in einer wilden Polonaise durch den Saal galoppieren

Kalinka *ist die Verniedlichungsform der russischen Bezeichnung für den* Gewöhnlichen Schneeball, *sagt jemand*

Wie sie dasitzt vor ihrem Wodkaglas und den Inhalt taxiert, als müsse sie eine giftige Substanz bezwingen

Der Heldentenor auf dem Podium singt, begleitet vom Pfeifen des Mikrofons, von Birken, ohne jegliche Obertöne

Ihre aufgerissenen Augen, als sie ihn auf sich zukommen sieht

Er nennt sie Sidonie, *und sie bekommt einen Lachanfall, der ihr völlig entgleitet und in einem Röcheln endet*

Sie will nicht wissen, auch nicht von Natascha, die sich um Dolphin sorgt, dass Kalinka *von Iwan Petrowitisch Larionow komponiert wurde*

Plötzlich ihre Hand, die ihn auf die Tanzfläche zerrt, wo sie etwas Langsames tanzen. Oder war es Tango?

Schlechte Mikrofone und schreiende Sänger können nicht lineare Verzerrungen *produzieren. Das hatte er einmal im Haus des Rundfunks gelernt*

Zärtlich schmiegt sie sich an Dolphin, versucht, die Arme um seine Schultern zu schlingen, als wolle sie einen Schrank umklammern, dann wandern ihre Finger zu den Schultern hinauf, er spürt ihre Brustwarzen durch den Stoff der ärmellosen Weste

Er füttert sie mit Blinis, und sie lässt sich füttern wie jene Tiere, die von ihren Wärtern aufgezogen werden wie das eigene Kind, bis sie in einem einzigen Moment alles vergessen und mit einem Prankenhieb zerfetzen

Beim nächsten Tanz übernimmt sie die Führung, was Natascha, die ihnen zuschaut, nicht zu passen scheint

Sie trinken Wodka um Wodka, bis sie ihn küsst und ihm den Schnaps in den Mund spritzt

Überhaupt hat sie etwas gegen sentimentale Volkslieder

Vergebens schaut er sie an: Sie will nicht sagen, wo oder wer der Tänzer ist, und macht eine resignierte Bewegung, als verscheuche sie eine Fliege

Nachfragen hilft nicht, sie weicht aus; stattdessen macht sie sich über die schwangeren Matroschkas lustig und sagt vertrackte Sachen

Natascha wendet ihr den Rücken zu, als sie ein weiteres Schälchen Kaviar auf den Tresen stellt

Jetzt weiß er, an wen ihn der Tänzer erinnert. Das Lauernde, sein jähes Emporschnellen, es ähnelt jenem Jack in the Box, *der an Dolphins drittem Geburtstag aus der Schachtel sauste und ihm einen gewaltigen Schreck einjagte*

Die ärmellose Weste über der nackten Haut und das Schillern des Stoffs an ihrem Gesäß, das, von Ausprägung und Vollkommenheit her, an eine Ballerina erinnert, aber das sagt er ihr nicht. Vielleicht hat sie auch etwas gegen das Bolschoi

Zu den vertrackten Sachen gehört: Frauen als Austräger fremder Wünsche, das mache sie schwerfällig und anfällig für die Vermehrung

Da sie sich zu drehen beginnt, würde er nur zu gerne Schienen um ihren Barhocker legen und sie auf einem Wägelchen umrunden, um sie zum Stillstand zu bringen

Jack in the Box *hatte auf Deutsch komischerweise* Springteufel *geheißen, aber rot lackiert waren sie überall*

Sie winkt ab, als er sie nochmals fragen will, und steigert sich in eine Suada hinein und wütet gegen die Reproduktion der Gattung. Was hat sie bloß gegen Kinder?

Alkohol reinigt, auch wenn er aus fremden Mündern kommt

Irgendwann verbeugt sie sich wie ein Zirkusdirektor, nimmt mit todernster Miene die blonde Perücke ab und schreit auf einmal: Hereinspaziert!

Als er Stunden später wieder aufwachte, fiel es ihm siedend heiß ein. Er hatte tatsächlich das Interview mit Professor Fischer verschlafen, ein Interview, mit dem er letzten Endes Lord Bakerfield und auch dessen Freund Churchill zu überraschen gedachte. Mit einem Satz sprang er auf und rief seinen Fotografen an. Der Verleger hatte Wort gehalten, das musste man ihm lassen, und noch dazu das Budget des Berliner Büros aufgestockt.

Hirohito teilte ihm in knappen Worten mit, er habe drei Stunden vor dem Kaiser-Wilhelm-Institut auf ihn gewartet, dann mit der Sekretärin telefoniert, die auch nichts von Dolphins Verbleib wusste.

Ob er mit Professor Fischer gesprochen habe, fuhr Dolphin dazwischen und hob nervös die Stimme.

Aber natürlich, entgegnete Hirohito, er habe dem Herrn Institutsdirektor mitgeteilt, es könne sich nur um einen Notfall handeln, der den Redaktionsleiter davon abhielt, das lange geplante und für den Sunday Standard wie die britische Politik so bedeutsame Interview zu führen, und er sei sich sicher, bald werde man den Grund erfahren und erhielte dann die Gelegenheit, das Versäumte nachzuholen, so denn der Herr Direktor weiterhin zur Verfügung stünde, was dieser mit einem spontanen Kopfnicken bestätigte.

Dolphin war erleichtert. Hirohito hatte ihn gerettet. Der japanische Bauhaus-Absolvent war ein Glücksfall. Wenn er die deutschen Wörter so sorgfältig aussuchte, als hielte er ein Werkstück gegen das Licht, wenn er sie inspizierte und dann zurechtfeilte, um sie mit der Präzision eines Feinmechanikers in verschachtelte Konstruktionen einzupassen, musste Dolphin an dessen maschinenhafte Konzentration denken, die ihn in die Lage versetzte, in der Diffusion des Augenblicks das Bild zu erkennen. Vor allem, wenn er Menschen porträtierte, erinnerte er Dolphin an einen Zenmönch, der hinter die sichtbare Wirklichkeit schaut, wo das Wesen der Dinge aufscheint. Eigentlich hieß er ja Hiro, doch Dolphin neckte ihn mit dem Namen des japanischen Gottkaisers, was dieser jedes Mal mit einem verlegenen Lächeln zurückwies.

12

Der Himmel war von der Hitze ausgebleicht, und ein Flimmern, das an die Farben von Benzinpfützen erinnerte, lag über dem Asphalt, als Dolphin seinen Wagen unweit des Kaiser-Wilhelm-Instituts abstellte. Schon von Weitem erblickte er Hirohito im Schatten eines Lindenbaums. Er war ausgerüstet mit einer sandfarbenen Schildmütze samt extralangem Nackenschutz und sah aus wie ein Wüstenlegionär, der sich entschlossen gegen die Sonne verteidigte. Er hatte ihm den Rücken zugekehrt und schaute mit stoischer Miene mal durch das Objektiv, mal auf den Belichtungsmesser. Leise schlich Dolphin sich heran und fragte dann mit lauter Stimme:

»Na, Hiro-san, was sagt dein Belichtungsmesser?«

Er spürte eine diebische Freude, und tatsächlich, Hirohito nannte, nachdem er zusammengezuckt war, zuerst die Zahl, bevor er schließlich den Kopf schüttelte.

»Aber Herr Dolphin, mir scheint doch, Hiro sei auf alle Fälle genug.«

Er wartete, bis sein Fotograf den Eingang samt Bronzekopf abgelichtet hatte, und dann wurden sie in Fischers Büro geführt, der sie mit allerlei Erfrischungen willkommen hieß.

Dolphin schlug vor, sofort mit dem Interview zu beginnen. Während der Anthropologe ausführlich über seine Feldstudien im ehemaligen Deutsch-Südwest zu sprechen begann und in aller Detailliertheit den Hintergrund und die Begleitumstände der Untersuchungen schilderte, machte Hirohito sich an seinen Kameras zu schaffen und probierte verschiedene Einstellungen aus.

Dolphin füllte Seite um Seite des Notizblocks. Zum Abschluss des Interviews drückte ihm der Professor sein Standardwerk über die *Rehoboter Bastards* in die Hand, das er sogleich am Konferenztisch mit einer persönlichen Widmung versah und mit Verve signierte.

Als Hiro ihn bei diesem Akt fotografierte, regte Fischer an, eine Porträtaufnahme von ihm am Schreibtisch vor dem Fenster anzufertigen. Sicher wie ein Schauspieler präsentierte er sein eindrucksvolles Profil, als er in der Schublade eine Fotografie hervorkramte und das Bildnis einer jungen Hererofrau betrachtete.

Unter eifrigem Nicken ermunterte Hiro den Professor, in dieser Pose zu verharren, was Dolphin, der ganz in der Nähe des Schreibtischs stand, die Möglichkeit gab, das Porträt der Südwestafrikanerin näher zu betrachten. Er konnte nicht sagen, was es war, aber er spürte eine dunkle Faszination. War sie hübsch? Welche Kriterien gab es für Schönheit bei einer anderen Rasse? Wenn jemand von der Schönheit von Schwarzen sprach, klang es, als rede er von der Schönheit von Tieren. Aber es war eine Sanftmut in ihren Augen, die ihn irritierte. Ein Leuchten, das auf alles um sie herum abzustrahlen schien.

Als Hiro den Film wechselte, ergriff der Wissenschaftler die Gelegenheit, auf eine Bibliotheksleiter zu steigen. Aus dem obersten Regal zog er ein Buch heraus, das er als ungemein nützliche Studie bezeichnete, um die ethnische Zusammensetzung des Landes und die rassischen Eigenheiten der verschiedenen Stämme besser zu verstehen. Während Fischer wieder herabstieg, wandte Hirohito sich an Dolphin und fragte, ob man nicht auch zusätzliche Porträtaufnahmen im Garten des Instituts machen könne. Beim jetzigen Sonnenstand würde das Spiel von Licht und Schatten zu interessanten Ergebnissen führen, vor allem, weil der Herr Professor selbst im südwestafrikanischen Felde bei ähnlichen Lichtverhältnissen fotografiert haben mochte.

Fischer war von dem Vorschlag begeistert. Bevor er dem Fotografen in den Garten folge, wolle er Mr. Dolphin noch schnell das Buch geben samt einer Mappe mit historischen Fotografien und weiteren Dokumenten der damaligen Kolonialverwaltung.

Gemeinsam stiegen sie die Treppe zur Pforte hinab, wo Dolphin sich von Fischer verabschiedete.

»Wir sehen uns in der Redaktion, Hiro-san«, sagte er zu dem Japaner gewandt und freute sich daran, wie der mit ärgerlicher Miene den Kopf schüttelte. Zufrieden setzte er sich in seinen Wagen und fuhr los. Er hatte nun alle Informationen beisammen. Hiro, da war er sich sicher, würde wieder jene suggestiven Bilder beisteuern, für die er bekannt war. In aller Ruhe konnten sie dann an der Gestaltung der Titelgeschichte arbeiten und verschiedene Layouts ausprobieren, mit jener engen Verzahnung von Text und Bild, wie der Verleger sie als Gebot des modernen Zeitalters formuliert hatte. Mit dem Ergebnis, davon war Dolphin gleichfalls überzeugt, würden Bakerfield und Churchill mehr als zufrieden sein können.

13

Vierundzwanzig Stunden später saß er allein bei Steak und Bohnen am Küchentisch in der Knesebeckstraße, als das Telefon klingelte.

»Spreche ich mit Herrn Dolphin?«

»Ja«, brummte er und war ernstlich über diese Störung des ohnehin viel zu späten Mittagessens verstimmt, das er in einer seltsamen Anwandlung selbst zubereitet hatte. Es war ihm gründlich misslungen, und das verbrannte Fleisch ließ ihn noch ungnädiger werden. Warum riefen die nicht im Büro an?

»Hier ist Schwester Laetitia vom Sankt-Bonifatius-Krankenhaus.« Die Stimme war unangenehm hoch und signalisierte überdeutlich das Bewusstsein, einem höheren Ziel zu dienen.

»Was ist denn passiert?«, knurrte er und versuchte, mit dem Daumennagel ein Stückchen Fleisch aus dem Zahn zu entfernen.

»Bei uns ist eine Bekannte von Ihnen eingeliefert worden. Sie ist schwer krank.«

Er richtete sich auf.

»Herr Dolphin«, sagte sie, nun eine Oktave höher, »sind Sie noch da?«

Und ohne Platz für eine Antwort zu lassen, fuhr sie fort, dass Fräulein Liebermann seinen Namen genannt habe und sehr dankbar für einen Besuch wäre.

»Ich kenne kein Fräulein Liebermann«, entgegnete er schroff, während es in seinem Gehirn zu arbeiten begann.

Eine andere Frauenstimme, sehr langsam, sehr deutlich, sprach mit einem Mal aus dem Hörer.

»Die Patientin heißt«, und jetzt verstärkte sich der didaktische Tonfall, »Si-do-nie Lie-ber-mann.«

»Moment mal«, plötzlich war er hellwach, »haben Sie Sidonie gesagt?«

Er konnte nicht sagen, ob es an seiner Nervosität lag, dass ihm nicht einfiel, wo er seinen Wagen abgestellt hatte. Dann geriet er in einen Wolkenbruch, der Straßen und Plätze überflutete und Dunkelheit und Wind brachte und Bäume wie Menschen zittern ließ, die dem Weltenende entgegenschlotterten.

Als er völlig durchnässt einstieg und das Licht einschaltete, jagten Sturzbäche über die Windschutzscheibe. Seine Wischer versagten und zwangen ihn, Schritttempo zu fahren, und schließlich waren auch noch alle Parkplätze vor dem Krankenhaus belegt.

Direkt vor dem Eingang stand, mitten im Parkverbot, ein Auto. Jetzt entdeckte er den Fahrer im Wageninnern. Er trug ein leuchtend weißes Hemd. Warum parkte der ausgerechnet hier?

Der Mann schaute in den Rückspiegel. Dolphin gestikulierte in Richtung des Rückens, der von straff gespannten Hosenträgern in Form eines Ypsilons zerteilt wurde. Keine Reaktion. Alles schien an dem geschnürten Rücken abzuprallen. Schließlich deutete er entnervt auf sein Presseschild, das für alle Welt gut sichtbar angebracht war, doch der Mann drehte sich nicht einmal um. Warum reagierte er nicht? Als Dolphin ausstieg und auf das Fahrzeug zustürmte, heulte der Motor auf und das Auto fuhr mit quietschenden Reifen davon.

Er war zu sehr in Eile, um sich weiter damit zu beschäftigen, und nachdem er eingeparkt hatte und die Sonne schon wieder vom Himmel brannte, lief er über endlose Flure zur Station.

Vorsichtig öffnete er die Tür. Sie saß aufrecht in ihrem Eisenbett. Er sagte ihren Namen. Sie lächelte matt, wollte etwas entgegnen, ließ es dann.

Sie sah hilflos aus in ihrem Krankenhaushemd. Obgleich Hitzewellen durch den Raum gingen, schien sie zu frösteln. Ihre Hände hielt sie unter einer Wolldecke verborgen, und so blieb ihr nur das Gesicht, mit dem sie ihn schüchtern ansah.

»Bist du mir böse?«, fragte sie.

Dolphin spürte ein Würgen im Hals.

»Ich kenne niemanden, den ich hätte anrufen können.«

Der Schatten der Jalousie streifte ihre Haut und markierte Stirn und Wangenknochen. Er musste schlucken und hielt die Hand so vor die Augen, als blende ihn das Licht.

Als er sich auf dem Besucherstuhl niederließ, strich sie die Decke zurück. Er sah die dicken Verbände an ihren Handgelenken. Jetzt fröstelte ihn auch. Er spürte das nasse Hemd, das am Rücken klebte.

»Ich bin so dumm gewesen«, sagte sie.

Sie war unbeschreiblich schön. Gerade weil sie alles tat, um diese Oberfläche zu zerstören. Die Jalousie rahmte jetzt die ungeschminkten Lippen. Sie verschoben sich von Schmunzeln zu Schmollen zu Schürzen zu Schämen und zurück.

Und dann hob sie ihre Arme und gab den Blick auf die verbundenen Pulsadern frei. Sie schien sich nicht darum zu scheren und fiel ihm um den Hals. Er spürte das Pochen ihres Pulses. Sie war so zart und so dünn. Er spürte, wie sie ihn umklammerte. Sie möge seinen breiten Rücken, flüsterte sie ihm ins Ohr. Und nach einer Pause fügte sie hinzu: auch, wenn er patschnass sei.

Er dachte an die Art, wie sie ihn beim Tanzen umschlungen hatte. Wie einen Schrank, der zu breit ist; ein Schrank, an dem man sich hochziehen, gegen den man anrennen, sich darin einschließen, und wenn man keine Lust hat, herauszukommen, sagen kann, man habe den Schlüssel verloren. An all das dachte er und sagte nichts.

Bis er ihren Namen flüsterte und sie ihm in die Rippen stieß und lachte, er möge sie bitte nie wieder Sidonie nennen. Aus einer eigenartigen Laune heraus habe sie sich mit jenem scheußlichen Namen vorgestellt, den ihr die Mutter gegeben hatte. Vielleicht hatte sie sich auch dahinter verstecken wollen bei ihrem ersten Zusammentreffen. Oder es lag an *seinem* komischen Vornamen, den er ja aus allzu begreiflichen Gründen selbst nicht leiden könne. Aber fortan möge er sie bitte Dodo nennen, wie es alle in Berlin täten. Und dann trommelte sie ihm – mit einer Kraft, die er ihr in diesem Zustand nicht zugetraut hätte – fingerknöchelharte Triolen auf den Rücken: »Si-do-nie. Nie, nie, nie!«

14

Als er am folgenden Morgen aufwachte, griff sein Arm ins Leere. Er fuhr hoch, sah das zerknautschte Kopfkissen und einen Hauch kirschroten Lippenstifts, den sie gestern, gleich nach der Ankunft in der Knesebeckstraße, noch unbedingt hatte auflegen müssen.

Ihre Kleider waren weg. In Panik lief er durch den Flur, griff zum Telefon. Doch wen sollte er anrufen? Er hatte nicht einmal ihre Nummer. Er warf den Hörer auf die Gabel, bog ins Wohnzimmer ab, wo schmutziges Kaffeegeschirr und ein angebissenes Tortenstück herumstanden. Von der Sachertorte fehlte nur die Spitze, er sah es genau, und zu dieser minimalen Subtraktion hatte es all seiner Überredungskünste bedurft.

Die Reste verstärkten ihre Abwesenheit. Das Grau des Morgens stand im Raum. Im Hinterhof klapperten Mülltonnen, irgendwo rauschte eine Toilettenspülung. Er hörte die Stille.

Langsam ging er durch den Flur zurück. Er öffnete die Küchentür. Und dann entfuhr ihm ein Schrei. Es war mehr ein Röcheln, als ersticke er an seinem Schrecken. Er zitterte, rang nach Luft. Es war nicht zu fassen. Im Gegenlicht sah er sie auf dem Stuhl kauern. Sie hatte die Beine angezogen, die Arme um die Knie geschlungen, und streckte ihm ihren Katzenbuckel entgegen, ohne sich zu rühren.

Sie trug nichts als das Hemd, das Dolphin gestern getragen hatte. Zu ihren Füßen waren, wie ein fliegender Teppich, ihre Kleider verstreut.

Dann drehte sie sich langsam um und wünschte ihm mit einem müden Lächeln einen guten Morgen.

Trotz allen Zuredens wollte sie kein Frühstück, nur eine Tasse Tee. In der Hoffnung, sie sei zu erschöpft, um zu widersprechen, gab er viel Zucker und Sahne hinein.

Er schaute ihr zu, wie sie den Kopf senkte, ihre vollen, aber, wie ihm jetzt auffiel, sehr blassen Lippen spitzte, in die eierschalenfarbene Flüssigkeit pustete und kurz die Augen schloss, als der Dampf aufstieg. Es kam ihm vor, als habe er schon immer Tee für sie zubereitet und ihr beim Schlürfen zugeschaut, wobei sie die Schlucke so winzig bemaß, als ginge es mehr um das Pusten und Umklammern der Tasse sowie den Umstand, auf keinen Fall sprechen zu müssen. Das Wichtigste aber war, und das signalisierte sie ihm mit jeder Faser ihres Körpers, dass keine Fragen gestellt wurden.

Später saß er auf dem Bett und sah ihr zu, wie sie schlief. Ihr beim Atmen zuschauen, beim Runzeln der Stirn, wenn im Traum unsichtbare Schatten vorbeizogen und sich in die Haut einschrieben, die Falte zwischen den Augenbrauen, die je nach Anspannung auftauchte und verschwand, noch niemals hatte er den Wunsch verspürt, zum Zuschauer eines fremden Lebens zu werden.

Sie atmete schneller. Trotz ihrer Zartheit spürte er eine animalische Kraft in ihrem Körper. Plötzlich wälzte sie sich herum, murmelte etwas, zischte, wenn er es richtig verstand, etwas wie *Nein, Vogel, nein!*, und er hatte das Gefühl, dass es ihm nicht zustand, sie aus diesem Traum zu reißen. Schließlich beruhigte sie sich und atmete tiefer.

Kurz entschlossen rief er seine neue Sekretärin an und teilte ihr mit, aus dringenden Gründen ein paar Tage Urlaub nehmen zu müssen. Und daraufhin, ganz berauscht von seiner Entschlossenheit, sagte er Fräulein Herrmann ab. Ja, die ganze Woche, es sei etwas Unvorhergesehenes dazwischengekommen, natürlich werde er den Ausfall erstatten, und dann wünschte er ihr, vielleicht eine Spur zu euphorisch, einen schönen Tag.

Er setzte sich an den Küchentisch und schrieb eine Nachricht, dass er gleich wieder zurück sei. Das war der leichtere Teil. Dann überlegte er angestrengt, was man für eine Frau kocht, die eine *Dummheit* begangen hatte. Eine Frau, die man kaum kannte. Er hatte keinen Anhaltspunkt, sie waren nicht einmal essen gewesen. Beim Trinken war es einfacher, aber nach dem – wie sollte man es nennen – *Vorfall,* waren Whisky oder Gin keine Option. Überhaupt hatte er keine Übung beim Planen und Einkaufen. Doch Fräulein Herrmann war unbedingt bis auf Weiteres fernzuhalten.

In jenem traumartigen Zustand, in den ihn Dodo versetzt hatte, schwebte er von einem Geschäft zum nächsten. Der Vorstellung, dass sie zu Hause in seinem Bett lag und er sie zu pflegen hatte, folgten intensive Beratungen in Metzgerei und Konsum, und allmählich entstand ein Speiseplan, dessen Verwirklichung er sich, nachdem er alles in seinem Notizbuch festgehalten hatte, gewachsen fühlte.

Als er ins Schlafzimmer kam, sah sie ihn mit ihren großen Augen an und lächelte, als sei es immer schon so gewesen. Und auch die dunkle Stimme, die grundiert war von einem mal schwächeren, mal stärkeren Kratzen, erstaunte ihn wieder, weil man einen solchen Resonanzraum nicht in ihrem Körper vermuten würde.

Er ließ ihr ein Bad ein und ging in die Küche. Nachdem alles bereit war, reichte er ihr verschämt ein Handtuch herein, was sie zum Lachen brachte. Ob der arme Engländer noch nie eine nackte Frau gesehen habe, wollte sie wissen und schlang ihre nassen Arme um ihn.

Zum Essen erschien sie mit frisch gewaschenem Bubikopf, dessen Strähnen sie mit Brillantine gebändigt hatte. Sie trug Dolphins viel zu weiten Hausmantel, und wie auf einem Laufsteg präsentierte sie ihn mit einer ironischen Drehung.

Er war zu nervös, als er das Schnitzel wie vorgeschrieben mit einer Zitronenscheibe verzierte, die Kartoffeln daneben arrangierte und den Gurkensalat in das dafür vorgesehene Schüsselchen löffelte, als dass er hätte Konversation machen können. Als er schließlich das Mineralwasser eingoss, wurde sie plötzlich ganz still und wandte das Gesicht zur Seite. Weinte sie?

Er schaute sie an. Er schaute auf das Schnitzel. Wie hatte er nur so gedankenlos sein können.

»Entschuldigung, das wollte ich nicht«, sagte er kraftlos. Er könne ihr auch ein Spiegelei braten.

»Nein, nein«, fiel sie ihm ins Wort, »ich esse Schweinefleisch, auch wenn ich Liebermann heiße.«

Sie schluckte. Und dann begann sie zu erzählen. Sie könne sich nicht daran erinnern, dass ihre Mutter jemals für sie gekocht habe, nicht einmal zu einem Kakao habe es gelangt. Dafür sei Rahel zuständig gewesen. Da das Dienstmädchen streng gläubig war, bereitete sie am Sabbat nur die vorgeschriebenen Speisen zu. Mutter ging derweil, entgegen allen Geboten, mit ihrer Tochter einkaufen und kleidete sie noch mit zwölf wie ein Püppchen, um selber jünger zu erscheinen und die Illusion einer taufrischen Mama aufrechtzuerhalten. Und der mittlerweile verstorbene Vater, ein Pelzhändler in der dritten Generation am Brühl, hatte zu allem geschwiegen: zu den Eskapaden seiner Frau, zu dem SA-Überfall, bei dem sein Geschäft verwüstet worden war, zu seinen grundsätzlichen Problemen mit dem Metier, denn er hatte Pelze nie gemocht und war eigentlich ein verhinderter Maler gewesen, der heimlich Stadtansichten gezeichnet hatte, wenn er im Kontor war. Ein Künstler halt, wie der berühmte Verwandte in Berlin. Aber der Malerfürst und seine Sippe, die hätten sich nie um den Leipziger Familienzweig geschert.

»Bist du tatsächlich mit *Max* Liebermann verwandt?«, fragte Dolphin und sah Dodo erstaunt an, was sie offenbar als persönlichen Angriff wertete und mit der patzigen Gegenfrage konterte, ob er denn glaube, sie erzähle ihm Märchen.

Ungläubig schüttelte er den Kopf. Er habe, nach mehrfachem Bemühen und etlichen Absagen, endlich einen der seltenen Interviewtermine bekommen.

»Da muss ich mit«, sagte sie wie aus der Pistole geschossen.

»Das geht nicht«, entgegnete Dolphin, »der alte Herr ist da sehr eigen.« Überhaupt habe er das Interview nur aus zwei Gründen bekommen: zum einen, weil er für die erfolgreichste britische Zeitung schreibe, zum anderen, weil er Liebermann habe wissen lassen, dass er ebenfalls das Friedrichswerdersche Gymnasium besucht habe, was bei ihm offenbar eine sentimentale Ader getroffen hatte.

»Komm schon«, schmollte sie, »ich fotografiere.«

»Ich habe schon einen Fotografen.«

»Wer ist das?« Sie richtete sich auf und hob kampfeslustig das Kinn.

»Hiro, ein Absolvent vom Bauhaus.«

»Dem musst du absagen.«

»Das geht nicht, Dodo«, sagte er und konnte seinen Ärger nur mühsam verbergen, »Ein weiterer Grund ist nämlich, dass Liebermann sicher auch wegen Hiro zugesagt hat.« Und dann erklärte er ihr lang und breit, wie sehr der Maler den japanischen Fotografen und dessen Umgang mit Licht und Schatten schätze und darin auch Berührungspunkte zu seinen berühmt gewordenen *Sonnenflecken* sehe, die er in einem Amsterdamer Garten entdeckt habe, als die Sonne flirrende Lichteffekte in den Bäumen hervorgebracht hatte, und Dolphin sprach immer schneller, weil sie wieder und wieder Anstalten machte, ihm ins Wort zu fallen, und er wollte sie endlich mit all seinen Gründen dazu bringen, aufzugeben, doch sie schlug plötzlich so heftig auf den Tisch, dass die Wassergläser klirrten.

»Sag ihm ab«, herrschte sie ihn an. »Diesen Gefallen musst du mir tun. Ich brauche Liebermann. Und außerdem sind wir verwandt.«

»*Dich* kennt *niemand*, Dodo«, entgegnete er gereizt. Das alles ging langsam zu weit, warum war sie nur so hartnäckig? »Das wird kein Artikel für ein Provinzblättchen, sondern eine *Titelgeschichte* für den Sunday Standard.«

»Bitte«, sagte sie nun mit flehender Stimme, »gib mir eine Chance.« Sie nahm seine Hand. Er werde es nicht bereuen, denn bald, ob er es glaube oder nicht, werde sie bekannt sein, ja, das werde sie, denn niemand anderes als Alfred Flechtheim habe ihr angeboten, eine Fotoserie für den Querschnitt zu gestalten, und der erscheine mittlerweile in einer Auflage von mehr als zwanzigtausend Stück.

»Wie kommt's?«, fragte er überrascht.

Sie habe Flechtheim bei einem Ball kennengelernt. Irgendwann nach Mitternacht habe der ihr erzählt, wie begehrt jene künstlerischen Aktfotos bei den Lesern gewesen wären, die Frieda Riess von Boxern angefertigt habe, und schließlich habe er sie gefragt, ob sie nicht etwas Ähnliches versuchen wolle. Erst habe sie ihn nicht ernst genommen, aber als sie am Tag darauf in die Galerie gekommen sei, wurde das Angebot erneuert. Kurz entschlossen habe sie ihm ihre Idee vorgetragen, die, ausgehend von den Boxern, auch jene Sportler miteinbeziehe, die von der Antike bis zu den Olympischen Spielen der Gegenwart das Schönheitsideal des Mannes verkörperten, bis Flechtheim sie ermutigt habe, es einfach zu probieren.

Dolphin wusste nicht, ob er ihr glauben konnte. Die Weltwirtschaftskrise hatte Flechtheim zugesetzt. Außerdem war es schwer für eine unbekannte Fotografin, im Querschnitt publiziert zu werden. Das Kulturmagazin, das der Galerist einst als Mitteilungsblatt seines Kunsthandels gegründet hatte, hatte sich binnen weniger Jahre zu einer tonangebenden Publikation entwickelt und versammelte mittlerweile, wenn man den Feuilletonisten glauben durfte, die internationale Avantgarde aus Kunst und Literatur. Keine Frage, Flechtheim galt als elitär. Und Frieda Riess war nicht irgendwer. Aber er war zu erschöpft, um sich auf eine neuerliche Auseinandersetzung einzulassen, und versprach, dass er schauen wolle, was er tun könne, und nachdem sie ihm die Zusicherung abgerungen hatte, sein Bestes zu versuchen und eventuell auch einen Brief an ihren berühmten Verwandten zu schicken, beruhigte sie sich langsam.

Müde und ziemlich traurig stellte er fest, dass das Essen kalt geworden war.

»Es tut mir leid«, entgegnete sie und strich über seinen Arm, »du hast dir so viel Mühe gegeben.« Sie stand auf, ging um den Tisch herum, legte beide Hände auf seine Wangen, zog ihn zu sich heran und gab ihm einen langen Kuss.

Wie um Abbitte zu leisten, zerteilte sie nach und nach das kalte Fleisch und schob sich winzige Bissen in den Mund, bis sie ein Viertel des Schnitzels geschafft hatte, was sie mit einer triumphierenden Geste unterstrich.

»Dolphin«, schnurrte sie, »das war ein Gedicht.« Morgen werde sie, das verspreche sie ihm, den Rest zum Mittagessen verspeisen, und um ihre Genesung zu demonstrieren, verlangte sie ein Gläschen von dem Moselwein, den sie vorhin im Kühlschrank entdeckt hatte.

Sie rückte ihren Stuhl neben den seinen, lehnte sich an seine Schulter und leerte das Glas. Und als sie ihn schließlich nach Zigaretten fragte, was er für doch etwas verfrüht hielt, drückte sie ihm einen Kuss auf die Nase und sagte fröhlich: »Jetzt aber Schluss. Du bist nicht meine Krankenschwester.«

15

Er erwachte in aller Frühe und sah Dodo zu, wie sie atmete und träumte. Von Zeit zu Zeit murmelte sie wieder etwas vor sich hin. Er lauschte und versuchte, die Silben zu verstehen, und war sich nicht sicher, ob ein Vogel darin vorkam. Dann beruhigte sie sich und drehte sich zur Seite.

Er beschloss, sie mit einem richtigen Frühstück zu überraschen. In der Bäckerei kaufte er Brötchen und Rosinenschnecken, ließ sich im Milchladen die Kanne füllen und ging noch rasch am Kiosk vorbei, um die Morgenblätter zu verlangen. Er wollte schon bezahlen, als ihm das aktuelle Heft des Querschnitt in die Augen fiel.

Im Lärm des Großstadtmorgens setzte er sich auf eine Parkbank, zündete sich eine Zigarette an und blätterte in der Zeitschrift. In aufwändiger Aufmachung wurden Gemälde des Expressionisten Schmidt-Rottluff präsentiert, samt Abbildungen afrikanischer Masken, die der Künstler, wie so viele seiner Kollegen, sammelte. Dolphins Sache waren die Expressionisten nicht, darin sah er sich bestätigt, als er die Zeitschrift unter die Achsel klemmte, aber vielleicht würde sich Dodo darüber freuen.

Als er die Wohnungstür aufschloss, kam ihm Kaffeeduft entgegen. Es klirrte und klapperte in der Küche, dann wurde geräuschvoll der Tisch herumgerückt. Er hörte ihre kratzige Stimme. Sie hatte Mühe, die Töne zu halten. Sie sang auf eine fantastische Weise daneben, ohne sich darum zu kümmern.

Er trat ein. Sie begrüßte ihn theatralisch mit *good morning, my dear*, worauf Dolphin sie schnell umarmte, um nicht laut herauszulachen. Auch Fremdsprachen gehörten nicht zu ihren Stärken. Der deutsche Akzent klang einfach schauderhaft, was sie wohl selbst ahnte und zu übertünchen suchte, indem sie in eine Art verzweifeltes Parodieren verfiel.

Sie strahlte ihn an. Keine Spur von Müdigkeit. Dann sprang sie vom Stuhl auf und goss ihm Kaffee ein. Dolphin betrachtete ihre ungestümen Skizzen, die Sportler in unterschiedlichsten Posen zeigten. Er mochte den kraftvollen Strich und die Art, wie sie die Figuren lediglich andeutete und zuweilen zerstoßene Zeichenkohle mit dem Finger verrieb. Überall lagen Blätter herum, nummerierte Szenografien, die einem Storyboard ähnlich sahen.

Ihr Vorhaben, das sie Flechtheim bei einem weiteren Treffen genauer beschrieben hatte, sah vor, die antiken Sportarten mit neuester Aktfotografie in Verbindung zu bringen. Das gerade erbaute Stadion Lichterfelde sollte als Bühne für eine Inszenierung dienen, bei der splitternackte Faustkämpfer, Diskuswerfer, Weitspringer, Läufer und Speerwerfer unter Einsatz von Paravents, Spiegeln und Wasserflächen so verfremdet wurden, dass Altertum und Gegenwart in kühnen Bildern verschmolzen. Im Geiste Olympias wollte sie bei dieser Serie verschiedene Rassen vereinen, und so hatte sie, auf der Suche nach Modellen, Berliner Sportvereine, Botschaften, Filmproduktionsgesellschaften und Vereinigungen von ausländischen Studenten kontaktiert.

Sie ließ ihm kaum Zeit, die Einkäufe auszupacken, griff in die Tüte, um sich eine Rosinenschnecke zu angeln, nahm einen Schluck aus der Milchkanne und drückte ihm demonstrativ einen nassen Kuss auf die Wange. Während er sie abzuwehren versuchte, entdeckte sie die Zeitschrift. Dann stieß sie einen Schrei aus und schlang die Arme um seinen Hals, bis es ihm mit Mühe gelang, sich aus ihrem Schwitzkasten zu befreien.

Er zündete den Gasherd an und schlug Eier in die Pfanne. Sie hockte mit angezogenen Beinen auf dem Stuhl und blätterte in dem Magazin. Die Gemälde Schmitt-Rottluffs überschlug sie nach kurzem Überfliegen. Erst, als die Abbildungen afrikanischer Masken auftauchten, hielt sie inne und betrachtete sie lange. Mit dem Zeigefinger zog sie deren Konturen nach, in sich gekehrt, als träumte sie.

Ihm fiel ein, wie sie sich im Schlaf gegen einen Vogel gewehrt hatte, und er überlegte, es ihr zu erzählen, doch vielleicht rührte er an etwas, für das sie nach jener Dummheit noch nicht bereit war.

Er bestreute die Spiegeleier mit Schnittlauch, ein Akt der Raffinesse, der wohl seinem plötzlichen Interesse fürs Kochen zuzuschreiben war. Dodo tauchte aus ihrer Versenkung auf und aß mit einem Heißhunger, als wollte sie den Vorfall in ihrem Mund zum Verschwinden bringen.

Später ging sie in den Flur. Durch die offene Tür sah er sie telefonieren, um Termine mit den Athleten zu vereinbaren. Ohne Zeit zu verschwenden, erledigte sie, mit einem Stift in der Hand und einer Kladde vor sich, Anruf um Anruf, bis sie irgendwann »schade« sagte und auflegte.

Während Dolphin abwusch, was nun einmal der Freistellung Fräulein Herrmanns geschuldet war, erzählte sie, dass gerade der schwarze Champion aus Dänisch-Westindien abgesprungen sei.

»Meinst du William Thomson?«

Sie schaute ihn überrascht an.

»Ja, er muss zu einem Wettkampf nach Breslau.«

»Nimm doch Brody«, entgegnete Dolphin. »Louis Brody, den Filmschauspieler.« Der sei zwar nur Amateurboxer, aber spätestens, seit er in der *Boxerbraut* so überzeugend Fighting Bob gemimt habe, komme er auf alle Fälle infrage.

Dodo reagierte nicht. Was war los?

»Du müsstest ihn eigentlich schon mal gesehen haben«, sagte er, »neulich in der Babuschka Bar.«

Sie schwieg.

»Der Hüne, am Tisch von Thomson und Fritsch.«

»Keine Ahnung.«

»Kaum zu glauben, der ist nicht zu übersehen. Und fotogen ist er auch. Was hast du?«

»Ich weiß nicht.«

Und mit einem Mal schüttelte sie heftig den Kopf, als wollte sie nicht daran erinnert werden, und das waren jene Augenblicke, das hatte er in den wenigen Tagen gelernt, in denen man lieber nicht nachfragte.

Gegen Mittag fuhr Dolphin ins Büro. Als er das Vorzimmer betrat, sah er seine neue Sekretärin lachend und scherzend am Telefon, bis sie das Gespräch abrupt beendete. Als sei nichts gewesen, schaute sie ihn an und wünschte ihm einen guten Tag.

Auf ausdrücklichen Wunsch des Verlegers hin hatte er sie vor Kurzem einstellen müssen und war augenblicklich auf Distanz gegangen. Alles an ihr war ihm zuwider: die rosige Gesichtsfarbe, die Bewegungen ihrer fülligen Oberarme, wenn sie tippte, vor allem aber der erstaunliche Hochmut, von dem man nicht wusste, worauf er sich eigentlich gründete.

Er vermied es, sie bei ihrem Namen zu nennen. Mrs. Erna Hanbury war eine Berlinerin Mitte vierzig, die in England einen viel älteren britischen Kolonialoffizier geehelicht hatte und nach dessen Tod wieder in ihre Geburtsstadt gezogen war. Vielleicht lag es an der Stellung ihres verblichenen Gatten, dass sie sich offenbar nur schwer mit ihrer Position anfreunden konnte, vielleicht an dem mehr als einem Dutzend von Jahren, die sie ihrem Chef voraushatte, vielleicht an ihrem Selbstverständnis als Schriftstellerin, die in ihrer Freizeit Liebesgeschichten für Blaues Blut und ähnliche Groschenhefte verfasste. Dolphin fühlte sich in ihrer Gegenwart auf eine schwer greifbare Weise kontrolliert. Und ihre privaten Telefonate waren ihm schon länger ein Dorn im Auge.

Auf seinem Schreibtisch häufte sich die Post. Er schob den Stapel beiseite und las in seinen Notizen, die er im Kaiser-Wilhelm-Institut angefertigt hatte. Dann griff er zu Fischers Hauptwerk über *Die Rehoboter Bastards und das Bastardisierungsproblem beim Menschen*. Im Vorwort dankte der Anthropologe dafür, dass er *die Früchte auf deutschkolonialem Boden pflücken, und so nicht nur der Wissenschaft, sondern auch der deutschen Heimat Nutzen stiften durfte.* Von Eugenik im engeren Sinne hatte Fischer nicht gesprochen. Aber der Umgang mit den Mischlingen, das Apartheidsystem, das er vorgeschlagen hatte, das alles sollte Lord Bakerfield interessieren, nicht zuletzt, weil nun die Südafrikanische Union mit den Hinterlassenschaften des deutschen Kolonialismus zurechtkommen musste.

Er durchsuchte den Stapel und fand einen Aktendeckel, den Hirohito sorgfältig beschriftet hatte. Die Porträts im Garten waren ausgezeichnet. Es schien, als befinde sich der Forscher in der afrikanischen Savanne. Die Muster des Schattens verstärkten sein Profil, das, bis auf den Spitzbart, Ähnlichkeiten mit einem Adler aufwies, der seine Beute in den Blick nimmt. Dolphin blätterte weiter und stockte. Auf dem letzten Bild sah er Fischer, wie er einen Hereroschädel in die Sonne hielt, als präsentiere er eine Hostie.

Seine Sekretärin klopfte und richtete ihm aus, die Zentralredaktion in London warte noch immer auf seinen Rückruf. Der Vorwurf, der in ihrer Stimme mitschwang, ärgerte ihn.

Er schwieg. Sich bloß nicht rechtfertigen. Schon gar nicht vor ihr. Warum hatte sie nicht gesagt, er habe aus dringenden Gründen Urlaub nehmen müssen? Und überhaupt: Auf wessen Seite stand sie eigentlich?

Der Fernsprecher klingelte. Mit einer Handbewegung bedeutete er ihr, er wolle ungestört telefonieren. Kleinlaut sagte Dodo ihm, sie könne Brody nicht erreichen. Nun also doch. Er vermied es, nachzufragen, was sie zu ihrem Sinneswandel bewogen hatte, und versprach, mit dem Schauspieler Kontakt aufzunehmen.

Er bat seine Sekretärin, die Nummer der Agentur zu besorgen. Nachdem er gewählt hatte, musste er lange warten, bis doch noch jemand abhob und ihm mitteilte, Herr Brody sei zwar in Berlin, aber gerade mit Regiearbeiten befasst. Dolphin bat um Rückruf.

Er erinnerte sich an eine Notiz, die er in einer Lokalzeitung gelesen hatte. Darin war von einer Revue die Rede, die Brody, inspiriert von Josephine Bakers phänomenalem Erfolg, in einem Festsaal in der Hasenheide aufführte.

Dolphin setzte sich an die Schreibmaschine und suchte nach einem Anfang. Sollte er mit der gespenstischen Atmosphäre auf dem Dachboden beginnen, wo sich Tausende von Schädeln und Skeletten stapelten? Oder im Direktorenzimmer Fischers, als der sich gerade über die Fotografie der schönen Hererofrau beugt?

16

Als er später am Abend in die Knesebeckstraße kam, bemerkte er, nicht ohne Befremden, die Verwandlung seiner Küche in ein Künstleratelier. An den Wänden hingen Fotografien von Schmidt-Rottluffs Maskensammlung, achtlos herausgerissen aus der Kunstzeitschrift und mit Reißzwecken befestigt, daneben eine Zeichnung von ihrer Hand, welche offenbar von einem Holzfigürchen aus Kamerun inspiriert wurde, das, einen Kopfstand probend, die Welt auf einen grotesk geformten Kopf stellte. Auf dem Tisch waren weitere Kohleskizzen verstreut. Sie zeigten Gesichter mit ovalen Augen, geschwollene Münder, vereinzelte Zähne entblößend. Mittendrin saß Dodo über einen Block gebeugt und zeichnete fieberhaft.

Erst jetzt bemerkte sie ihn. Sie sprang auf, schlang die Arme um ihn und erzählte lachend, wie sie ihr Reich gegen Fräulein Herrmann verteidigt hätte, aber jetzt werde sie abwaschen und aufräumen.

Er ging ins Badezimmer, rasierte sich sorgfältig und beschloss, auch noch zu duschen.

Dodo telefonierte, als er den Flur betrat. Sie hatte den Hörer zwischen Kinn und Schulter geklemmt und notierte in dieser Schräglage. Bevor sie auflegte, erinnerte sie daran, dass es einen Ortswechsel gegeben habe. Statt des Stadions Lichterfelde sei der Treffpunkt nun – und jetzt zum Mitschreiben – die *Abguss-Sammlung Antiker Plastik* der Friedrich-Wilhelm-Universität.

»Warum nicht das Stadion?«, fragte er.

Schmidt-Rottluffs Masken hätten sie auf die Idee gebracht, erwiderte Dodo. Denn was seien antike Skulpturen schon anderes als Masken der Schönheit, die sich das Abendland erfunden hatte, um sie über seine ebenso bleichen wie unvollkommenen Körper zu stülpen?

Dolphin, dem dieser Gedankengang nicht recht einleuchten wollte, schwieg. Er ging in die Küche, holte Käse, Brot und eine Flasche Wein aus dem Kühlschrank. Schließlich schob er die Skizzen beiseite und setzte sich an den Tisch. Allmählich wich seine Gereiztheit. Im Grunde war er, trotz aller Unordnung, froh. Fast fühlte es sich wie ein Heim an, wenn Dodo in der Küche saß und er von der Arbeit zurückkam. Sie rückte ganz nah an ihn heran und vergrub den Kopf in seiner Brust. Und als sie fragte, ob er von Brody gehört habe, versprach er, sich zu kümmern.

Am folgenden Morgen versuchte er es erneut bei der Agentur, ohne Erfolg. Er rief bei Professor Fischer im Kaiser-Wilhelm-Institut an und teilte ihm das baldige Erscheinen des Artikels mit. Er telefonierte, um ihr nicht gegenübertreten zu müssen, mit seiner Sekretärin und trug ihr auf, Artikel über Brodys Revue zu besorgen. Zwei Stunden später klopfte es, und sie reichte ihm eine Mappe herein.

Dolphin war erstaunt über die Ausbeute. Vielleicht lag es an ihren Englischkenntnissen, dass sich darunter ein unbekanntes Blatt wie The Crisis befand, das sich ausschließlich an schwarze Leser in den Vereinigten Staaten richtete. Ein Mann namens Brody, so stand zu lesen, habe in Berlin fünfzig farbige Künstler versammelt, um in seiner Revue die *kulturelle Entwicklung der Negerrasse* darzustellen. Und der Artikel schloss mit der Einschätzung, dass in Deutschland rund zweihundert Schwarze lebten, von denen die meisten Schauspieler und Musiker seien.

Als Nächstes stieß er auf einen Vorbericht des Völkischen Beobachters:

An die Spitze dieses Negertheaters soll der prominenteste Berliner Neger mit dem verdammt hebräischen Namen »Brody« treten. Vielleicht ist er der Vorsicht halber schon zum Juden-

tum übergetreten, das, wie man weiß, auch negerisches Blut in den Adern hat. Mit dieser Revue wird den Berlinern die »Kultur« der Neger vorgeführt werden; im ersten Teil wird nur in der Bantusprache, im zweiten aber Englisch, Französisch und auch – etwas Deutsch geredet werden.

Gerade, als er weiterblättern wollte, klingelte das Telefon. Es war Brodys Agent, der Dolphin bat, sich unverzüglich in Kliems Festsälen in der Hasenheide einzufinden.

Brody empfing ihn in seiner Garderobe wie einen alten Bekannten und schenkte ihm zur Begrüßung einen Whisky ein. Es sei schön, dass ein Reporter des Daily Standard seine kleine Revue für würdig erachte, in die Welt des Empire hinausgetragen zu werden.

Dolphin wollte ihm ins Wort fallen, ließ es dann aber bleiben. Pro forma zückte er seinen Notizblock. Der Regisseur begann zu erzählen, wie er nicht nur von Bakers *Revue Nègre,* sondern auch von Louis Douglas' *Black People* inspiriert worden sei, bei der er selbst als Tänzer vor einigen Jahren mitgewirkt habe. Dolphin schrieb mit und überlegte angestrengt, wie er sein Anliegen formulieren könnte.

Der Schauspieler schien etwas zu spüren und fragte ihn, was er sonst auf dem Herzen hätte, und Dolphin sprach von Dodos Vorhaben, das auch den olympischen Gedanken des friedlichen Zusammenlebens aller Rassen verfolge, als ihn der Schauspieler unterbrach und mit ernstem Gesicht ansah.

»Sie müssen mir etwas versprechen«, sagte er.

Dolphin schaute auf seinen Block, als suche er etwas in seinen Notizen.

Brodys Stimme wurde leiser. Alles, was er in Berlin tue, fuhr er fort, gleiche einem Drahtseilakt. Auch der Versuch, seinen Landsleuten, wenn man sie denn so nennen könne, zu helfen. Deshalb habe er auch mit anderen zusammen die deutsche Sektion der *Liga zur Verteidigung der Negerrasse* gegründet. Das mache ihn als Bolschewisten verdächtig, weil vor einigen Jahren in Brüssel, auf Drängen der Kommunistischen Partei, die *Liga gegen Imperialismus und koloniale Unterdrückung* ein Forum gefunden habe, und so spüre er großen Argwohn in der ehemaligen deutschen Kolonialverwaltung.

»Ich verlange nicht, dass Sie gleich über uns schreiben«, sagte Brody, »aber versprechen Sie mir, sich über unser Anliegen ein Bild zu machen, und dann tue ich auch Ihrer Freundin den Gefallen.« Und daraufhin holte er einen Ordner aus der Schublade des Schminktischs und reichte ihn Dolphin.

Kurz nachdem er ins Büro gekommen war, klingelte es. »Eine Frau« – und hier machte die Sekretärin eine Pause, als müsse sie das Folgende in Anführungszeichen setzen – »Sirina, wenn ich das richtig ausspreche, hat schon zweimal angeläutet und um Rückruf gebeten. Soll ich Sie jetzt verbinden?«

Meinte sie Natascha? Er brummte etwas, und nach einer Weile meldete sich tatsächlich die Babuschka Bar. Er wurde weiterverbunden. Und dann hörte er ihre Stimme. Ja, es sei dringend, am besten, er komme gleich vorbei.

Im Lichte eines Julinachmittags sah alles anders aus. Die Tür zur Babuschka Bar stand offen, doch der Rauch, der umso schwerer in den Räumen hing, ließ sich nicht vertreiben. Ohne die Scheinwerfer, die Musik, die Reibungen schwitzender Körper war der Zauber dahin. Auf der Tanzfläche standen Putzeimer herum, ein Schrubber lag auf dem Boden, als sei er mitten in einer Polonaise zusammengebrochen.

Dolphin rief zaghaft *Hallo.* Nichts rührte sich. Plötzlich

ging weit hinten, zwischen Vitrine und Herrentoilette, eine Tür auf. Er musste zweimal hinsehen. In dem engen Paillettenkleid kam eine ganz andere Frau heraus. Und auch aus dem wiegenden Gang waren alle Reminiszenzen an ihre Babuschka-Existenz eliminiert.

Natascha küsste ihn auf die Wange und ergriff seine Hand. Mit diesem Auftritt hatte er nicht gerechnet. Nur kurz spürte er den Impuls, die Hand wegzuziehen, aber das könnte als Unhöflichkeit verstanden werden. Außerdem fühlte es sich gut an.

Sie führte ihn zur Bar, wo sie Champagner eingoss. Sie prosteten sich zu. Er trank und überlegte, ob es ratsam wäre, nach dem Grund seines Besuchs zu fragen. Stattdessen bot er ihr eine Zigarette an. Sie legte die Finger um seine Hand, als er ihr Feuer gab.

»Segal«, sagte sie nach einer Weile und legte die Zigarette beiseite, »ich habe etwas für dich.«

Kaum einer sagte Segal zu ihm. Er konnte seinen Vornamen nicht leiden. Aber aus Nataschas Mund klang er anders, blitzend, funkelnd wie das scharfe *S*.

Sie ergriff seine Hand, was ihn in Aufruhr versetzte, und führte ihn in Richtung Tanzfläche. Er stieß gegen ihre Hüften. Seit er Dodo wiedergefunden hatte, war sie die erste Frau, die ihm so nahe kam. Etwas sträubte sich in ihm. Er spürte, dass er sich dem nicht gewachsen fühlte, was sich hier andeutete.

Sie kamen an Brodys Tisch vorbei, wo die Stühle hochgestellt waren, kreuzten das Tanzparkett und näherten sich den Sektkühlerständern, die am Rande wie Slalomstangen aufgestellt waren.

Natascha hielt inne. Und dann griff sie in einen der Kübel hinein und überreichte Dolphin einen Umschlag.

Er war so verblüfft, dass er das Kuvert erst mit einiger Verzögerung an sich nahm und es dann umso schneller öffnete.

Nachdem er sich die Dokumente lange angesehen hatte, spürte er eine ganz andere Unruhe als jene, die ihn vor ein paar Minuten noch ergriffen hatte.

»Wer hat dir das gegeben, Natascha?«

»Wenn ich das wüsste«, sagte sie und zuckte mit den Schultern. Ein Mann habe am Mittag angerufen, von einer Telefonzelle aus. Er sei schwer zu verstehen gewesen, wahrscheinlich habe er ein Tuch über die Sprechmuschel gelegt.

»War es ein Russe?«

»Das kann ich nicht sagen, Segal«, sagte sie und lachte. »Es gibt auch Russen, die ohne Akzent sprechen.«

Er spürte wieder den Hunger des Reporters. Ohne zu überlegen, machte er einen Schritt auf Natascha zu. Sie schaute ihn fragend an. Und dann gab er ihr einen Kuss, der ihm vor Aufregung verrutschte und ihren Mundwinkel traf.

Im Büro studierte er das verschwommene Foto. Er saß in seinem Schreibtischstuhl, ohne auf den Sonnenball zu achten, der in den Bäumen aufschien und verschwand. Mit einer Lupe betrachtete er die bizarre Szenerie.

Es klopfte. Seine Sekretärin kam mit einem Tablett herein. Beim Einschenken des Tees warf sie neugierige Blicke auf den Schreibtisch. Rasch ließ er die Fotografie in einem Aktendeckel und hernach in der Schublade verschwinden, als wollte er Platz für Milchkännchen und Zuckerdose schaffen. Warum war sie immer noch im Büro? Er hatte keine Anweisung gegeben und keinen Tee verlangt.

»Danke«, sagte er, in seine Notizen vertieft, »Sie können jetzt gehen.«

Erleichtert zündete er sich eine Zigarette an. Er öffnete die Schublade und holte den Aktendeckel heraus. Und obwohl es überflüssig war, schaltete er die Lampe an.

Auf der körnigen Fotografie sah man mehrere Männer in weißen Kapuzenkutten, wie sie sich einem mit Hakenkreuzen geschmückten Altar zuwandten, wo ihnen ein Mann mit schwarzer Augenmaske gegenüberstand. Eine düstere Feierlichkeit lag über der Szenerie, als handele es sich um eine Hinrichtung. Die Augen, umrandet von Schwarz, vom Angesicht des Todes.

Der Eindruck täuschte. Eine maschinengeschriebene Notiz vermerkte, es handele sich um die Aufnahmezeremonie einer Vereinigung, die sich *Ritter vom feurigen Kreuze* nannte und auch Mitglieder der Schwarzen Reichswehr versammelte. Wer hatte die Notiz verfasst? Die Schrifttype entsprach jenen Schreibmaschinen, welche im Polizeipräsidium am Alexanderplatz verwendet wurden, das war ihm gleich aufgefallen, aber was hatte das schon zu besagen. Es war ein Leichtes, an solche Geräte zu kommen.

Wenn die Fotografie echt war, handelte es sich um eine Sensation. Die Verbindung der Schwarzen Reichswehr zu einer Art deutsch-völkischem Ku-Klux-Klan. Das wäre nicht nur politisch hoch brisant, sondern auch ganz und gar nach dem Geschmack von Lord Bakerfield.

Dolphin bemerkte erst jetzt das geschlossene Fenster. Er ließ den Sommerabend in das Zimmer herein. Die dunkler werdende Glut der Sonne, das Flirren im Blattwerk, was konnte Licht nicht alles bewirken, wenn es auf scheinbar fest Gefügtes traf, mochte man es Natur, Wirklichkeit oder Wahrheit nennen.

Wahrheit, auch so ein deutsches Wort. Mit zwei Silben, die sich zum Herausschreien eigneten, begleitet von zwei donnernden Faustschlägen auf einer Tischplatte. Bei *truth* gab es keinen Nachhall, das Wort soff irgendwie ab, versandete im langen U, das keinen rechten Abschluss fand, anders als die Härte des T im Deutschen.

Wer immer ihm das Material zugespielt hatte, welche hehren oder unlauteren Motive ihn dazu bewogen, das alles lag im Dunkel. Waren die Dokumente echt oder gefälscht?

Wer wollte Dolphin für welches Anliegen benutzen? Oder war er selbst das Ziel?

Nüchtern betrachtet waren das viel zu viele Spekulationen. Es half alles nichts, er brauchte eine zweite Quelle.

Vielleicht wusste Fürstenau etwas. Falls nicht, könnte das seine Story gefährden. Fürstenau würde das Foto kritisch beäugen, kritischer vielleicht als üblich, weil er sich in der *Rittmeistersache* nicht ernst genommen fühlte und Dolphin mangelnde Unterstützung vorwarf. Dann lieber den Coup verhindern. Das Foto war einfach zu gut. Am besten, man brachte es bald. Auch, wenn der Zweifel nagte.

Er schaltete den neuen Radioapparat an, den ihm der Lord geschenkt hatte. Der Sprecher kündigte eine Übertragung aus Frankfurt am Main an. Unter Leitung des ungarischen Professors spielten Studenten des Hochschen Konservatoriums eine Jazzoper namens *Jim and Jill.* Mit einem Glas Whisky in der Hand machte er es sich auf dem Diwan bequem. Er hörte Vogelstimmen. Und darin mischte sich der Klang von Trommeln, aus dem schließlich eine Trompete emporstieg, hinauf zu dem durchsichtigen Himmel, wo winzige Punkte zu funkeln begannen.

17

Es war wie verhext. Obwohl er früher als sonst ins Büro gefahren war, um sich in aller Ruhe Klarheit zu verschaffen, wie weiter mit den Dokumenten zu verfahren sei, jagte ein Anruf den nächsten und provozierte unterschiedliche Grade von Wachsamkeit, in die sich in ständig wechselndem Verhältnis Frustration und Besorgnis mischten.

Erst war Lord Bakerfield am Apparat, der sich, begleitet vom geräuschvollen Ziehen an der Zigarre, für den Artikel bedankte und nach Mrs. Hanbury erkundigte. Sogleich verlieh er seiner Überraschung Ausdruck, dass er nicht von der Sekretärin, sondern von Hiro durchgestellt worden war, worauf Dolphin ihm mitteilte, sie habe sich heute früh überraschend krankgemeldet.

»Wie geht es ihr?«, fragte der Verleger in besorgtem Ton. Es liege ihm viel an ihrem Wohlergehen, das sei er schließlich seinem alten Freund und Bridge-Partner Colonel Hanbury schuldig. Überhaupt sollte Dolphin dankbar sein, dass er eine solch exzellente Mitarbeiterin, die wie kaum jemand Deutsch und Englisch in Wort und Schrift beherrsche, für das Berliner Büro gewonnen habe. Erna sei ein *perfect match,* ob er ihm da zustimmen könne.

Nachdem er Dolphin ein zögerliches Ja abgerungen hatte, regte Lord Bakerfield an, Mrs. Hanbury vielleicht einmal zum Essen einzuladen, um ihr die Eingewöhnung zu erleichtern. Schließlich verabschiedete er sich mit der Bemerkung, er werde sich wieder melden, um sich nach dem Fortgang der Dinge zu erkundigen.

Wie sollte er diesen Anruf verstehen? Kurz darauf meldete sich wieder Hirohito, der den Telefondienst mit hörbarem Widerwillen versah, und verband ihn mit Hubert Bleichert. Der Doktorand wollte wissen, ob der Artikel schon erschienen sei. Falls nicht, müsse Dolphin unbedingt in das Institut kommen. Er wolle ihn über ein revolutionäres Experiment unterrichten.

Dolphin verdrehte die Augen. Der Mann war ihm zuwider. Außerdem war der Text längst gesetzt. Nur wollte dieses Mal der Verleger ihn höchstpersönlich redigieren.

Unbeeindruckt von seinem Schweigen begann Bleichert, über ein Vorhaben von beträchtlicher Kühnheit zu sprechen, wie es in der Republik derzeit nicht üblich sei, aber Wissenschaft müsse frei sein und mutig, denn Denken heiße Überschreiten.

Dolphin versuchte ihn zu unterbrechen, doch der Forscher ließ sich nicht stoppen. Er redete in einem fort und berichtete von seinen Überlegungen, durch eine Kreuzung von Mensch und Affe eine Art Urmensch für Versuchszwecke zu züchten. Aufgrund seiner Blutuntersuchungen käme dafür als weiblicher Paarungspartner nur eine Schimpansin infrage, als männlicher Part womöglich ein Urwald-Pygmäe.

»Sind Sie noch am Apparat, Mr. Dolphin?«

Er bejahte und äußerte sogleich sein Bedauern, dass er aufgrund unaufschiebbarer Aktualitäten nicht in das Kaiser-Wilhelm-Institut kommen könne, aber er verspreche, es so bald wie möglich nachzuholen. Dann legte er den Hörer auf die Gabel. Er schüttelte sich, als wolle er gleichsam den aufdringlichen Anrufer abschütteln, und schaute auf die Uhr. Vielleicht konnte er Natascha erreichen, bevor sie zu Bett ging. Und tatsächlich, überlagert vom Geräusch eines Staubsaugers, hörte er ihre Stimme, die sich kurz angebunden mit »Babuschka Bar, Frau Sirina« meldete. Ihr Ton wurde augenblicklich sanfter, als sie ihn erkannte und sie fragte schelmisch, ob der Herr Redakteur sie denn vermisse.

Dolphin lachte verlegen, weil ihm nichts Passendes einfiel, was er entgegnen könnte, und entschuldigte sich für die Störung, doch er müsse wissen, ob sich der Mann nochmals gemeldet habe. Sie verneinte. Er fragte, ob sie sich an jenen Mann erinnere, der mit der blonden Dame um die Sektkühlerständer herumgetanzt war.

»Segal«, lachte sie, »was glaubst du, wie viele Paare hier jeden Abend tanzen, auf Tischen, zwischen Stühlen, überall.« Nein, sie könne sich an nichts erinnern. Es sei alles sehr rätselhaft. Auch ihre Kellnerinnen hatten nicht bemerkt, wie der Umschlag deponiert worden war. Doch Segal sei ihr noch etwas schuldig. Spätestens nach Erscheinen des Artikels über die schaurigen Kapuzenmänner müsse er sie zu Kaffee und Kuchen einladen, am besten ins Adlon.

Später rief er Hirohito zu sich und bat ihn, die Tür hinter sich zu schließen. Man müsse vorsichtig sein. Er legte ihm das Foto und die Aktennotiz vor. Und dann schärfte er ihm ein, kein Wort darüber zu verlieren, auch nicht gegenüber der Sekretärin.

Was er verschwieg, war jene Szene, die sich gestern ereignet hatte, als er Mrs. Hanbury zufällig beim Telefonieren belauschte. Er hatte nur Bruchstücke verstanden. »Ja, das Foto« und: »Doch, doch, er hat etwas vor.« Hatte er richtig gehört? Und falls ja: Wie konnte sie davon wissen? Hatte sie in seinen Unterlagen herumgewühlt? Und wer war am anderen Ende der Leitung gewesen? Lord Bakerfield? Vielleicht hatte er sich auch getäuscht. Er würde sich jedenfalls keine Blöße geben.

Hirohito entschuldigte sich und erschien kurz darauf mit seiner Fotografentasche. Er holte weiße Handschuhe heraus, zog sie mit der Miene eines Chirurgen an und verlangte nach der Lupe.

Mit dem Zeigefinger strich er über die Ränder der Fotografie, bewegte die Lupe über verschiedene Stellen, kräuselte die Stirn, als er bei einem Mann in weißer Kutte verweilte, der sich dem unsichtbaren Fotografen zuzudrehen schien.

»Was meinst du?«

»Ich weiß nicht«, entgegnete Hirohito. »Mir scheint, als schaue dieser Herr, wie sagt man, unvermittelt in die Kamera.«

»Warum nicht, das passiert alle Tage.«

»Aber doch nicht, scheint mir, bei einer solchen heiligen Handlung.«

Dolphin gefiel das nicht. Warum sprach er von einer heiligen Handlung? Was sollte diese Überhöhung?

Hirohito beugte sich über die Fotografie und hielt die Lupe vor das Gesicht jenes Manns, der die schwarze Augenmaske trug. Er deutete auf den Mund.

»Sehen Sie?«

Dolphin schaute ihn fragend an.

»Es scheint mir, als grinse er, schauen Sie nur.«

Er ließ sich die Lupe geben. Und tatsächlich, die Lippen waren in einer solchen Weise geöffnet, dass man ein Feixen hineindeuten konnte. Aber vielleicht war es auch nur die Erregung. Nicht nur bei Hochzeiten und Beerdigungen entglitten Menschen ihre Gesichtszüge, wenn es ernst wurde.

»Entschuldigen Sie, es sieht aus, wie sagt man das am besten, wie ein«, und jetzt suchte er nach dem richtigen Wort, »wie ein Jux.«

Das war zu viel. Was wusste ein Japaner, der in allen Lebenslagen strikteste Gesichtsdisziplin zu wahren hatte, schon über die Emotionen von Europäern? Wie war er überhaupt in der Lage, die Physiognomien zu deuten?

Dolphin schwieg. Und dann fragte er in sarkastischem Ton, ob er die Fotografie besser nicht veröffentlichen solle.

Der Fotograf lächelte und nickte.

Er wurde wütend. Man sei hier nicht in einer Kunstakademie, sondern in der Redaktion der erfolgreichsten Zeitung des Empire, und da müsse man im Zweifel gelegentlich den Zweifel hinter sich lassen, wie die Konkurrenz das jeden Tag tue, man müsse immer einen Schritt voraus sein, sonst gehe man unter.

Hirohito nickte und lächelte, als habe ihm sein Chef nicht widersprochen. Und dann streifte er die Handschuhe ab, verstaute sie sorgfältig in die Tasche und verbeugte sich.

18

Bis spät in die Nacht hatte Dolphin im Büro gesessen und an der Ku-Klux-Klan-Story gearbeitet, angereichert mit Zitaten von anonymen Informanten, welche die generelle Faszination der Schwarzen Reichswehr für obskure Initiationsrituale belegten und politische Verbindungen bis hin zu den amerikanischen Südstaaten für immerhin möglich hielten, dann hatte er sich auf dem Diwan niedergelassen und war sofort eingeschlafen. Zu seiner Überraschung erwachte er früh, ohne den Wecker gestellt zu haben, und stieg kurz darauf in seinen Wagen.

Dodo wartete bereits. Sie hatte in ihrem Wohnatelier im Wedding übernachtet und saß nun auf den Treppenstufen des Museums und rauchte eine Zigarette. Den Kopf in den Nacken gelegt, das Gesicht der Sonne zugewandt, spitzte sie von Zeit zu Zeit den Mund, wenn sie einen Zug nahm. Vom Auto aus beobachtete Dolphin das Lippentheater und glaubte, winzige Ringe aus Rauch zu erkennen, die sich in der Luft auflösten. So in sich versunken und doch so federleicht hatte er sie lange nicht erlebt. Sie sah von Weitem wie eine Fremde aus, in deren Träumen man gerne vorkäme.

Als sie die Augen öffnete und ihn erkannte, warf sie die Kippe weg und rannte auf den Wagen zu. Lange umarmte sie ihn, ließ die Finger über seinen Rücken wandern und flüsterte, wie glücklich sie sei. Und dann nahm sie seine Hand und führte ihn die Stufen hinauf, zur, wie ein Messingschild ankündigte, *Abguss-Sammlung Antiker Plastik.*

Im Halbdunkel ging es an gipsweißen Göttern und Fabelwesen vorbei, an Athene und Apollon, den Lapithen und Kentauren, wie Dodo flüsterte, obwohl niemand zugegen war, Skulpturen, die einst den Giebel des Zeustempels in Olympia bevölkerten. Sie führte ihn durch ein Gewimmel von Leibern, ineinander verschlungen oder zu Bruchstücken zersprengt, bis in die hinterste Ecke, wo ein erleuchteter Paravent die Sicht versperrte.

Sie strahlte und legte dann mit gespieltem Erstaunen einen Zeigefinger an die Lippen. Auf der Rückseite des mit

Segeltuch bespannten Paravents tat sich ein Raum auf, der von einer lebensgroßen Skulptur beherrscht wurde. Scheinwerfer auf Stativen waren auf den Torso eines Faustkämpfers gerichtet und setzen den gedrehten Rücken, das Spiel der Muskeln und Sehnen, den einen verbliebenen Arm, die Faust zum Schlag bereit, in Szene.

Dies sei die Kulisse für Brody, flüsterte Dodo. Und vor diesem Torso würde sie den Torso seines lebendigen Körpers zeigen, wie er im Ausschnitt ihrer Leica erschien, reduziert auf Schulterblätter, Rücken, Gesäß, Faust, als Fragment unter Fragmenten.

Louis Brody winkte Dolphin zu, als er am Fuß der Treppe aus einer Limousine stieg. Er trug einen Trainingsanzug, unter dem sich der mächtige Bizeps abzeichnete. Die Brustmuskeln wölbten das Wappen mit seinen Initialen. Der Schauspieler strahlte das Selbstvertrauen eines Menschen aus, dessen Körper ihm, wo immer er auch sein mochte, ein Zuhause bot.

»Guten Morgen, Mr. Dolphin«, rief er im Näherkommen und tippte lässig mit dem Zeigefinger an die Stirn, während er von seinem Chauffeur die Treppe hinaufbegleitet wurde.

Dodo errötete, als sie Brody die Hand reichte, was dieser mit einer knappen Verbeugung beantwortete. Sie räusperte sich und erklärte ihm, dass er in den nächsten beiden Stunden als antiker Faustkämpfer porträtiert werde. Dann kämen der chinesische Diskuswerfer, der mexikanische Läufer und so weiter an die Reihe. Das Prozedere sei bei allen Athleten das gleiche: Zu Beginn ginge es darum, den nackten Körper des jeweiligen Sportlers mit weißer Farbe zu bestreichen, um ihn optisch an die Gipsskulpturen anzugleichen. Die Porträtsitzung würde übrigens in einem abgeschirmten Bereich des Museums erfolgen, wobei sichergestellt sei, dass keine Zuschauer zugegen wären.

Brody, der sie aufmerksam musterte, hörte geduldig zu. Dolphin musste sich eingestehen, dass er beileibe nicht so entspannt war wie der Schauspieler bei dem Gedanken, was sich gleich im Nebenraum und später hinter dem Paravent abspielte. Er machte ihr ein Zeichen und deutete auf seine Armbanduhr. Sie antwortete mit der Andeutung einer Kusshand und flüsterte: »Bis später.« Und dann öffnete sie dem Schauspieler die Tür, ließ ihn passieren und wies ihm, während sie kurz seinen Arm berührte, den Weg.

Als er in die Redaktion kam, lag ein Exemplar des Sunday Standard auf seinem Schreibtisch. Kurz darauf meldete sich Professor Fischer und bedankte sich für den exzellent geschriebenen Artikel, der ohne Frage den internationalen Ruf des Kaiser-Wilhelm-Instituts sowie dessen Ansehen bei deutschen Regierungsstellen mehre.

Des Weiteren gestatte er sich die Anfrage, ob Abzüge der Porträts erhältlich seien, die Herr Hiro in so meisterhafter Weise gestaltet habe. Vor allem jene Aufnahme, die den Hereroschädel im Gegenlicht zeige, habe seine Mitarbeiter nachhaltig beeindruckt.

Dolphin versprach, die Abzüge umgehend und selbstverständlich kostenfrei zusenden zu lassen. Er wollte sich schon verabschieden, als ihm der Institutsdirektor ins Wort fiel und von einem Bildhauer aus Thüringen erzählte, der dieses Jahr noch in seinem, Fischers, Auftrag nach Südwestafrika aufbreche, um wiederum in der Gegend von Rehoboth zu forschen. Dabei werde der junge Mann auch etliche jener Bastarde, die er, Fischer, vor fast einem Vierteljahrhundert vermessen hatte, erneut untersuchen. Er sei beauftragt, Körperabformungen sowie Haar- und Stimmproben anzufertigen, um letztlich zur Klärung der Frage beizutragen, ob sich Rassenmerkmale mit zunehmendem Alter weiter herausbildeten. Diese Feldstudie sei von höchstem Nutzen für die

Wissenschaft und sicherlich auch von Interesse für die angelsächsische Presse. Deshalb erlaube er sich, falls Mr. Dolphin keine Einwände habe, beim Wissenschaftsministerium die notwendigen Mittel zu beantragen, um den Berliner Büroleiter womöglich für eine Reportage im Felde zu gewinnen.

Dolphin hatte kaum Zeit, sich die Verlockungen einer Afrikareise auszumalen, als Lord Bakerfield am Apparat war und kollegiale Grüße von Winston Churchill ausrichten ließ. Das Stück habe seinem alten Freund ausgezeichnet gefallen und an seine Zeit als Berichterstatter im Südafrikanischen Krieg erinnert, als er nicht nur abtrünnige Buren, sondern auch die Eingeborenen kennengelernt habe. Er wünsche dem jungen Journalisten, diesen faszinierenden Kontinent einmal selbst erleben zu können, denn wer die Sache des Empire verfolge, der müsse es auch mit eigenen Augen gesehen haben.

»Und dann gibt es ja auch noch die *Big Five*«, bemerkte der Verleger und machte eine lange Pause, bevor er zum Abschied sagte: »Machen Sie weiter so, Dolphin.«

Beschwingt setzte er sich in den Wagen und fuhr zum Museum. Dodo saß wieder am Fuß der Treppe und wartete darauf, dass er sie in ihr Atelier fuhr. Ihre Wangen glühten. Sie küsste ihn flüchtig, als sie einstieg, und begann sofort, von den Porträtsitzungen zu erzählen. Besonders Brody sei ein fabelhaftes Modell gewesen. Er liebe die Kamera, bei aller scheinbaren Zurückhaltung, und die Kamera liebe ihn. Nun müsse sie auf der Stelle in die Dunkelkammer, um die Filme zu entwickeln.

Ihr Atelier lag in einem der verkommensten Viertel im Wedding. Es befand sich in einer ehemaligen Dreherei, in der sich Kommunisten verschanzt hatten, bis sie, nach Gefechten mit der Polizei, aufgegeben worden war. Der verrußte Ziegelbau mit seinen zersplitterten Fenstern und den

Einschüssen im Mauerwerk ließ nicht vermuten, dass hier jemand lebte, wie man auch nicht sagen konnte, ob die Spuren in der Einfahrt von Blut oder Rost herrührten.

Vorsichtig kurvte Dolphin um ein Schlagloch und hielt vor dem Gebäude. Immerhin verfügte es über ein Scheddach, erklärte Dodo stolz, das für blendfreies Licht sorge, ohne Bildung von Schlagschatten.

Er stellte den Motor ab.

»Wann sehe ich dich wieder?«

»Das kann ich noch nicht sagen. Jetzt muss ich erst mal ins Labor.«

Und dann stieg sie aus, ohne sich noch einmal umzudrehen, und balancierte auf hohen Stiefelabsätzen über Schutt und Geröll zur Tür.

Die Sonne schimmerte durch die Dachfenster, als Dolphin am folgenden Abend zum ersten Mal ihr Atelier betrat. Streifen aus Licht durchzogen den Raum, Ölschlieren zeichneten Märchengestalten auf den Boden. Trotz der Hitze fröstelte er. Wie kalt mochte es hier erst im Winter sein?

»Hol dir was zu trinken«, rief es aus einem Holzverschlag in der hintersten Ecke des Raums heraus, »ich brauche noch fünf Minuten.«

Über der Tür der Dunkelkammer leuchtete eine rote Glühlampe, die anzeigte, dass der Zutritt verboten war. Es wirkte rührend. Wer sollte sie schon in dieser verlassenen Seitenstraße stören? Oder täuschte er sich? Vielleicht bekam sie mehr Besuch, als ihm lieb war, wenn sie in ihrem Verschlag Filme entwickelte oder Fotos belichtete.

Jetzt fehlte nur noch das Getränk. Sein Blick streifte verwaiste Drehbänke, Tapeziertische und Wäscheleinen, an denen Fotografien zum Trocknen aufgehängt waren.

Vorsichtig, als betrete er fremdes Terrain, näherte er sich den Bildern und betrachtete sie lange.

Auch wenn es sich um Probeabzüge handelte und er von Fotokunst wenig verstand, schien ihm, als sei ihr ein großer Wurf gelungen. Die Grenzen zwischen Skulpturen und Athleten verschwammen in einem Licht von eigenartiger Beschaffenheit, das mal körnig, mal pudrig von einer Zeitreise kündete, deren Anfang und Ende nicht zu fassen war. Fragmente von Körpern griffen ineinander und stießen sich ab, und die Bruchstücke fügten sich zu einem Ganzen, das an die Ewigkeit des Olymps, die Kriege der Götter oder jenen Moment gemahnen mochte, bevor das Jüngste Gericht Einzug hielt.

Die fünf Minuten waren längst verstrichen. Er durchquerte den Raum und erreichte jenen Bereich, der von einem Standspiegel und einem Bücherregal abgeschirmt wurde. Und richtig, auf einer Holzkiste, in der Nähe der Matratze, die auf dem Boden lag, entdeckte er eine Flasche Weinbrand.

Auf einem Glas bemerkte er Spuren ihres Lippenstifts. Lippenstifte, in allen Schattierungen von Rot über Braun bis Schwarz, waren ihr Laster. »Die brauche ich für mein Lippentheater«, hatte sie gesagt, »denn mit den Lippen kriege ich alles«, und dabei hatte sie ihm fauchend in den Schritt gefasst.

Er goss sich den Weinbrand ein und ließ sich auf die Matratze fallen. Es war unbequem. Er richtete sich auf und lehnte mit dem Rücken gegen die Wand.

»Hier bin ich, Dolphin«, rief sie von Weitem. Er hörte das Knarren der Holztür. Schnell stand er auf und ging ihr entgegen.

»Ich war fleißig«, sagte sie, »das muss gefeiert werden.« Sie führte ihn vor den Spiegel und küsste ihn. Dann gluckste sie plötzlich. Sie deutete auf den verschmierten Lippenstift. »Schau mal, du blutest«, äffte sie, »du blutest.«

Und danach hatte er sie durch das Atelier gejagt, bis sie selbst zum Angriff übergegangen war und derart rabiat seine Hose geöffnet hatte, dass er vor Schmerz aufschrie. Im Spiegel verstrickten sich ihre Silhouetten in einen Kampf, der von der Vertikalen in die Horizontale führte und irgendwann im Morgengrauen in totaler Erschöpfung endete.

19

Ein leerer Sonntag lag vor ihm wie ein weißes Blatt Papier, das man wahlweise beschreiben oder zerknüllen kann. Doch am liebsten – und er wusste nicht, wie er darauf kam – würde er mit Dodo ein Schiffchen daraus falten, um es bei einer Ruderpartie auf dem Wannsee auf Reisen zu schicken. Er wollte das Flirren des Lichts auf ihrer Haut sehen, wenn sie das Boot bestieg; wie sie, während er in See stach, die Hand ins Wasser tauchte, als streichle sie es; und später würden sie, weit draußen, unter dem Sonnenschirm verschwinden, spüren, wie sich ihr Schweiß vermischte, und schließlich die Kühle, wenn sie eintauchten in die flaschengrüne Unterwelt und den Lärm von Kindern und Ausflugsdampfern hinter sich ließen.

Dolphin stand in der Küche und betrachtete ihre Skizzen auf dem Tisch: die Fotografien, die sie an die Wand geheftet hatte, das zerfledderte Kunstmagazin, das neben dem Aschenbecher lag. Er sah die Zigarettenkippen mit den Spuren ihres Lippenstifts und vermisste sie. Sie war immer noch im Atelier, ohne Nachricht zu geben.

Er wollte ihr erzählen, welchen Blick man vom Wasser aus auf die Villa ihres berühmten Verwandten habe. Vielleicht könnte man ihn sogar beobachten, wie er im Garten saß und der helle Anzug zu einer Leinwand für die Schatten der Birkenblätter wurde.

Dolphin hielt inne. Er mochte es nicht, so an sie zu denken. Und mit einer rabiaten Geste kippte er den Aschenbecher über dem Mülleimer aus, entfernte alle Papiere vom Küchentisch, wischte mit einem Lappen darüber und setzte Wasser für einen Kaffee auf.

Es war eigenartig. Bei keiner anderen Frau zuvor hatte er sich so weit wegtragen lassen, von sich selbst, seiner Arbeit, seinem Leben. Vielleicht lag es nur daran, dass er, zum ersten Mal seit Langem, über freie Zeit verfügte. Der Artikel wartete in London darauf, gesetzt zu werden. Das Foto, so viel wusste er vom Chef vom Dienst, hatte bereits in der Redaktion für Furore gesorgt. Auch seine Schlagzeile *Fire and Fury? Germany's Ku Klux Klan* war in die engere Auswahl gezogen worden.

Im Grunde konnte er froh sein, dass Dodo ihr eigenes Leben lebte, ohne, wie Ella, panisch zu werden, wenn man ein paar Tage nichts voneinander hörte. Und vielleicht würde sie, sobald die Serie beendet war, wieder bei ihm zu wohnen. Im Winter, so viel schien klar, war ihr Atelier ohnehin unbenutzbar.

Nach dem Frühstück beruhigte er sich. Er beschloss, einen Spaziergang zu machen und später die Sonntagsblätter zu kaufen.

In einer Seitenstraße in der Nähe des Kurfürstendamms stieß er auf ein Geschäft, dem er bislang keine Beachtung geschenkt hatte. Es war verblüffend. Warum hatte er es früher nie bemerkt? Im Schaufenster sah er afrikanische Masken, die jenen aus der Sammlung Schmidt-Rottluffs ähnelten. Und jetzt sah er das Schild mit der Aufschrift *Kolonial-Kunsthandlung*.

Dolphin war überrascht, dass an einem helllichten Sonntag die Tür offen stand. Seine Neugierde trieb ihn in einen dunklen Raum, der bis hinauf zur Decke mit Masken und Skulpturen gefüllt war. Ein erdiger Geruch lag in der Luft, der undeutliche Erinnerungen an den Besuch im Kaiser-Wilhelm-Institut weckte.

Plötzlich tauchte ein Mann aus dem Dunkel auf und hieß ihn willkommen. Er freue sich über jeden Besucher, sagte er mit einem gewinnenden Lächeln, selbst am Tag des Herrn. Der Inhaber trug einen Leinenanzug, der an eine Tropenuniform gemahnte. Er hatte, wie er erzählte, als Kolonialoffizier vor dem Kriege in Kamerun gedient und war dort mit den Gebräuchen der Eingeborenen in Kontakt gekommen. Schon bald habe er damit begonnen, Fetische und Masken zu sammeln, und nach seiner Rückkehr hatte sich gezeigt, wie begehrt diese Objekte mittlerweile waren. Namhafte Völkerkundemuseen, aber auch berühmte Künstler hätten sich darum gerissen, und dank seiner Verbindungen in das frühere Schutzgebiet gelinge es ihm immer wieder, erstrangige Stücke zu akquirieren.

Dolphin bat, sich in aller Ruhe umsehen zu dürfen, und, nachdem der Inhaber ein Glas Wermut serviert und sich wieder in das Dunkel zurückgezogen hatte, versuchte er, sich zu konzentrieren.

Es dauerte nicht lange, bis ihm eine Maske aus dunkelbraunem Holz auffiel. Sie zeigte das Gesicht eines Mannes mit großen ovalen Augen, die in ihrer Stilisierung wie aufgesetzt wirkten. Starr blickten sie einen an, an der Grenze zu betäubtem Leben. Ganz anders der Mund mit dicken, aufgeworfenen Lippen. Er war halb geöffnet, als entweiche ihm ein stummer Schrei.

Von der Maske ging eine eigentümliche Kraft aus. Man konnte nicht sagen, ob es der Kontrast von Leblosigkeit und Schmerz war oder die Wiedererweckung einer vergangenen Existenz. Für Kopf und Kinnbart war, wenn ihn nicht alles täuschte, gekräuseltes, schwarzes Menschenhaar verwendet worden.

Als er den Kunsthändler herbeirief, wurde das umgehend

bestätigt. Das sei typisch für die ebenso expressiven wie lebensnahen Masken des Volkes der Bekom. Diese hier sei ein besonders seltenes Exemplar, das man in das letzte Jahrhundert datieren und fraglos zu den Höhepunkten der Epoche zählen müsse.

Ohne Feilschen bezahlte Dolphin den verlangten Preis, der ihm gleichwohl zu hoch erschien.

Zu Hause öffnete er die Pappschachtel und stellte das Objekt auf den Küchentisch. Er umkreiste es, strich über das Holz, schließlich über das gekräuselte Haar. Er zuckte zurück. Stammte es von einem Toten? Er versuchte zu lächeln. Er war doch nicht abergläubisch.

Er schenkte sich ein Glas Whisky ein und betrachtete die Maske. Und dann fuhr er wieder über das Haar und musste mit einem Mal lachen. Es ähnelte jener Perücke, die Willy Fritsch als schwarzer Champion getragen hatte.

20

Auf dem Weg ins Büro stoppte er beim Zeitungskiosk und sah schon von Weitem seine Schlagzeile. Sie war unverändert übernommen worden. Und auch das Foto entfaltete jene geheimnisvolle Wirkung, die er sich vorgestellt hatte.

Er musste lächeln und dachte an Lord Bakerfield. Der hatte sich bereits vorgestern gemeldet und ihm mitgeteilt, die Story über die *Ritter vom feurigen Kreuze* habe den Einzelverkauf in beachtliche Höhen schnellen lassen. So stelle er sich zeitgemäßen Journalismus vor: den Leser überraschen, ihn inmitten der Monotonie des modernen Lebens unmittelbar berühren, Schleier lüften, Regierungen aufrütteln, die Fantasien beflügeln. Nur so gelange man zu jener Reichweite, die er einmal als *Marktdurchdringung mit Kostenführer-*

schaft bezeichnet habe, einer Position der Unanfechtbarkeit, die jeden Versuch, seinen Blättern ernsthaft Konkurrenz zu machen, über kurz oder lang zum Scheitern verurteilte.

Gegen Abend beschloss Dolphin, zu Dodo zu fahren. Nach einigem Hin und Her gelang es ihm, sie zu überzeugen, die Arbeit für ein paar Stunden ruhen zu lassen und mit ihm zu feiern.

Professor Borsig wedelte schon von ferne mit dem Exemplar des Daily Standard, als sie die Bristol Bar betraten. Lässig stand der Pathologe an der Theke, die eine Hand in der Jackettasche versenkt, während er mit der anderen eine Bewegung ausführte, als fächele er sich mit der Zeitung Luft zu.

»Congratulations, Mr. Dolphin, what a scoop«, sagte er mit nahezu perfekter Intonation, begleitet von einem abgeschauten Lächeln, das wohl in der Art britischer Aristokraten zwischen Amüsement und Spott changieren sollte. Dann verbeugte er sich vor Dodo, die ihm die Hand reichte und verlegen schwieg.

Warum nur, dachte Dolphin. Gönnte sie ihm seinen Erfolg nicht? Oder war sie so in ihre Arbeit vertieft, dass sie im Grunde gar nicht anwesend war?

Sie mochte Borsig, das wusste er. Und sie teilte auch sein Faible für Tanqueray London Dry Gin, vor allem wenn er in Form eines Fitzroy Gin Fizz dargereicht wurde. Gleichfalls mochte sie es, mit ihm gemeinsam dem Schauspiel des Barkeepers beizuwohnen, wenn er das Ei aufschlug, den Dotter vom Eiweiß trennte, Gin in einen Becher schüttete und ein bestimmtes Quantum geschlagene Sahne hinzufügte.

Jetzt warf sie Borsig einen verschwörerischen Blick zu und lobte dessen Englisch, was dieser mit todernster Miene und dem Hinweis beantwortete, dass es wohl an den Konversationsübungen liegen müsse, die er tagtäglich in der Pathologie praktiziere. Und da ihm sein Gegenüber naturgemäß nicht ins Wort fallen könne, sei er spätestens vor dem eigenen Ableben nicht mehr weit davon entfernt, den Status eines *native speaker* zu erlangen.

Sie kicherte in einem fort, was Dolphin befremdete. Eifersucht war es nicht. Dazu gab ihm Borsig keinen Anlass. Er war eher gekränkt, dass sie so weit weg schien nach den langen Tagen ihrer Abwesenheit und diesen Umstand zu kaschieren suchte, indem sie lauthals über die Sottisen des Pathologen lachte oder stumm dem Prozedere des Barkeepers folgte, der gerade eine Zitrone auspresste und das Fruchtfleisch einer Melone zerdrückte, bevor das Ritual des Emulgierens anhob.

Er war froh, als Fürstenau endlich auftauchte. Er komme gerade von einem hochkarätigen Informanten, sagte er und ließ die Schneidezähne blitzen. Das gebe der *Rittmeistersache* eine ganz neue Wendung.

Dolphin ging nicht darauf ein und stellte ihm Dodo vor. Sie gab ihm nur beiläufig die Hand und wandte sich wieder Borsig zu, als müsse sie unbedingt ein dringendes Gespräch zu Ende führen. Fürstenau gab sich Mühe und sagte ihr, wie froh er sei, sie endlich kennenzulernen. Sie wich seinem Blick aus. Ein kurzes Nicken, dann drehte sie sich wieder um.

Sein Kollege, das war keine Überraschung, nahm Dolphin nun in Beschlag. Er sprach von einem pensionierten Polizeikommissar, der überzeugende Indizien dafür habe, dass es kein Selbstmord gewesen sein könne.

Da schaltete sich Borsig ein. Er musste die ganze Zeit mitgehört haben und gab nun zu bedenken, es könne auch ein Unfall gewesen sein.

»Ein Unfall?« Fürstenau runzelte die Stirn. »Da bin ich aber mal gespannt.«

»Ganz einfach«, entgegnete der Professor. »Es gibt da diese schöne Geschichte von Adolf von Beyer.« Er führte sein

Glas an die Lippen, trank, wischte sich den Mund ab, was die Spannung erhöhte. Und dann begann er von dem berühmten Chemiker zu erzählen, der schon vor der Jahrhundertwende das Schlafmittel als Erster synthetisierte und als passionierter Frauenliebhaber nach einem verehrten Fräulein Barbara benannte, die doch wohl hoffentlich keine Schlaftablette gewesen sei. Borsig ließ die Augen rollen, hüstelte, hielt sich dann mit gespielter Verlegenheit die Hand vor den Mund und schloss mit der Feststellung, dass die *therapeutische Breite* der Barbitursäuren ziemlich gering sei.

»Therapeutische Breite«, unterbrach ihn Fürstenau, »was meinen Sie damit?«

»Ganz einfach«, sagte Borsig, der an dieser Redewendung Gefallen zu finden schien, »zwischen der korrekten und der tödlichen Dosis liegt bei diesem Schlafmittel keine große Kluft, ergo wird es in den letzten Jahren kaum noch verwendet.«

»Gab es viele Unfälle?« Fürstenaus Miene verdüsterte sich.

»Es gibt meines Wissens keine Statistik«, erwiderte der Professor, »aber etliche sind mir schon bekannt.« Und dann wandte er sich an Dodo, die unruhig auf ihrem Stuhl herumrutschte und zu Dolphins Überraschung auch nicht lachte, als Borsig ankündigte, er müsse nun schleunigst wieder zum Englischlernen nach Neukölln.

Dodo begleitete ihn zur Tür, machte kehrt und teilte Dolphin mit, sie habe noch zu arbeiten.

»Sehe ich dich später?« Er konnte seine Enttäuschung nicht verhehlen. Was passte ihr nicht an Fürstenau?

»Mal sehen.« Abrupt drehte sie sich auf dem Absatz um und verschwand in die Nacht.

»Wo lernt man solche Frauen kennen?« Fürstenau schaute noch immer in jene Richtung, in der sie sich entfernt hatte. Der mokante Ton war nicht zu überhören.

»Das ist eine lange Geschichte. Bei einem Fest von Hugo von Ernst.«

»Oh«, spottete Fürstenau, »der Freund und Förderer leichter Mädchen, der Börsenschwindler und Pornograf, der immer oben schwimmt, wie die berühmten Kaviarfässchen in seinem Bassin … In was für eine Gesellschaft hast du dich da nur begeben?«

»Hör auf mit deinem Gouvernantenton, Fürstenau. Die Babuschka Bar ist ja auch nicht über jeden Zweifel erhaben, und du hast mich dort hingeschleppt und dann …« Er brach ab und entschied, das Wiedersehen mit Dodo zu verschweigen. Über Frauen konnte man einfach nicht mit ihm reden.

Sein Kollege nippte am Mineralwasser und wich Dolphins Blick aus. War er verstimmt, weil er von den Kapuzenträgern erst aus der Zeitung erfahren hatte?

Dolphin war froh, als sein Kollege auf die *Rittmeistersache* zurückkam. Fürstenau berichtete von seinem Besuch bei Polizeikommissar Huonker, der nach von Westphals Tod zwangspensioniert worden war. Der politische Druck sei enorm gewesen, der Staat hätte schnelle Ermittlungserfolge gebraucht, und da konnte einer wie Huonker, der von jeher an der Selbstmordthese zweifelte, nur im Weg stehen. Ein langes Rätselraten über den Todesfall, so die allgemeine Ansicht, hätte die Gemüter zu sehr erhitzt und zu einer Schlammschlacht zwischen Rechts und Links geführt, welche die instabile Situation weiter verschärfte. Außerdem, so wurde argumentiert, sollte das Andenken an den treuen Republikaner nicht weiter beschmutzt werden.

»Und jetzt kommt's«, sagte Fürstenau und fasste ihn am Arm. »Dieser Schmutz, das war höchstwahrscheinlich eine Prostituierte, bei der Westphal gewesen sein muss.«

»So, so«, murmelte Dolphin und schaute ihn skeptisch an.

»Du wirst es mir nicht glauben, aber es gibt Beweise.« Fürstenau drückte seinen Arm fester und schilderte, wie der

Polizeikommissar a. D. Beweismittel aufbewahrt hatte, die unterschlagen worden waren, um angeblich den Ruf Westphals zu schützen, und damit den der Republik. Huonker aber sei noch im Besitz dieser Asservate, obwohl das Verfahren längst abgeschlossen war. Dazu gehöre auch ein pechschwarzes, krauses Haarbüschel, das mit neunundneunzigprozentiger Sicherheit einem schwarzen Freudenmädchen zuzuordnen sei. Die Frage sei allerdings nur, ob sie allein gewesen war oder im Duett mit einer deutschen Hure. Schwarz-Weiß-Doppel seien sehr beliebt bei Freiern, das wurde ihm auch von mehreren Bordellbesitzern bestätigt.

»Das klingt nach Märchenstunde«, stichelte Dolphin, »ein Stundenhotel weit draußen in Spandau, da gehen die Nutten ein und aus. Das Haar muss nicht unbedingt von Westphals Huren stammen, wenn es denn überhaupt stimmt, und außerdem: Ein Mord an einem hochrangigen Politiker, wer sollte denn da eine mordende Afrikanerin in Schutz nehmen?«

»Vielleicht war sie gar keine Mörderin. Vielleicht hat sie einfach aus Versehen zu viel Schlafmittel in den Cognac geschüttet.«

»Und wenn schon? Vielleicht war er ihr auch verfallen und wusste nicht mehr weiter.«

Dolphin bestellte noch einen Fitzroy, was ein Fehler war. Während das Getränk wie üblich mit hohem Aufwand zubereitet wurde, konnte ihn Fürstenau mit gewohnter Verbissenheit agitieren. Dolphin wurde immer einsilbiger. Sein Gegenüber ließ nicht locker und äußerte die Vermutung, dass Nationalsozialisten in den Todesfall verstrickt seien.

»Was für ein Fressen für die«, ereiferte sich Fürstenau. »Was für eine Schlagzeile, *Freund der Negermusik treibt es mit Negerdirne*, und das ausgerechnet eine Woche, bevor in Frankfurt am Main der weltweit erste Studiengang für eben diese Musik die Arbeit aufnimmt, geleitet von einem ungarischen Juden.« Er nippte wieder an dem Mineralwasser, bevor er seinen Kollegen fixierte. »Und wer hätte wohl ein Interesse an einem solchen Skandal?«

Es war der stechende Blick, den Dolphin kannte. Doch dann schloss Fürstenau die Augen und raunte ihm etwas von einer mysteriösen Figur im Hintergrund zu. Er könne zwar nicht die Hand dafür ins Feuer legen, aber ein Informant habe ihm von dem Geheimdienstchef der Schwarzen Reichswehr erzählt. Der Mann ohne Gesicht. Und der lasse nicht nur brutale Morde verüben. Er ersinne ebenso raffinierte Diffamierungskampagnen, ganz im Stile des sowjetischen Geheimdienstes, der dafür den schönen Begriff des *Kompromats* gebrauche.

»Fürstenau, es reicht«, sagte Dolphin erschöpft und deutete auf die Armbanduhr, »hör bloß auf.«

»Komm schon«, erwiderte Fürstenau. »Es ist nicht das erste Mal, dass ich auf der richtigen Spur bin, und das weißt du ganz genau.« Und nach einer Pause fragte er in scheinbar beiläufigem Ton: »Bist du sicher, dass das Foto echt ist?«

Trotz aller Verärgerung über diese Retourkutsche widerstand Dolphin der Versuchung, sich zu rechtfertigen. Fürstenau war gekränkt. Es war besser, zu schweigen. Und dann bezahlte er die Zeche und verabschiedete sich.

Als er die Tür aufschloss, sah er Licht im Wohnzimmer. Dodo saß auf dem Sofa und schaute, ein Glas Wein in der Hand, auf den Kupferstich, der den Kamin verdeckte.

»Ich mag ihn nicht«, sagte sie, ohne Dolphin anzuschauen. »Der ist ja pervers. In diesen alten Sachen herumzustochern. Der steckt seine Hand in jedes dreckige Loch, das sich ihm bietet.«

»Vorsicht, Dodo«, mahnte er und wusste selbst nicht, warum er Fürstenau in Schutz nahm, »Vorsicht. Er mag zwar anstrengend sein, aber er ist ein Freund.«

21

Entgegen seiner Gewohnheit verbrachte Dolphin den folgenden Abend zu Hause. Dodo hatte sich in ihrem Atelier vergraben, und ihm fehlte jede Lust, ohne sie auszugehen. Je mehr sie sich zurückzog, desto größer wurde sein Verlangen nach ihr, und es fiel ihm immer schwerer, nicht an sie zu denken.

Er nahm das Kunstmagazin in die Hand, das sie regelrecht ausgeweidet hatte. Die Reste zerfetzten Papiers, wo sie die Maskenfotos herausgerissen hatte; die Eselsohren, mit denen sie Stellen markierte, nach einem System, das Uneingeweihten verborgen bleiben musste.

Merkwürdigerweise fehlten die Eselsohren, als er weiter hinten Fotografien von Frieda Riess entdeckte. In raffinierter Untersicht hatte sie den Dichter Gottfried Benn porträtiert, der sich, in Sepiafarben getaucht, mit jeder Faser gegen den Akt des Abgelichtetwerdens zu wehren schien. Der Schriftsteller mied den Blick der Kamera, als wollte er sich aus dem Bild drehen, die rechte Hand in der Hosentasche, als ballte er heimlich die Faust, der Mund, verschlossen, eine abwärts fallende Linie zwischen Melancholie und Ekel. Vor Jahren soll er ihr Liebhaber gewesen sein, so hörte man im Romanischen Café. Von ihrem Atelier, zwischen Joachimsthaler Straße und Kaisergedächtniskirche gelegen, hatte sie es nicht weit gehabt, um ihren Geliebten zu treffen. Der Fotografin hatte Benn ein Gedicht gewidmet, das neben dem Porträt abgedruckt war, und Dolphin begann zu lesen:

Auf die Platten die Iche
tuschend mit Hilfe des Lichts,
die Gestalten, die Striche
Ihres – Linsengerichts:
dort die Braue, die Wange

hier –, erblicken Sie nicht
hinter den Masken im Zwange
fliehend das e i n e Gesicht?

Er schmunzelte über das Linsengericht, das, mit sicherem Gespür für rhetorische Effekte, Fragen der Brennweite und des biblischen Verrats verknüpfte. Und dann stellte er sich Dodo vor, wie sie gerade das Ich des Boxers in ihrer Dunkelkammer vervielfältigte; wie es sich aus dem Papier herausschälte und in der Entwicklerschale Gestalt annahm; wie sie ihn aus Licht erschuf, nachdem sie ihn ausgezogen, seinen Körper bemalt, in Weiß getaucht hatte wider seine Natur, versetzt aus der früheren Kolonie Kamerun in die Zeitlosigkeit der Antike, verflüssigt, wie Lehm in ihren Händen, aus dem sie sich ein Abbild formt.

Der Dichter, vergrößert im Rotlicht des Labors, hatte keine Scheu, sich selbst zu vergrößern, was Dolphin mit einigem Widerwillen registrierte. Nicht frei von Eitelkeit tastet er das eigene Gesicht ab, als sei es die Kulisse eines fremden Lebens.

Es sind Augen, die schliefen
Stirn, die das Große gedacht,
es sind Lippen, die riefen –
aber was ist vollbracht?
die Gestalten, die Striche
tief in der Tusche des Lichts,
auf der Platte die Iche –
Züge des Nichts.

Die kunstvollen Verse erinnerten Dolphin mit einem Mal an ein Soufflé, das sich im Ofen bläht, um später, nach einem winzigen Nadelstich, in sich zusammenzufallen. Und dann fragte er sich, ob Dodo das Gedicht gelesen hatte.

Schließlich ging ihm das Soufflé nicht mehr aus dem Kopf. Um etwas ähnlich Schäumendes zu schaffen, ging er in die Küche, schlug Eier in die Schüssel, griff zum Schneebesen, um, nach französischer Art, ein Omelette zuzubereiten.

Tage später war es so weit. Dolphin hatte Blumen und Champagner gekauft und zusammen mit dem Geschenk auf dem Wohnzimmertisch arrangiert. Als Dodo das schwarze Tuch lüftete, das er über die Maske gebreitet hatte, war sie sprachlos. Wieder und wieder strich sie über das raue dunkle Holz, fuhr durch das gekräuselte Haar, zog mit dem Zeigefinger die Linien der Augen nach, die Lippen. Schließlich schlang sie die Arme um ihn und drückte ihn lange, ohne ein Wort zu sagen.

»Auf dich«, sagte er, nachdem er eingeschenkt hatte, und stieß mit ihr an.

Dodo schien alle Erwartungen übertroffen zu haben. Flechtheim hatte sie gleich nach dem Erscheinen des Hefts angerufen und ihr eine Einzelausstellung angeboten, was völlig ungewöhnlich für eine Fotografin war. Offenbar versprach er sich von ihr frische Impulse für die angeschlagene Galerie und die Akquise neuer Sammler. Zuletzt war er auf Brody zu sprechen gekommen. Der Afrikaner sei ein Modell von phänomenaler Kraft, hatte er gesagt. Sein Reiz bestünde in der überraschenden Fähigkeit, sich selbst und die Vorstellungen zu verwandeln, die sich andere von ihm machten. Dieser Spur, die ins Unbekannte führen mochte, solle sie weiter folgen.

Auch Harry Graf Kessler hatte sich zu den Bildern geäußert. Er erinnerte daran, wie er vor ein paar Jahren, nach dem Besuch der *Revue Nègre* im Nelson-Theater am Kurfürstendamm notiert habe, Josephine Baker sei *ein Mittelpunkt zwischen Urwald und Wolkenkratzer. Ebenso der Jazz, in Färbung und Rhythmus. Ultramodern und ultraprimitiv.*

Fräulein Liebermann füge in ihren Bildwelten die Akropolis hinzu. So vereinige sie, ganz im paneuropäischen Geiste, quer durch die Zeitalter, das ultraprimitive Afrika mit dem ultramodernen Amerika und dem antiken Griechenland. Und anders als die göttliche Baker stehe nicht sie selbst auf der Bühne, sondern bereite diese für einen Schauspieler aus den früheren Kolonien, und der habe durchaus, wenn man so wolle, das Zeug dazu, in ultramodernster Verdrehung der Verhältnisse, gewissermaßen zu ihrer Muse zu werden.

Da war er wieder, dieser überhitzte Ton, der im Bassin für Schwimmer gepflegt wurde. Afrika, Amerika, Akropolis, darunter ging es nicht. Und: ein Mann als Muse der Künstlerin. Alles in Dolphin sträubte sich dagegen, und er war sich nicht sicher, wie Brody diese Verstiegenheiten aufnehmen würde.

Sie tranken und tranken. Dodo wurde immer übermütiger, bis sie die Maske aufsetzte, um vom Wohn- ins Schlafzimmer zu paradieren, wo sie sich, wie ein nasser Sack, auf das Bett fallen ließ.

Sie wehrte sich, als Dolphin ihr die Maske vom Kopf ziehen wollte, aber sie war zu betrunken, um es zu verhindern. Vorsichtig, mit beiden Händen, umfasste er das Objekt und legte es auf den Boden.

Da lag sie wieder, wie eine Ertrunkene. Er lauschte ihrem Atem. Wie hatte er sie vermisst. Die Dinge entwickelten sich besser, als man es hatte erwarten können. Ob vom Verleger oder Galeristen – von beiden bekamen sie Rückenwind. Er malte sich aus, wohin sie das Schiff tragen würde, hinaus auf die offene See, in eine Zukunft, in der alles möglich schien.

Mitten in der Nacht hörte er das Telefon klingeln. Wer konnte das sein?

Vergeblich hoffte er, es würde bald aufhören, bis Dodo wutentbrannt aufsprang und in den Flur lief. Nur kurz hörte er ihre Stimme, dann hängte sie ein. Sie sah verstört aus, als sie zurückkam.

»Jemand hat sich verwählt.«

Er sah das Flackern in ihren Augen, während sich widerstreitende Szenarien in seinem Kopf abspielten. Wortlos kroch sie unter die Decke. Er spürte das Beben in ihrer Brust. Es dauerte lange, bis sie sich beruhigte, beide Arme fest um ihn geschlungen, als wolle sie ihn niemals mehr freigeben.

22

Früh am Morgen hörte er die Tür ins Schloss fallen. Dodo musste auf dem Weg ins Atelier sein. Egal, wie verkatert sie war, sie konzentrierte alle Kräfte, um die einmalige Gelegenheit nicht zu verschenken. Kometen in der Kunstwelt stiegen auf, andere verglühten. Das wusste auch Flechtheim, der seiner Zeitschrift nicht ohne Sarkasmus den Untertitel *Das Magazin der aktuellen Ewigkeitswerte* gegeben hatte. Doch Dodo, das hatte sie von Anfang an gesagt, wollte keine Sternschnuppe sein.

Er versuchte sich zu erinnern, ob es noch einen Anruf in der Nacht gegeben hatte. Was er mit Sicherheit wusste, war, dass sie im Schlaf *Lass das, Vogel, lass das* gezischt hatte. Fragen konnte er sie nicht. Sie hatte sich in einen Kokon eingesponnen und schirmte alles ab, was ihre Arbeit gefährden könnte.

Und doch spürte er ihre Nervosität, gespeist von der Rastlosigkeit, die entstehen mochte, wenn Dinge aus der Vergangenheit einen bedrängen, gepaart mit Einfällen, derer man Herr zu werden versucht, der Getriebenheit, winzige Details wieder und wieder zu durchdenken, nicht zuletzt der Ehrgeiz, die Chance ihres Lebens zu nutzen.

Jetzt musste sie sich auf dem Weg zum Taxistand befinden. Woher sie das Geld dafür nahm, war ihm schleierhaft. Das Honorar, so hatte sie ihn wissen lassen, käme frühestens zum Monatsersten. Aber sie war zu stolz, ihn zu fragen.

Er duschte, zog sich an und verließ die Wohnung. Obwohl es noch kühl war, entschloss er sich, das Verdeck seines Cabriolets herunterzuklappen. Die frische Luft würde ihm guttun. Und mit feuchtem Haar fuhr er der Sonne entgegen, die gerade über der Häuserzeile auftauchte und den Himmel mit einem Streifen Orange überzog, der weiter oben in Azur überging.

Er schätzte es, der Erste in der Redaktion zu sein. Das war die beste Zeit, um ungestört nachdenken zu können, bevor London sich meldete und Wünsche kundtat.

Nachdem er einen Kaffee zubereitet und die erste Zigarette geraucht hatte, griff er zu dem Ordner, den Brody ihm mitgegeben hatte. Es war seltsam, wie sich jetzt alles vermischte. Das Modell, das er Dodo vermittelt hatte und das nun im Begriff war, zum eigentlichen Gegenstand ihrer Arbeit zu werden. Und der Schauspieler, der immer berühmter wurde und so auch in den Fokus der internationalen Presse rückte, ganz zu schweigen von seiner politischen Arbeit, die ihn als Bolschewisten verdächtig machte.

Dolphin blätterte in der Broschüre, die die deutsche Sektion der *Liga zur Verteidigung der Negerrasse* herausgab. Und dann stieß er auf einen offenen Brief, den Brody vor langer Zeit in der B.Z. am Mittag publiziert hatte. Die Presseerklärung vom Mai 1921 war mit *Die deutschen Neger und die ›schwarze Schmach‹* überschrieben. In diplomatischen Worten versuchte er dort, an den Patriotismus der Deutschen zu appellieren und gleichzeitig gegen jene Kampagne zu protestieren, mit der alle Parteien, außer den Kommunisten, gegen die französische Besetzung des Rheinlands durch nordafrikanische Soldaten zu Felde zogen und von massenhaften Vergewaltigungen deutscher Frauen und der Zeugung unehelicher Bastarde sprachen. Dolphin fuhr mit dem Zeigefinger über das vergilbte Papier, griff zum Bleistift und begann, die zentralen Passagen zu unterstreichen.

Die aus den ehemaligen deutschen Kolonien stammenden, jetzt in Deutschland ansässigen Schwarzen haben viel unter den in gewissen Zeitungen über die Schwarze Schmach *veröffentlichten Schilderungen zu leiden. Die Deutschen scheinen sich absolut nicht Rechnung zu tragen, dass auch sie selbst einmal Kolonien hatten und dass bis heute noch keine Entscheidung über das Schicksal der Eingeborenen der ehemaligen deutschen Kolonien getroffen worden ist; werden sie Angehörige der Entente oder bleiben sie Deutsche?*

Wir bitten also die Deutschen, doch zu berücksichtigen, dass wir ebenso sehr wie sie zu leiden haben und uns nicht von oben herab zu behandeln. Ganz besonders wollen wir bemerken, dass wir keine sittenlose und wilde Rasse sind.

Dolphin sah Brody vor sich, wie er, umringt von Bewunderinnen, im Romanischen Café Hof hielt. Ein Gentleman *from tip to toe*, sich seiner Wirkung durchaus bewusst, die Dodo gleich beim ersten Zusammentreffen erröten ließ. Wie anders stellte sich hier die Situation dar. Er schien mit dem Rücken zur Wand gestanden zu haben und erinnerte die Deutschen daran, dass ihre Truppen in Afrika nicht allein Krieg geführt, sondern auch die Einheimischen daran teilgenommen und ihr Leben für die deutschen Fahnen eingesetzt hatten. Und dann kam er auf die Lage in der Hauptstadt und im Reich zu sprechen.

Die in Berlin und im unbesetzten Gebiet Deutschlands lebenden Schwarzen sind nicht die Gelben und Schwarzen im besetzten Gebiet, deshalb bitten wir die Deutschen, auf diese Schwarzen Rücksicht zu nehmen und nicht durch die Nachrichten über die Schwarze Schmach *gegen sie beständig Propaganda zu treiben. Unser Aufruf ist durch den folgenden Vorfall veranlasst: Einer unserer Landsleute wurde vor circa 14 Tagen plötzlich in der Straße von Passanten überfallen und ernstlich verprügelt, die Leute hatten ihn für einen Schwarzen aus dem besetzten Gebiet gehalten.*

Gegen Abend rief Dodo ihn an. Nach langem Suchen hatte sie eine Telefonzelle gefunden und teilte ihm mit, sie werde weiterhin im Atelier bleiben und arbeiten. Sie klang wieder sehr euphorisch und sagte, sie sehe nun ganz genau die nächste Werkphase vor sich. Vor allem käme es nun darauf an, das Modell gänzlich unverhüllt zu zeigen, ohne Bemalung und Verweise auf längst vergangene Epochen, ohne den Schutzmantel von Kultur und Geschichte. Es gehe um die nackte Existenz. Das pulsierende und verletzliche Leben. Letztlich sei das Modell nur ein Medium, um zum Eigentlichen vorzudringen.

Sie warf eine weitere Münze in den Fernsprecher und redete nur noch vom Modell, was ihn misstrauisch machte. Ein Neutrum, das man nur schwer mit dessen augenscheinlicher Virilität in Verbindung bringen konnte. Und dann wagte er zu fragen, ob denn der viel beschäftigte Schauspieler so viel Zeit hätte, um ihr Modell zu stehen. Mit einem Mal klang sie gereizt, auch als sie sich dafür entschuldigte, so lange gesprochen zu haben. Ohnehin sei es besser für eine Künstlerin, erst dann über eine Arbeit zu sprechen, wenn sie vollendet sei. Man müsse sich frei machen von allen äußeren Einflüssen. Sonst käme man nicht zum Eigentlichen. Und Dolphin wusste nicht, ob er bei dieser Formulierung gewarnt sein müsste, doch er versuchte, das Gespräch wieder in unverfänglichere Bahnen zu lenken, was gründlich misslang und sie dazu bewog, mitten im Satz aufzulegen.

23

Eine Sommergrippe nannte Borsig jenen Zustand, in dem Dolphin sich seit einigen Tagen befand. Er schwitzte, fror, schluckte Aspirin, trank Eiswasser und Kräutertee, bis allmählich Besserung eintrat.

Eines Nachmittags fiel die Sonne schräg in das Schlafzimmer und brachte unversehens die Maske zum Leuchten, die, nur ein paar Meter vom Bett entfernt, an der Wand lehnte. Dunkle Augenhöhlen sahen ihn an, darunter der Mund, halb geöffnet. Man konnte die unterste Zahnreihe sehen, schiefe Stummel in einer Höhle. Eingerahmt wurde das Gesicht von einem wollenen Kinnbart, wie ihn Seemänner trugen, und einem krausen Haarschopf, der sich gleich einer Krone über dem Haupt erhob.

Dolphin wollte seine Tabletten nehmen, doch er konnte den Blick nicht abwenden. Er fühlte sich beobachtet, spürte eine Energie, die von unergründlichen Ritualen herrühren mochte, gespeichert wie in einer Batterie, die nun in seinem Schlafzimmer ihr Kraftfeld errichtete. Letzten Endes gab er sich einen Ruck, packte das Objekt und verfrachtete es kopfschüttelnd in die Abstellkammer. Abergläubisch war er nicht. Aber er sah auch keinen Grund, seine Wohnung in einen Colony Room zu verwandeln.

Und dann kam er auf eine bessere Idee. Er verstaute die Maske in jener Schachtel, die ihm der Kunsthändler mitgegeben hatte, und trug sie zu seinem Auto. Dodo, da war er sich sicher, würde begeistert sein.

Zu seiner Enttäuschung war die Tür verschlossen, als er vor ihrem Atelier stand. Er würde auf alle Fälle warten. Unter dem Mülleimer lag wie üblich der Schlüssel. Vorsichtig steckte er ihn in das Schloss. Plötzlich war er sich nicht mehr sicher, ob es ihr recht wäre, wenn er in ihrer Abwesenheit die Werkstatt betrat. Doch dann ging er zum Wagen zurück, holte die Maske und platzierte sie auf einem der Tapeziertische, frontal zum Eingang, wie einen Wächtergeist.

Um weitere Bedenken zu zerstreuen, suchte er nach dem Weinbrand. Nach Tagen der Abstinenz sehnte er sich wieder nach jenem leichten Schwindel, den ein Fingerhut von Gebrannten hervorzurufen pflegte.

Er fand die Flasche an dem gewohnten Ort, doch das Atelier war verändert. Dodo hatte mit weißen Leintüchern einen Raum abgetrennt, wo offenbar die Porträtaufnahmen entstanden. Scheinwerfer, auf verschieden hohen Stativen, erinnerten an Geschütze, die so auf die Textilbahnen ausgerichtet waren, als könnten sie jederzeit das Feuer eröffnen. Jetzt war alles Leben erloschen, wie bei jenen Zigarettenkippen, die auf dem Boden verstreut waren.

Dolphin fühlte sich erschöpft. Vielleicht war es der Alkohol, der direkt den Weg ins Blut fand. Er musste sich ausruhen. Auf dem Stuhl lag ein Aktendeckel. Er nahm ihn, setzte sich, und legte die graue Pappe vorsichtig auf die Schenkel. Dann fingerte er nach dem Etui in seinem Jackett und steckte sich eine Juno an. Er nahm einen tiefen Zug, verfolgte das Aufsteigen der Kringel, bis sie sich, hoch oben unter dem Scheddach, verflüchtigten. Nach einer Weile sagte er: »Aus gutem Grund ist Juno rund.« Und traumverloren schaute er der Asche nach, wie sie vor ihm auf den Boden fiel.

Als er die Sitzposition verändern wollte, drohte die Mappe von seinen Schenkeln zu gleiten. Es gelang ihm gerade noch, sie festzuhalten, und, neugierig geworden, konnte er nicht mehr widerstehen.

Die Probeabzüge zeigten den nackten Torso vor weißem Hintergrund. Es war ein Spiel von Enthüllen und Verbergen, bei dem Schlagschatten Teile der Schulter verdeckten, während Lichtreflexe den muskulösen Brustkorb und die Brustwarzen modellierten. Ein Spiel von Stärke und Verletzlichkeit, wenn sich harte Linien und weichgezeichnete Haut mischten. Das Gesicht zum Bildrand gewendet, wich Brody dem Blick der Kamera aus, als wehre er sich gegen jenes Begehren, das er selbst im Angesicht des Objektivs schürte. Mit grimmig nach unten gezogenen Mundwinkeln suchte er sich vergeblich jenem Ausgestelltsein zu entziehen, das gewöhnlich weiblichen Modellen vorbehalten war.

Dolphin musste an Ellas Gesichtsausdruck denken, wenn Brody auf der Leinwand erschien. Warum sollte es bei Dodo anders sein? Nur zu gerne würde er selbst diese Art von Blicken auf sich ziehen, aber das war nun einmal wider seine Natur. Und die wiederum der Frauen, die das Unbekannte suchten.

»Was machst du da?«

Plötzlich stand Dodo vor ihm und stemmte die Hände in die Hüften. Er zuckte zusammen. Doch nach einer Schrecksekunde ging er, zu seiner eigenen Verblüffung, zum Gegenangriff über.

»Hast du etwas zu verbergen?« Er deutete höhnisch auf die Fotos.

Sie stampfte mit dem Fuß auf und zischte, er solle diese Kindereien lassen. Sie habe ihm nichts verschwiegen. Nur hasse sie es, wenn er im Atelier herumschnüffele. Und außerdem mochte sie keine unfertigen Sachen zeigen. Wenn Unfertiges von anderen gesehen werde, fühle sie sich wie gelähmt, weil sie sich vorstelle, wie ihre Arbeit festgefroren werde auf diesen Moment und ihr die Freiheit fehle, sie weiter zu verfolgen oder zu verwerfen.

Für Dolphin waren das alles Ausflüchte. Allzu deutlich sah er jene Situation vor sich, als sie Brody kennengelernt hatte. Ihre unübersehbare Befangenheit, als der Schauspieler vor ihr stand und sie es nicht einmal vermochte, ihm in die Augen zu schauen.

Er klappte den Aktendeckel zu. Um die Situation zu entspannen, deutete er auf das leere Glas. Schweigend nahm sie es entgegen und verschwand.

Im Grunde blieb er lieber darüber im Unklaren, was sie vor ihm verbarg. Was half es schon, alles zu wissen. Sie brauchte Räume, die ihr Inneres schützten. Ella hatte keine Geheimnisse gehabt. Vielleicht war es das gewesen. Ihn beschlich der Verdacht, ob er nicht zu jenen Menschen gehörte, für die ein gewisses Maß an Eifersucht ein unentbehrlicher Bestandteil der Liebe ist. Wenn sie sich nicht von selbst einstellte, musste sie choreografiert werden. Und als Dodo mit zwei randvoll gefüllten Gläsern zurückkam, fielen sie übereinander her, und auf Stühlen, Tapeziertischen, Drehbänken entspann sich ein Geschehen, das selbst die Dunkelkammer einschloss und alles Trennende vergessen ließ, bis es, Stunden später, in den Gleichklang ihres Atems mündete.

24

Am folgenden Mittag begegnete er Fürstenau in der Kantine des Reichstags. Wie üblich verschlang der seinen Imbiss mit einer Art Todesverachtung, wie sie nur Preußen und Pietisten an den Tag legen konnten. Fahrig zerteilte er mit dem Messer ein Wiener Würstchen, um es in einem großen Klacks Senf zu versenken. Mitten in diesem Gemetzel, untermalt von Kaugeräuschen und dem Kratzen von Metall auf Porzellan, teilte er mit, er habe neue Informationen über die schwarze

Hure, bei der Curt von Westphal gewesen sein musste. Sie stamme höchstwahrscheinlich, wie so viele schwarze Flittchen in Berlin, aus dem früheren Deutsch-Südwestafrika. Nach Auskunft mehrerer Bordellbesitzer erfreuten sie sich bei den Freiern einiger Beliebtheit, sprächen sie doch meist einwandfreies Deutsch. Und wenn man es recht bedenke, handele es sich ja eigentlich auch irgendwie um Deutsche.

»Und wer soll die andere sein?«

»Auch da gibt es Neuigkeiten«, entgegnete der Kollege, ohne sich von dem griesgrämigen Gesicht seines Gegenübers irritieren zu lassen. Huonker habe ihm von einem Informanten berichtet, der wiederum von einer blonden Frau mit schneeweißer Haut wusste, die gelegentlich unter dem Künstlernamen *Schneeweißchen* mit einer schwarzhäutigen *Königin der Nacht* zu arbeiten pflegte, und dieses Duett könne mit einiger Plausibilität auch dem Rittmeister zu Diensten gewesen sein.

Dolphin schwieg. Schneeweißchen und die Königin der Nacht. Es wurde immer toller. Und irgendwo im Hintergrund lauerte der Mann ohne Gesicht, der den Reichstagsabgeordneten ans Messer hatten liefern wollen.

Und dann begann Fürstenau von dem ungarischen Professor zu erzählen, der an das Frankfurter Konservatorium berufen worden war, um die erste Jazzklasse der Welt zu leiten. Leider habe er Mátyás Seiber nicht erreichen können, weil er sich auf Reisen befinde, doch dessen Verbindung zu Rittmeister von Westphal müsse er unbedingt noch nachgehen.

Fürstenau tupfte sich mit einer Serviette die Mundwinkel und trank einen Schluck von der Waldmeisterlimonade, die er bislang nicht angerührt hatte. »Eines jedenfalls ist klar«, fuhr er fort. »Damals ist ein Kulturkampf zwischen Jazzliebhabern und ihren Feinden entbrannt.« Der Ton sei immer hysterischer geworden, nachdem das Konservatorium dafür geworben hatte, dass eine *Transfusion unverbrauchten*

Niggerbluts für die Erneuerung der zeitgenössischen Musik notwendig sei, worauf sich die Zeitschrift für Musik mit einer Kampagne gegen den *brutal mechanischen Niggerrhythmus* revanchierte.

Dolphin langweilte sich. Mit der bloßen Hand das Würstchen in den Senf tauchend, ließ er alle Etikette fahren.

»Ist das nicht alles Schnee von gestern?« Er konnte nicht anders. Er hatte das Bedürfnis, Fürstenau zu provozieren.

»Schnee von gestern?« Fürstenau schnaubte verächtlich. Man müsse doch nur nach Thüringen schauen, wo letztes Jahr der *Erlass wider die Negerkultur für deutsches Volkstum* ergangen sei, eigenhändig verfasst vom Volksbildungsminister Frick. Die Wandmalereien von Schlemmer im Weimarer Schlossmuseum, umgehend überstrichen, die Werke von Barlach, Marc und Dix, aus der Ausstellung entfernt. Und natürlich die inkriminierte *Negermusik*. Der sei es zuerst an den Kragen gegangen.

Als Fürstenau sich verabschiedet hatte, spürte Dolphin ein Rumoren im Bauch. Diese aufgeregten Mittagessen bekamen ihm einfach nicht. Er trank einen Kräuterschnaps und atmete durch. Man ließ sich einfach zu schnell anstecken von jenem Furor, den er unablässig verbreitete. Und wie zum Beweis bemerkte er beim Hinausgehen in der Scheibe der Pförtnerloge einen dünnen Streifen Mostrich auf seiner Wange. So nannte man den Senf in Berlin. Es klang fast wie im Englischen. Er wischte es weg.

25

Wann immer Dolphin in den letzten Tagen die Zeitung aufschlug, musste er Notiz von Brodys vielfältigen Aktivitäten nehmen. Vielleicht hatte er sie bislang einfach übersehen, aber selbst in einem Schöneberger Lokalblatt stieß er nun im hintersten Teil auf eine Anzeige. Sie kündigte ihn als Sänger einer Jazzkapelle an, die am Abend in der Biguine Bar auftrat.

Das Lokal in der Lutherstraße, so viel wusste Dolphin, war von einem österreichischen Filmproduzenten ersonnen worden, als *Deutschlands erste Negerbar*, die auch für exotische Gastauftritte warb, wenn schwarze Bands wie die Pouchés Exotiques direkt aus der Pariser Kolonialausstellung verpflichtet wurden. Schnell hatte sich das Etablissement einen fabelhaften Ruf erworben, und Fachblätter wie der Film-Kurier, denen naturgemäß die kinohaften Kulissen zusagten, schwärmten für die Darbietungen.

Obwohl die Bar erst in zwei Stunden öffnen würde, war die Tür nicht verschlossen. Er konnte die Putzfrau überzeugen, ihn in den Saal zu lassen, um noch vor dem Konzert ein kurzes Interview zu führen.

Als er eintrat, absolvierte Brody gerade einen Probedurchlauf. Mit sonorer Stimme sang er die englische Fassung von *Ich lass mir meinen Körper schwarz bepinseln,* die Willy Fritsch vergangenes Jahr im Verein mit Lilian Harvey zu einem Riesenerfolg gemacht hatte, unterstützt von dem kreolischen Saxofonisten und Klarinettisten Sidney Bechet, der mit seinen New Yorkers eine Art von Jazz spielte, an der, nach einhelliger Meinung des Feuilletons, deutsche Musiker scheitern mussten.

Die Bühne war von rotierenden Metallstangen eingefasst, um die sich Stoffaffen und verspiegelte Kugeln drehten, und Brody wurde in das Mosaik aus Licht getaucht, bis er mitten im Lied abbrach und zufrieden seine Musiker wissen ließ: »Danke, das reicht.«

Er schlang sich ein Handtuch um den Hals und schlenderte zu Dolphins Tischchen, das sich in der Nähe der Bühne befand.

»Schön, dass Sie vorbeischauen«, sagte Brody, als habe er mit seinem Kommen gerechnet.

Er ließ sich eine Flasche Mineralwasser bringen, verlangte eine halbe Zitrone, die er mit seiner riesigen Pranke ausdrückte. Nachdem er einen Schluck genommen hatte, schaute er den Reporter ernst an.

»Die Fotoaufnahmen mit Fräulein Liebermann sind abgeschlossen. Ich habe nun meinen Teil beigetragen. Wie sieht es bei Ihnen aus?«

Dolphin nickte und dankte für das Material, das er ihm gegeben hatte. Er habe es gründlich durchgearbeitet und suche nur noch nach einem passenden Anlass, um darüber zu schreiben.

Brodys Miene hellte sich auf. Seit Langem, fuhr er fort, liege ihm das Thema am Herzen. Bereits 1918 habe er in Hamburg, gemeinsam mit anderen Kolonionaleinwanderern, den Afrikanischen Hilfsverein gegründet, um seine Landsleute bei Angelegenheiten mit Behörden und Arbeitgebern zu unterstützen. Und dann im Anschluss die fatale Schwarze-Schmach-Kampagne. Wieder und wieder habe er betonen müssen: »Wir sind keine sittenlose Rasse.«

Dolphin schwieg, bis er von seinen Plänen zu sprechen begann, ein großes Porträt über ihn zu schreiben, das neben der bemerkenswerten künstlerischen Karriere auch Platz für die Erörterung brennender sozialer Fragen ließ.

Brody dankte, wollte noch etwas sagen, ließ es dann.

Dolphin zündete sich eine Zigarette an und fragte in beiläufigem Ton, wie es dem Schauspieler bei den Fotoaufnahmen ergangen sei.

Brody straffte sich. Etwas Argwöhnisches lag in seinem Blick. Und dann erwiderte er, er tue es für Fräulein Liebermann, und er tue es für Dolphin. Ihm liege viel daran, eine größere Öffentlichkeit für die Sache der Schwarzen in Deutschland zu gewinnen.

Dolphin schwieg. Dann wollte er mit einem boshaften Lächeln wissen, wie ihm, als ausgewiesenem Frauenkenner, die Fotografin gefallen habe.

Diese Frage fände er reichlich sonderbar, entgegnete Brody. Er stehe vor und nicht hinter der Kamera. Gewiss, Fräulein Liebermann sei sehr attraktiv, aber das sei auch schon alles. Und dann beugte er sich nach vorne: »Ich bin verlobt.«

»Kommen Sie, Brody«, sagte er in kumpelhaftem Ton, »wir sind doch in Berlin, und in Künstlerkreisen sieht man doch die Dinge nicht so eng.«

Brody schüttelte den Kopf. »Ich kann mir das nicht erlauben. Liierte Frauen – ohne mich. Ich bin doch nicht Willy Fritsch.«

Dolphin lächelte. Es bereitete ihm Mühe, seine Skepsis zu verbergen. Brody war Schauspieler. Das durfte man nicht vergessen.

Als kurz darauf eine junge schwarze Frau auftauchte, hielt er es für möglich, dass Brody nicht log. Er sah das Leuchten in seinem Blick, als er seine Verlobte vorstellte. Schließlich strich er mit dem Ärmel seines Fracks über den Stuhl, als lade er eine Königin ein, auf ihrem Thron Platz zu nehmen, was Dolphin wiederum reichlich übertrieben fand.

26

Dodos großer Tag brach an, begleitet vom Frage-und-Antwort-Spiel der Vögel, das ihm aufgeregter als sonst erschien. Er hatte das Fenster weit geöffnet, und das Gezwitscher vervielfältigte sich im Hinterhof.

Dolphin saß am Küchentisch und rauchte. Am Abend sollte ihre Ausstellung bei Flechtheim eröffnen. War sie schon wach? Zu schade, dass sie in ihrem Atelier kein Telefon besaß. Er hätte gerne das Kratzen ihrer Stimme gehört, das umso rauer klang, je verschlafener sie war.

Das aktuelle Heft des Querschnitt lag vor ihm. Mit einer ganzseitigen Anzeige wurde ihr Eintritt in die Kunstwelt verkündet. Sollte sie es schaffen, könnte ihr Name bald in Flechtheims Künstleralphabet auftauchen, womöglich zwischen Léger und Matisse.

Insgeheim war er froh, dass das Ganze sich dem Ende zuneigte. Zuletzt war sie nur noch im Atelier gewesen, während Dolphins Gereiztheit zunahm, weil sie ihm fehlte, ohne dass er es hätte sagen dürfen. Das, was er seine Eifersucht nannte, glomm vor sich hin, ohne Aussicht, in einem plötzlichen Feuer der Leidenschaft verbrannt zu werden.

Ihre Leidenschaft, glaubte man den Anrufen aus entlegenen Telefonzellen, hatte einzig der Kunst gegolten. Fieberhaft hatte sie an den neuen Bildern gearbeitet und, wie auch schon bei der Olympia-Serie, das Konzept in letzter Minute verändert. Dank Dolphin und der Allgegenwart der Maske in ihrem Atelier, war sie auf die Idee gekommen, Brody mit eben jenem rituellen Kultgegenstand vom Volke der Bekom auszustatten. Ein geschnitztes Stück Holz, das, ebenso wie der Schauspieler, den weiten Weg aus dem Osten Afrikas ins Deutsche Reich zurückgelegt hatte. Nun bedeckte sie diesen Mann, der ausgezogen war, die uralten Bräuche hinter sich zu lassen, bedeckte ihn mit echtem Menschenhaar, von dem man nicht sagen konnte, ob es einem Lebenden oder Toten abgeschnitten worden war. Am Ende ihrer Experimente war sie zu dem Schluss gekommen, die Porträtsitzungen in das Völkerkundemuseum zu verlegen, wo sie, inmitten afrikanischer Masken, eine unvorhersehbare Verfremdung erfuhren.

Dolphin ging ins Badezimmer, schäumte sich sorgfältig das Gesicht ein und vertiefte sich in das Ritual seiner Rasur. Er hatte ihr versprochen, am Nachmittag in der Galerie vorbeizuschauen, um die Ausstellung, noch vor der Eröffnung, in Augenschein zu nehmen. Dodo hatte sich nur kurz enttäuscht gezeigt, als er ihr vor Tagen mitteilte, nicht an der Vernissage teilnehmen zu können. Ein überraschender Interviewtermin, den er keinesfalls versäumen durfte, nähme ihn in Anspruch. Selten sei er auf einen Gesprächspartner so neugierig gewesen. Es handle sich um einen schwerreichen, schwarzen Zeitungsmagnaten aus den Vereinigten Staaten, der sich gerade auf Deutschlandreise befinde, um über die Lage der Schwarzen im Allgemeinen wie über Louis Brody im Besonderen zu berichten und dabei auch die Expertise der britischen Presse, insbesondere des Korrespondenten des Daily Standard einholen wolle.

Schade, hatte Dodo gesagt, aber sie könne das verstehen. Auch gegenüber Brody hatte sie Verständnis geäußert. Vor einer Woche war er, gemeinsam mit seiner Verlobten, für längere Zeit nach Wien aufgebrochen.

Dolphin war sich nicht sicher, ob sie nicht insgeheim froh über seine Absage war. Sie schien so nervös, dass es ihr schwerfallen musste, sich bei ihrem mit Spannung erwarteten Debüt auch noch um ihren Geliebten zu kümmern, der der Welt der Avantgardekunst, um das Mindeste zu sagen, distanziert gegenüberstand. Allerdings mit Ausnahme von Dodos Arbeiten, aber da musste er als befangen gelten.

Was er wiederum verschwieg, war die Tatsache, dass es ihm durchaus gelegen kam, sich nicht an ihrer Seite zeigen zu müssen, wenn Bilder der Öffentlichkeit präsentiert wurden, in deren Mittelpunkt ein schwarzer Schauspieler stand, der nicht nur im nackten Zustand die Fantasien des weiblichen Publikums beschäftigte. Ihm war einfach nicht wohl dabei, und es war diese Gemengelage aus Eifersucht und Unbehagen, die ihm zusetzte. Sie machte ihm mit einem Mal bewusst, wie er sich immer mehr aus der gewohnten Rolle des Beobachters verabschiedete und selbst verstrickt wurde in ein anderes Leben, das ihn ebenso faszinierte wie abstieß.

Als Dolphin sich der Galerie näherte, öffnete Flechtheim die Tür. Der Kunsthändler begrüßte ihn wie einen alten Freund, mit jener Form von Zugewandtheit, die, für die Dauer eines Wimpernschlags, mit persönlich gemeinter Nähe verwechselt werden konnte. Neben ihm stand Dodo und strahlte. Wie immer, wenn sie nervös war, wirkte sie atemlos und zeigte dabei ihre weißen Zähne.

Nachdem der Galerist sich zurückgezogen hatte, umarmte sie Dolphin. Sie keuchte leise. Mit einem Mal erinnerte sie ihn an eine Eiskunstläuferin, die nach der Kür die Pose der strahlenden Siegerin einnimmt, ein Glück, in dem, für den Bruchteil einer Sekunde, Entsetzen aufblitzt, wenn sie nach Atem ringt und ihr ganzer Brustkorb bebt und zittert. Es war offensichtlich, dass ihr die Muße fehlte, ihn herumzuführen. Er flüsterte in ihr Ohr, er werde sich erst einmal in aller Ruhe umschauen, was sie mit Erleichterung aufnahm.

Die Ausstellung erstreckte sich über mehrere Räume. Das Entree bildeten jene Aktaufnahmen, die er schon kannte. Mit Leica und Plattenkamera hatte sie, in den Worten des Dichters, ein Linsengericht zubereitet, ein Potpourri aus *Ichen,* wie jener unschöne Plural lautete, den selbst der Vater der Psychoanalyse gemieden hatte, wenn er über Patienten schrieb, die sich fragten, wie viele sie waren. Dolphin rätselte, ob Benn zur Vernissage erschiene, womöglich auch die Riess, aber das könnte Dodo ihm später erzählen.

Im nächsten Raum wurde die Olympia-Serie präsentiert, allerdings konzentriert auf die Figur des Faustkämpfers, die Brody in der Abguss-Sammlung Antiker Plastik verkörpert hatte. Direkt gegenüber hingen, zu seiner Überraschung, die allerneuesten Arbeiten aus dem Völkerkundemuseum. Es sah ganz anders aus, als er sich es vorgestellt hatte.

Zwei Motive hatte sie, in unterschiedlichen Perspektiven und Varianten, miteinander konfrontiert. Einerseits zeigte sie den Maskenträger, inmitten von anderen Masken, mit nacktem, ölglänzendem Oberkörper, zum andern in dunklem Zweireiher, weißem Hemd und Krawatte. Die Grenzen zwischen beiden Motiven wurden immer mehr aufgelöst, als sie das Modell von hinten fotografierte, aus der Frosch- und schließlich aus der Vogelperspektive, was Dolphin auch an ihre erste Begegnung erinnerte, als sie in betrunkenem Zustand auf den Barhocker gestiegen war, um ihn abzulichten.

Sie musste eine hohe Leiter benutzt haben, um diese kühne Perspektive einzunehmen. Man sah das Holz der Maske und das gekräuselte Haar, und je gewagter die An- und Ausschnitte wurden, desto fremder erschien alles. Man war sich nicht mehr sicher, wer eigentlich dahinterstak, und bei manchen Aufnahmen könnte es sich auch, wenn man darüber nachdachte, um die Fotografin selbst handeln.

Als er zwei Stunden später das Restaurant Horcher betrat, führte der Kellner ihn sogleich zu dem reservierten Tisch und reichte ihm die Speisekarte. Dolphin schaute auf die Uhr. In dieser Minute musste die Vernissage beginnen. Dodo hatte sich nur flüchtig verabschieden können. Flechtheim hatte ihr gerade ein junges Ehepaar vorgestellt, vermutlich Kunstsammler, die er mit dem neuen Medium vertraut machen wollte. Er hörte den Galeristen sprechen, der von ihrer *Kunst mit Objektiv und Gummiball* sprach, die sich mittlerweile anschicke, gleichberechtigt ihren Platz neben jener mit Pinsel und Leinwand einzunehmen.

Kurz darauf erschien ein elegant gekleideter Schwarzer und stellte sich als Robert Sengstacke Abbott vor. Er musste, wenn Dolphin richtig gerechnet hatte, Anfang sechzig sein, doch seine kerzengerade Haltung und das glatte Gesicht ließen ihn jünger erscheinen. In einem gemäßigten Akzent des Mittleren Westens, bei dem seine Herkunft aus dem tiefen Süden nur noch schwach herauszuhören war, entschuldigte sich Abbott für die Verspätung. Er habe in Hamburg den früheren Zug nehmen wollen, doch es habe offenbar Probleme mit den Weichen gegeben.

Dann winkte er dem Kellner und reichte ihm Melone und Gehstock, bevor er sich setzte.

Abbott strich über die Tischdecke und schaute sich um. Ihm schien die Atmosphäre zu behagen. Und dann bat er Dolphin, ihm die Speisekarte zu übersetzen. Er könne leider kein Deutsch, obgleich er, wenn man so wolle, gewissermaßen auch deutsches Blut in sich habe.

Auf Dolphins verblüffte Nachfrage antwortete er, es handle sich um eine höchst komplizierte Angelegenheit. Wenn ihn das wirklich interessiere, so könne er nach dem Bestellen genauere Auskunft geben. Der Berliner Büroleiter des Daily Standard sei selbstverständlich sein Gast, und er danke ihm, dass er diesen Termin so kurzfristig hatte möglich machen können.

Abbott wollte vom Kellner wissen, was die Spezialität des Hauses sei. Als dieser auf den *faisan de presse* deutete, schaute er Dolphin an, der wiederum nickte.

Nachdem der Wein und eine Flasche Perrier serviert worden waren, fragte er, ob Dolphin noch immer Interesse an seiner verwickelten Familiengeschichte habe. »Aber ja doch,« entgegnete dieser ungeduldig, und der Verleger begann zu erzählen.

Seine verwitwete Mutter Flora habe einen Amerikaner gemischtrassiger Herkunft geheiratet, der in den 1860er-Jahren von Hamburg in die Vereinigten Staaten gekommen sei. John Sengstacke, so lautete der Name seines Stiefvaters, war wiederum der Sohn des deutschen Kapitäns Hermann Sengstacke, der zwei Jahrzehnte zuvor in der Hafenstadt

Savannah geankert habe. Dort sei er Zeuge einer Sklavenauktion geworden, was ihn so verstörte, dass er einer jungen Sklavin aus Westafrika die Freiheit schenkte und sie kurz darauf in South Carolina heiratete, bevor sie nach Georgia zurückkehrten, wo gemischtrassige Eheschließungen verboten waren. Ein Jahr später gebar Tama ihren Sohn John und wenig später auch eine Tochter, doch bald danach verstarb sie, und Hermann nahm die Kinder mit nach Deutschland, wo sie aufwuchsen.

Abbott griff zum Glas und prostete Dolphin zu. Mit kennerhafter Miene nahm er einen Schluck von dem kostspieligen Burgunder, den Lord Bakerfield mit einiger Wahrscheinlichkeit von der Spesenrechnung seines Berliner Korrespondenten gestrichen hätte. Zufrieden strich Abbott sich über den Moustache. Und dann fragte er seinen Gast, ob man das alles verstehen könne.

Dolphin nickte und wollte schon entgegnen, dass auch sein Großvater Kapitän gewesen war, wenn auch nur eines Walfängers, doch dann wollte er unbedingt wissen, wie die Geschichte in Georgia weiterging.

Abbott lachte. »Nun gut«, sagte er, »Neugierde ist Fluch und Kapital des Journalisten, aber ich versuche, es kurz zu machen.« John Sengstacke, der Sohn des Kapitäns, habe also seine verwitwete Mutter geehelicht und ihn, Robert, wie einen eigenen Sohn aufgezogen. Seinem Stiefvater habe er letztlich alles zu verdanken. Der habe sich nicht nur als Pfarrer und Lehrer für die Erziehung schwarzer Kinder eingesetzt, später wurde er auch Zeitungsverleger, deshalb ließ er seinen Adoptivsohn Drucktechnik und Jura studieren.

»Was für eine Geschichte«, sagte Dolphin. »Und wie haben Sie es dann zu Ihrer eigenen Zeitung gebracht?«

»Das ist mittlerweile ein gutes Vierteljahrhundert her«, antwortete Abbott. In Chicago, wo mittlerweile viele Schwarze aus dem Süden lebten, sah er die Chance, wie sein

Vater eine Zeitung zu gründen, und mit dem Chicago Defender sei es ihm schließlich gelungen, sich ebenso für die Gleichberechtigung aller Amerikaner einzusetzen wie zur erfolgreichsten Zeitung unter den von Schwarzen geführten Verlagen zu avancieren.

Dolphin wollte wissen, wie hoch die verkaufte Auflage sei, doch der Kellner erschien mit einem Servierwagen, und Abott verfolgte mit stillem Entzücken das Ritual des Flambierens, bis er sich die Serviette über die Knie legte, um den Fasan zu kosten.

Dolphin versuchte, mehr über das Geheimnis seines Erfolgs zu erfahren, der ihn, natürlich in kleinerem Maßstab, an jenen von William Randolph Hearst erinnerte. Höflich gab der *self-made millionaire* ihm Auskunft, bis er den Zeitpunkt gekommen sah, zum eigentlichen Thema seines Besuchs zu kommen. Ob Dolphin ihm mehr über Louis Brody erzählen könne, der manchen schwarzen amerikanischen Lesern bereits ein Begriff sei.

Dolphin wollte guten Willen zeigen und beschrieb ausführlich Brodys Aktivitäten, vom Film über die Revue in der Hasenheide bis hin zu seinen Auftritten als Musiker und Amateurboxer und schließlich seiner politischen Arbeit. Im Anschluss musste er dem Verleger genauer darlegen, was es mit der *Schwarzen Schmach* auf sich hatte und welche Rolle die politischen Parteien von den Nationalsozialisten bis hin zu den Kommunisten dabei spielten.

Abbott hatte begonnen, sich mit einem winzigen Silberbleistift Notizen zu machen, und stellte viele Nachfragen. Fast schon hätte Dolphin sich hinreißen lassen, von Dodos Ausstellung zu erzählen, als der Verleger auf die Uhr schaute und ihm mitteilte, er müsse bedauerlicherweise gleich noch den Kollegen von der Frankfurter Zeitung in der Bar des Hotel Adlon treffen. Er hoffe aber, Mr. Dolphin vor der Heimreise noch einmal sprechen zu können, und falls dem von seiner Seite nichts entgegenstünde, würde er sich nächste Woche melden.

Zum Abschied überreichte er ihm ein Exemplar des Chicago Defender, für den er vor wenigen Tagen eine Meldung über Brodys Abreise nach Wien verfasst hatte, samt einem Foto, das den Schauspieler auf dem Anhalter Bahnhof zeigte, wie er sich von seinen Berliner Freunden verabschiedete. Was womöglich für hiesige Betrachter ein ganz normaler Vorgang sei, stelle sich aus der Perspektive eines amerikanischen Lesers als höchst ungewöhnlich dar. Und diese größere Freiheit, die man in Europa schwarzen Menschen gewähre, die gelte es für seine Leser festzuhalten.

Als er auf die Straße trat, sah er das Schauspiel des abendlichen Himmels. Flüssiges Gold mischte sich mit dem Violett der Wolken. Sie würde es einen *Nolde-Himmel* nennen und Dolphin auslachen, der einmal dessen Aquarelle gelobt hatte, weil sie ihn von ferne an den späten Turner erinnerten. Und dann würde sie ihn von hinten umschlingen und zugeben müssen, dass es wunderschön aussah.

Zu Hause prüfte er die Temperatur des Champagners, legte das Austernbesteck und die Zitronen bereit. Dodo musste jetzt beim Dinner sein, das Flechtheim für seine Sammler im Borchardt gab. Spätestens gegen Mitternacht sei sie zurück, das hatte sie versprochen, um im exklusivsten aller Kreise mit ihm anzustoßen.

Dolphin versagte es sich, den Champagner zu öffnen. Das wäre der passende Anschluss nach dem flambierten Fasan. Doch versprochen war versprochen, und so öffnete er seufzend eine Flasche Bier und setzte sich an den Küchentisch.

Unschlüssig, wie er die Zeit überbrücken sollte, nahm er den Chicago Defender zur Hand. Und richtig, hier war das Foto von Brody, wie er umringt von seinen Bewunderern auf dem Anhalter Bahnhof verabschiedet wurde. Er hatte den Arm um seine schwarze Verlobte gelegt und lachte über das ganze Gesicht. Abbott wies in seinem Text darauf hin, dass es bei der Deutschen Reichsbahn keine Trennung der Rassen gebe. Es sei deshalb auch nicht ungewöhnlich, dass ihm seine weißen Freunde am Bahnsteig eine gute Reise wünschten, bevor er den luxuriösen Orientexpress bestieg.

Das Bier schmeckte schal, aber Mineralwasser war auch keine Alternative. Er versuchte, den Geschmack mit einer Zigarette zu vertreiben, und blätterte weiter in der Zeitung.

Das Blatt behandelte Themen, die man nirgendwo anders las. Robert Sengstacke Abbott schien nicht nur ein gewiefter Verleger zu sein, sondern auch ein leidenschaftlicher Reporter. Er hatte sich in Berlin auf die Spuren des schwarzen Soziologen W. E. B. Du Bois begeben, der seit der Jahrhundertwende die *color line,* jene Rassenschranke zwischen Schwarz und Weiß, als *das* Problem des zwanzigsten Jahrhunderts adressierte.

Dolphin zündete sich die nächste Juno an und musste laut herauslachen. W. E. B. Du Bois hatte an einer schwarzen Universität in Nashville, Tennessee, studiert und in seinem Abschlussvortrag über keinen Geringeren als Otto von Bismarck referiert. Dort nannte er ihn *meinen Helden*, weil der deutsche Reichskanzler aus einer *Masse sich zankender Völker eine Nation* geformt habe, und mit ähnlicher Kraft und Entschlossenheit wolle er, Du Bois, die amerikanischen Schwarzen vereinen.

Dolphin wurde immer müder. Er ging ins Bad und nahm eine Benzedrin. In der Küche öffnete er das Fenster und streckte seinen Kopf in die Nacht. Langsam ging es besser, und er fühlte sich in der Lage, den Artikel zu Ende zu lesen.

Aus der Bismarck-Begeisterung, so schrieb Abbott, folgte 1892 ein Studienaufenthalt in Berlin, wo er auch Vorlesungen bei Max Weber hörte und nach eigenem Bekunden seine Hautfarbe vergaß: *Neben mir lebten Weiße – Studenten, Bekannte, Dozenten –, die ebenso empfanden wie ich.*

Abbott war ein exzellenter Journalist, das musste Dolphin anerkennen. Er hatte Gefühl für Rhythmus, für Pathos und Ironie, er wollte seine Leser aufklären und verführen, und so schilderte er Du Bois' Erstaunen über die seltsamen Sitten an der Friedrich-Wilhelm-Universität, bei der die Studenten mit dem Trampeln ihrer Füße Beifall bekundeten oder berühmte Professoren wie Heinrich von Treitschke mit halbstündiger Verspätung zu den eigenen Vorlesungen erschienen.

Dolphin schmunzelte und legte den Artikel beiseite. Das würde er ihr nachher vorlesen. Sie würde es lustig finden, mokierte sie sich doch mit Vorliebe über die akademische Welt, die sie selbst nie kennengelernt hatte.

Er schaute auf die Uhr. In einer halben Stunde war es so weit. Er spürte eine leise Nervosität und prüfte erneut die Temperatur des Champagners.

Punkt zwölf hatte er die Kerzen angezündet, die Austern serviert und den Champagner in den Eiskühler gestellt. Er hatte es sogar noch geschafft, sich zu rasieren und das Aftershave aufzulegen, das sie ihm neulich geschenkt hatte.

Nach einer Viertelstunde trat er vor die Tür und horchte. Das Treppenhaus lag still im Dunkel.

Er ging in die Küche, öffnete das Fenster. Auch im Hinterhof war nichts zu hören.

Um halb eins hatte er den Impuls, im Borchardt anzurufen. Aber wie stünde er dann da?

Kurz darauf tat er es doch. Der Restaurantleiter teilte ihm mit, es gebe keinen Grund zur Beunruhigung. Dr. Flechtheims Tischgesellschaft sei schon vor anderthalb Stunden aufgebrochen. Ohne ein Wort des Danks legte Dolphin auf. Was konnte passiert sein? Nun gut, in Künstlerkreisen war es nicht unüblich, im Anschluss noch eine Bar aufzusuchen.

Vielleicht war Dodo von ihrem Galeristen genötigt worden, mit den Sammlern noch einen Schlummertrunk zu nehmen. Aber warum rief sie nicht an?

Um zwei Uhr spürte er ein Stechen in der Brust und dachte zum ersten Mal an Trennung. Er war nicht dafür gemacht, von einem anderen Menschen auf diese Weise abhängig zu sein. Sobald er glaubte, sie besser zu kennen, vollzog sie eine unerwartete Wendung und verschwand aus dem Bild. Und das Vertrackte war, dass er dieses Verschwinden ebenso fürchtete wie herbeisehnte. Ein selbstzerstörerischer Kitzel, der die Sinne schärfte für das Leben und ihm alle Ruhe raubte. Und dann trank er den Champagner und noch eine zweite Flasche und ließ sich ins Bett fallen.

27

In den frühen Morgenstunden hörte er das Geräusch des Schlüssels. Es dauerte eine Weile, bis die Tür sich öffnete und Dodo ins Schlafzimmer kam. Er stellte sich schlafend, während sie versuchte, sich ihrer Kleider zu entledigen. Aus den Augenwinkeln beobachtete er, wie sie beim Ausziehen der Hose schwankte und sich an der Wand abstützte, um nicht umzufallen. Er bewegte sich nicht, bis sie unter die Decke schlüpfte und die Arme um ihn schlang.

Sie stank nach Alkohol und Zigaretten. Er wollte nicht wissen, wo sie gewesen war. Das Einzige, was zählte, war die Tatsache, dass sie neben ihm lag, leise keuchend, als sei sie einer Gefahr entronnen.

Sie fasste ihn an den Schultern, bedeutete ihm, sich umzudrehen, was er mit einem schläfrigen Murren geschehen ließ, und legte den Kopf an seine Brust. Sie mochte seine Behaarung, das wusste er, für sie war es wie ein Nest, in dem sie in den Nachtstunden Zuflucht suchte. Er genoss diese Momente ihrer Schutzlosigkeit, die von nichts überlagert wurden als dem Wunsch nach Haut.

Obwohl er nichts wissen wollte, rang er sich zu der Frage durch, was geschehen sei. Sie schwieg und streichelte seine Brust. Dann sprach sie zu seinem Körper, stockend, lallend. Er nahm den sauren Atem wahr, den sie verströmte, und hatte Mühe, sie zu verstehen.

Manchmal tue es sehr weh, flüsterte sie. Wenn man Kunst machen wolle, da müsse man verletzen und werde verletzt. Und dann verfiel sie in einen Singsang, es sei ein Schlachtfeld, lallte sie, ein Schlachtfeld, denn was man geschenkt bekäme, sei nichts wert, nichts wert, und sie brabbelte weiter und versteckte sich in seiner Brust, bis sie ganz schwer wurde und er sich nicht mehr zu rühren wagte.

Im Licht des Mittags sah er Striemen auf ihrem Rücken. Die Decke war von den Schultern gerutscht. Er konnte den Blick nicht abwenden. Sie schlief tief und fest und rührte sich nicht. Mit den Fingerspitzen berührte er eine rote Stelle. Sie zuckte kurz zusammen, er nahm die Hand zurück und betrachtete die Abdrücke. Striemen war der falsche Ausdruck. Es handelte sich eher um Blutergüsse von der Größe einer Briefmarke. Er betrachtete ihren Rücken, während in seinem Kopf ein wüster Film ablief, den er nicht anhalten konnte.

Später brachte er ihr ein Tablett mit Wasser und Kopfwehtabletten ans Bett, doch sie rührte sich nicht unter dem Laken, welches sie über den Kopf gezogen hatte. Sie lag da, als wollte sie nie mehr aufstehen.

Gegen Abend gelang es ihm, sie aufzuwecken und zur Einnahme eines Aspirins zu bewegen. Er reichte ihr das Wasserglas. Es dauerte eine Weile, bis sie es ergriff. Sie nahm winzige Schlucke, das Glas in der rechten, während sie mit der linken Dolphins Hand hielt.

Er wusste nicht, was er sagen und wie er ein Gespräch beginnen konnte. Als er sich schließlich ein Herz fasste, fiel sie ihm ins Wort. »Sag nichts.« Und dann geriet sie außer sich und warf ihm an den Kopf, dass jeder etwas von ihr wolle und es nicht mehr auszuhalten sei. Und wenn er *sie* wolle, solle er nicht wie jeder sein.

Es war dunkel, als sie ins Wohnzimmer kam und sich ein Kaminfeuer wünschte. Dodo trug seinen Hausmantel und fröstelte. Er schaute sie irritiert an. Wie konnte sie von dem offenen Kamin wissen, den er hinter einem Kupferstich mit der Weltkarte des British Empire hatte verschwinden lassen? Und warum gerade ein Feuer im August?

Schweigend räumte er das Bild beiseite, und tatsächlich, Reisig und Brennholz waren noch immer sorgfältig aufgeschichtet, wie er es in einem vergangenen Zeitalter arrangiert hatte.

Er ging in die Küche, um Streichhölzer zu holen und Teewasser aufzusetzen, und machte sich schließlich daran, das Feuer in Gang zu bringen. Dodo lag auf dem Sofa und schaute in die Flammen, während er, was ihm auf einmal passend schien, Tee mit Rum servierte. Dann legte er ein Bündel Reisig nach. Das Prasseln übertönte ihr Schweigen und erinnerte an das Kratzen einer Schallplatte.

Dodo sah dem Spiel der Funken zu. Auf einmal sagte sie leise, wie sehr sie die Wärme genieße. Früher habe sie nächtelang am Lagerfeuer gesessen, als Schülerin des Landschulheims in Wickersdorf, zusammen mit anderen Knaben und Mädchen. Und dann erzählte sie von diesem *sehr fortschrittlichen Internat,* mit all den Versuchungen und Verwirrungen, wie sie an solchen Instituten gang und gäbe seien. Sie sei Anführerin einer Art Geheimorden geworden, mit eigenen erotischen Ritualen, nach denen die Kandidaten, gleich ob Jungen oder Mädchen, erst aufgenommen wurden, nachdem sie jeweils zwölf Stunden in einem Schuppen mit ihr verbracht und im Anschluss das Urteil entgegenzunehmen hatten, ob sie würdig seien, die höheren Weihen zu empfangen.

Dodo lächelte und trank einen Schluck Tee. Keine Frage, fuhr sie fort, es war eine wilde Zeit, fern von zu Hause, und ähnliche Klubs gab es auch unter Berliner Internatsschülern. Der einzige Unterschied war der Umstand, dass in Wickersdorf eine Lehrerin eingeweiht war und Dodo eine Kamera gab, um Bilder von den Jungen und Mädchen zu machen, aber als einige Eltern Wind von den Fotos bekamen, war es nicht Fräulein Dr. phil. Kunze, die der Schule verwiesen wurde, sondern sie.

»Und wie hat dein Vater reagiert?« Dolphin richtete sich auf und sah ihr in die Augen.

»Ach, der«, seufzte Dodo. Er habe sie nur angerufen und vorgeschlagen, einen Kursus für Gymnastiklehrerinnen zu absolvieren. Doch der Vater starb, wenige Monate nachdem sie in Berlin angekommen war, und sie hatte kein Geld mehr und musste verdienen. Weil sie jung und neugierig war, lieh sie sich von ihrer Schweizer Geliebten das Geld für ein teures Abendkleid, das sie älter und mondäner aussehen ließ, und nahm eine Stelle in einer Tanzbar an. Erst im Barberina, dann in der Rio Bravo Bar, wo sich ihre beruflichen Verpflichtungen in der Regel darauf beschränkten, reiche Geschäftsleute und Reichstagsabgeordnete zu unterhalten und mit ihnen am Tisch zu sitzen, und es war aufregend, sich als Geisha zu fühlen, die hundert oder sogar zweihundert Mark am Abend verdiente, ohne Zwang, die Kunden nach Hause begleiten zu müssen. Sie habe viel gelernt über die Menschen, sagte sie, in sehr frühen Jahren, und ließ den Satz in der Luft hängen.

Keine Frage, fuhr sie schließlich fort, es sei nicht immer einfach gewesen. Ihre Naivität habe sie beschützt und beschädigt und zu Dingen verleitet, die sie bis heute verfolgten. Doch letztlich sei das der Stoff, aus dem ihr Leben und ihre Kunst gemacht seien.

Sie hielt inne, goss einen Schluck Rum in die Teetasse, trank und schaute Dolphin plötzlich aufmerksam an. Sie prüfte seine Reaktion. Aber worauf?

Als er zu sprechen begann, hielt sie den Zeigefinger vor den Mund. Die Glut des Feuers spiegelte sich auf ihren Wangen und verlieh dem Gesicht eine dunkel pulsierende Farbe. Konnte er ihr glauben? Würde sie ihm mehr erzählen? Sie lag auf dem Sofa, versunken in dem viel zu großen Hausmantel, der die Striemen auf ihrem Rücken verdeckte. Sie hatten eine seltsame Form. Eine Gürtelschnalle? Unwahrscheinlich. Die Abdrücke waren briefmarkengroß.

Sie trank einen letzten Schluck, bevor sie ins Schlafzimmer ging.

28

Zwei Wochen später setzte er sich in seinen BMW, um Dodo im Atelier abzuholen. Sie bat ihn auf einen Kaffee herein und wies mit einer nonchalanten Handbewegung in Richtung des Tapeziertischs, auf dem Zeitungsartikel verstreut waren.

»Die kenne ich doch,« brummte Dolphin und versuchte, seinen Stolz zu verbergen.

»Das ganze Feuilleton ist verrückt nach dir«, worauf Dodo, parodistisch das R rollend, »und ich nach dirrr«, kreischte und ihm ohne Vorwarnung zwischen die Beine griff.

Eng umschlungen standen sie beisammen, betrachteten

die ganzseitigen Artikel und stießen dabei Rauchwölkchen in die Luft. Schließlich verstauten sie die Fotoausrüstung im Wagen und fuhren in Richtung Wannsee.

Er war froh, dass Hiro sich auf Heimaturlaub in Japan befand, wo er die Tempel von Kyoto fotografieren wollte. Kein Wunder, alle Bauhäusler mochten jene karge Architektur, die für Dolphins Begriffe zu asketisch ausfiel. Er hatte Hiro den Termin verschwiegen, und nachdem ihm ein Heft des Querschnitt zugeschickt worden war, hatte der Maler sich bereit erklärt, der jungen Fotografin eine Chance zu geben.

Im tiefblauen Wasser kreuzten Schiffe und Jollen, dass es eine Pracht war. Dodo sah unbeschreiblich schön aus, wie sie neben ihm saß. Das Weiß ihres Kleids vermischte sich mit den Farben der Segel und der von Möwen, und als sie sich dem Anwesen näherten, musste Dolphin an jenen Sonntag denken, als er sich nichts sehnlicher gewünscht hatte als einen Ausflug mit ihr an diesen See.

»Könnense bloß Olympioniken oder ooch alte Männer?«

Liebermann saß im Schatten auf der Terrasse. Er trug Strohhut und Leinenanzug. Mit dem Rücken zu den Besuchern hatte er eine Position eingenommen, die als ein Angebot gelesen werden konnte, wie sein markantes Profil vor den Linien des Rasens und des Sees abzulichten sei. Dann drehte er sich um und nahm Dodo in Augenschein, die sichtlich verlegen nach einer Antwort suchte. Er musterte ihr weißes Sommerkleid, das sie mit Sorgfalt ausgewählt hatte, weil es an dessen Gemälde *Tennisspieler am Meer* erinnern sollte. Dann bedachte er den britischen Reporter mit einem Nicken und bat die Gäste schließlich, Platz zu nehmen.

Dolphin sah die Boote, in umgekehrter Blickrichtung wie damals, als er vom Wasser aus auf die Villa geschaut hatte.

Und umgekehrt hatte sich auch seine Perspektive auf Dodo, die nicht mehr das phantomhafte Objekt einer fernen Vergangenheit war, sondern sich an seiner Seite befand, strahlend und frisch wie der Sommermorgen,

Sie schwärmte vom Licht und konnte Liebermann davon überzeugen, sofort mit den Aufnahmen zu beginnen. Zu ihrer Überraschung stand der Künstler auf, wählte eine efeubewachsene Mauer als Hintergrund und begab sich in Kampfesstellung, den eulenartigen Blick frontal in die Kamera gerichtet, die Schultern nach vorne geschoben, die eine Hand zu einer Faust geballt, als halte er einen Colt in Hüfthöhe, dazu die Zwitterposition seiner Beine: Der rechte Fuß wies auf die Fotografin, während der linke sich einem möglichen Widersacher entgegenstellte.

Dodo drückte den Auslöser ein ums andere Mal, transportierte den Film mit jener lässigen Bewegung ihres Daumens weiter, begleitet vom lüsternen Zucken des Mundwinkels. Dann legte sie die Kamera beiseite, rückte einen Stuhl in den Schatten einer Birke und sagte: »Lassen Sie uns ein *Spiralfeder*-Bild machen.« Liebermann schaute sie erstaunt an und verzog das Gesicht zu einem verschmitzten Lächeln.

Sie hatte sich akribisch vorbereitet, Kataloge studiert, Aufsätze gelesen, sich vor allem die Aussprüche des Malers eingeprägt. Wie eben jenen, als er in einem Amsterdamer Garten Licht durch das Laubdach fallen sah und der berühmten *Sonnenflecken* gewahr wurde, die sein impressionistisches Spätwerk inspirieren sollten. Und diese Epiphanie hatte er mit folgenden Worten beschrieben:

Es war, als ob jemand auf ebenem Wege vor sich hin geht und plötzlich auf eine Spiralfeder tritt, die ihn emporschnellt.

Die Sonnenflecken tanzten auf Liebermanns Anzug, Hut, Gesicht, und Dodo gab ihm nun Anweisungen, was Hirohito niemals getan hätte. Der Japaner, der wohl stumm gegen seine Ausbootung protestiert hätte, nahm in der Regel das, was sich ihm bot, und wartete dann auf den *entscheidenden Augenblick*. Nicht so Dodo. Sie hatte die Bilder bereits im Kopf.

Der Maler wollte aufstehen, doch sie bat ihn, noch einen Moment stillzuhalten.

»Ich bin doch kein Ölgötze«, polterte er, »das muss doch so langsam reichen.«

Liebermann war ein schwieriges Modell. Er wollte nichts von sich preisgeben und ließ sich ungerne durchschauen. Zu Dolphins Verblüffung begann er, von seiner Jugend im Palais Liebermann am Pariser Platz zu erzählen, wo die Eltern ihn gezwungen hatten, mit seinen beiden anderen Brüdern in einem Zimmer zu schlafen, das zudem mit einem Glasfenster in der Wand versehen war, damit man von außen die Schularbeiten beaufsichtigen konnte, und seitdem tat er alles, um nie wieder in eine solch gläserne Position zu geraten.

»Aber was erzähle ich Ihnen«, sagte er an Dodo gewandt und wollte aufstehen.

»Aber Herr Professor, Sie ruinieren ja unsere Sitzung«, sagte sie mit theatralischer Entrüstung.

»Ihr japanischer Kollege wäre schon längst fertig«, brummte Liebermann.

»Ich brauche *meine* Zeit, Herr Professor, denn: *Der wahre Künstler*«, konterte sie mit bedeutungsschwangerer Stimme, »*strebt nach nichts anderem als: zu werden, der er ist.*«

Und nach diesem abermaligen Liebermann-Zitat konnte der Künstler nicht mehr an sich halten und musste lachen. Und nachdem er sich beruhigt hatte, sagte er mit leiserer Stimme:

»Den Humor haben Sie von uns, aber eine Liebermann sind Sie nicht.«

»O doch«, entgegnete Dodo, »aber eben nicht vom Pariser Platz Nummer sieben, nur eine von den armen Verwandten aus Leipzig.«

»In Leipzig«, sagte er nun mit Bestimmtheit, »gab es noch nie Liebermanns.«

Dodo wollte aufbrausen, doch es gelang ihr mühsam, sich im Zaum zu halten. Wenn etwas für sie auf dem Spiel stand, konnte sie ihr Temperament zügeln. Sie schlug vor, noch einige Aufnahmen vor den Blumenrabatten und dem Wannseeufer zu machen, worauf der Maler sich bereitwillig einließ. Als Dolphin schließlich auf die Uhr blickte und sich ein Herz fasste, um ihn zu fragen, ob sie gleich an Ort und Stelle mit dem Interview beginnen könnten, schüttelte Liebermann nur den Kopf.

»Ich bin ein alter Mann, verehrter Herr Schulkamerad«, seufzte er, »kommen Sie nächste Woche zur selben Zeit wieder, aber ohne das famose Fräulein, sonst kommen wir zur nichts.« Und er ließ es sich nicht nehmen, die beiden zur Tür zu begleiten und Dolphin nach dem Friedrichswerderschen Gymnasium auszufragen.

Zum Abschied schaute er Dodo an und drohte ihr schelmisch mit dem Zeigefinger: »Unser Blut ist nicht verwandt, aber unser Hirn.« Und er nahm den Strohhut ab und klopfte mit den Fingerknöcheln auf die kahle Schädeldecke.

Wütend stieg Dolphin in den Wagen. Mit quietschenden Reifen fuhr er davon. Er umklammerte das Lenkrad, scherte sich nicht um die Geschwindigkeitsbeschränkung und machte eine Grimasse, als sie von einem Schlagloch durchgerüttelt wurden und plötzlich ein klapperndes Geräusch zu hören war.

Dodo schwieg die ganze Zeit. Wenn sie ein Wort sagte, würde er explodieren. Erst bettelte sie darum, mitkommen zu dürfen, und das auf ziemlich penetrante Weise, dann musste er Hiro verschweigen, dass er einem anderen Fotografen den Vorzug zu geben hatte, und dann konnte er nicht einmal das vor Monaten angemeldete Interview führen, weil sie rücksichtslos alle Zeit in Anspruch genommen hatte. Dieses Mal war sie zu weit gegangen. Er wollte keine Entschuldigungen hören. Seine Wut wuchs und suchte ein Ventil. Und dann fand er es.

»Bist du wirklich mit Liebermann verwandt?«, fragte er sie barsch.

Sie schaute ihn entsetzt an. Und nach einer Weile brach es aus ihr heraus:

»Was denkst du denn?« Sie rang nach Luft. »Willst du mich jetzt dafür bestrafen, dass er plötzlich zu müde war für das Interview?«

Das war typisch Dodo, und dieses Ausweichmanöver machte ihn umso wütender.

»Also – ja oder nein?«

»Wem glaubst du denn mehr, einem alten Sack oder mir?«

Und dann ließ sie ihn nicht mehr zu Wort kommen und steigerte sich in eine Suada über den verwöhnten Greis hinein, der bloß an seine Berliner Blase dächte und noch nie für irgendetwas habe kämpfen müssen, bis es Dolphin zu viel wurde. Er stoppte und setzte sie an einer S-Bahnhaltestelle ab. Sollte sie zusehen, wie sie ins Atelier kam.

Noch am Nachmittag rief er Hermann Einbock vom Leipziger Tageblatt an und bat ihn herauszufinden, wie die letzte Tochter der bekannten Pelzhändler-Dynastie am Brühl heiße und ob sie in irgendeiner verwandtschaftlichen Beziehung zu dem berühmten Berliner Maler Max Liebermann stehe.

Einen Tag später lag das Telegramm auf seinem Schreibtisch:

= SIDONIE = SCHOSCHANAH = MARGALIT = LIBERMAN = WEITERES = FF. =

Dolphin griff zum Hörer und ließ sich verbinden. Ob die Schreibweise stimme? Aber sicher, entgegnete Einbock. Er habe sich extra noch den Stammbaum besorgt, und der beginne im 18. Jahrhundert mit dem Rabbiner Hirsch *Liberman* in Krakau. Dessen Sohn Awraham sei nach Dresden ausgewandert, dann nach Leipzig gezogen, wo dessen Sohn Jitzchak wiederum ein Kürschnergeschäft eröffnet habe, das er Schmuel und dieser schließlich an Joel weitergegeben, der sich bald schon Joseph genannt habe und nach dem Krieg auch seinen Nachnamen habe eindeutschen lassen und sich und seine Familie fortan *Liebermann* nannte.

»Und irgendwelche Verbindungen zum Maler?«, nuschelte Dolphin, um sich seine Aufregung nicht anmerken zu lassen.

»Richtig«, sagte Einbock, »das habe ich heute früh erst klären können: Nach meinen Recherchen gibt es zwischen beiden Familienzweigen überhaupt keine Verbindung.«

Dolphin kam ins Grübeln. Was, wenn es ihr Vater gewesen war, der die Verwandtschaft erfunden hatte? Ein labiler Mensch, ein zeichnender Dilettant, der den berühmten Maler so sehr bewunderte? Bei der Namensänderung war sie noch ein Kind. Er mochte ihr wer weiß was erzählt haben.

Aber was wäre gewonnen, wenn Dolphin sie mit seinen Recherchen konfrontierte? In ihren Augen musste das einen schweren Vertrauensbruch bedeuten. Sie war Künstlerin. Sie hatte sich vor dem Treffen mit dem Maler die Schlagzeile *Liebermann trifft Liebermann* ausgemalt. Wie ein Kind hatte sie die Kraft, an das zu glauben, was sie sich wünschte. Wer diesen Glauben infrage stellte, musste selbst der Teufel sein. Und all diese Überlegungen hielten ihn davon ab, sie zu fragen. Wenn er mehr Mut aufgebracht hätte, wäre sein Leben anders verlaufen. Er nannte es Verständnis. Oder war es einfach nur Feigheit?

TEIL 2

I

Zu seinem Erstaunen war Dodo noch nie auf Rügen gewesen. Nach wochenlangem Hin und Her hatte er sie schließlich von ihrer Arbeit loseisen können, um ein paar Tage mit ihr an die Ostsee zu fahren. Er hatte ein Zimmer im Kurhaus reserviert, mit Blick zum Strand.

Dolphin öffnete das Fenster und sog den Geruch von Salz ein, das Krächzen der Möwen, das in spiralförmigen Bahnen den Himmel vermaß, vermischt mit dem Geräusch der Brandung und klickenden Kieseln, dazwischen die Pause, das Atemholen der See, eine Stille, die wieder in die große Bewegung des Ozeans mündete.

Er streckte sich, ließ den Kopf um den Nacken kreisen, wippte mit den Füßen, um die Steifheit aus den Gliedern zu schütteln. Dodo war nach der Fahrt nichts anzumerken, aufrecht wie eine Ballerina stieg sie aus dem Wagen, warf, ohne auch nur ein Wort über die Aussicht zu verlieren, die Koffer auf das Bett und schnappte sich die Leica. »Das Licht«, sagte sie bloß und verschwand.

Das Zimmer lag unter der Turmkuppel des Kurhauses. Auch wenn man sie nicht sehen konnte, war es eine angenehme Vorstellung, unter ihr zu wohnen. Dolphin streckte die Arme in die Höhe, als wollte er sie umfassen. Dann versuchte er, sich auf das Einatmen zu konzentrieren. Man musste üben, sich zu entspannen.

Die zurückliegenden Wochen glichen einer Versuchsanordnung, bei der gegensätzliche Kräfte auf sie eingewirkt und verschiedene Richtungen vorgegeben hatten. Erst war, nach Dodos Triumph bei Flechtheim, Louis Brody unauffindbar und niemand konnte sagen, ob er sich noch mit seiner Verlobten in Wien aufhielt, oder, wie andere spekulierten, mit einer bekannten deutschen Schauspielerin sein Inkognito an der Amalfiküste wahrte, oder gar, in einem Anfall von Heimweh, nach Kamerun aufgebrochen war.

Dann hatte Dolphin die offizielle Einladung des Kaiser-Wilhelm-Instituts nach Südwestafrika erhalten. Es folgte ein Anruf Lord Bakerfields, der ihm zusätzlich zwei Wochen Sonderurlaub samt Taschengeld für eine Safari gewährte, eine einmalige Chance, die er unbedingt mit Dodo teilen wollte.

Eine Brise wehte durch das Fenster herein und bauschte die Vorhänge. Fürstenau kam ihm in den Sinn. Er sah ihn vor sich, mit diesem verbissenen Gesichtsausdruck, den er jedes Mal an den Tag legte, wenn er auf Curt von Westphal zu sprechen kam. Im Zuge seiner Rittmeisterobsession war er in den Besitz eines verschwommenen Fotos gelangt, das eine schwarze Hure beim Geschlechtsverkehr mit einem älteren Mann zeigte. Dessen Gesicht, so sagte er mit vor Erregung bebender Stimme, sei zwar mit einem Balken unkenntlich gemacht worden, doch mit an Sicherheit grenzender Wahrscheinlichkeit könne es sich nur um das des Politikers handeln. Fürstenau war wie besessen von diesem Bild, über dessen Erwerb er nichts sagen wollte, und als Dolphin Dodo eines Nachts in spöttischem Ton davon erzählte, war sie erst still, dann richtete sie sich auf, saß stocksteif da, bis es nach einer gespenstischen Pause aus ihr herausplatzte: »Der ist doch krank.«

Die weiteren Begegnungen mit Fürstenau hatte er ihr daraufhin verschwiegen. Wie auch dessen Bemerkung, die Königin der Nacht und Schneeweißchen hätten ohne jeden Zweifel in der Rio Bravo Bar verkehrt. Fürstenau hatte ihn dabei verstohlen gemustert, als wolle er seine Reaktion prüfen. Dolphin sagte nichts, obgleich es in seinem Gehirn zu arbeiten begann. Konnte es sich nur um einen Zufall handeln, dass Dodo im selben Etablissement gearbeitet hatte? Oder wurde er selbst schon paranoid?

Er steckte sich eine Zigarette an und ließ den Blick über den Strand schweifen. Von Dodo war nichts zu sehen. Wahrscheinlich war sie in den Nachbarort gelaufen. Es fiel ihr schwer, die Unruhe abzuschütteln, vor allem, seit Brody abgetaucht war. Sein Fehlen, so hatte sie es Dolphin erklärt, genauer: die Abwesenheit ihres Modells, versetze sie in eine Art Vakuum. Das Atelier käme ihr wie ein luftleerer Raum vor, in dem jener Druck fehle, den sie für ihre Arbeit brauche. Auch Flechtheim vertrat die Meinung, Brody sei mittlerweile zentral für die weitere Entwicklung ihres künstlerischen Werks, allein die Reaktionen der Sammler und des Feuilletons sprächen für sich.

Bei all dem hatte Dolphin geschwiegen. Was meinte sie mit Druck? Und was sollten die Schmeicheleien Flechtheims? Über Liebermann sagte sie gar nichts. Vor ein paar Monaten hätte sie noch alles dafür getan, überhaupt mitkommen zu dürfen. Das verstimmte ihn. Aber vielleicht tat sie, nach allem, was vorgefallen war, auch besser daran, zu schweigen. Was Brody anlangte, wäre er froh, wenn er nie wieder aus der Versenkung auftauchte.

Dolphin schaute zu den Booten am Strand. Die Fischer luden ein Netz nach dem anderen aus, silbrig glänzend, wie Schätze, die aus dem Dunkel kamen.

Weiter hinten konnte man den Weg in den Nachbarort erkennen. Erst ging es am Wasser entlang, dann den Pfad durch den Buchenwald, hinauf zum Weg oberhalb der Klippen. Noch war es hell. Aber bei Dunkelheit, wenn man die Hand nicht vor Augen sah, konnte es gefährlich werden.

Dodo brauchte keine Ratschläge, das wusste er. Sie brauchte Raum. Und Zeit. Sie bestimmte den Takt, so jung sie auch sein mochte. Mit dem Egoismus der Künstlerin spannte sie alle um sich herum ein, wenn sie etwas erreichen wollte. Und ohne auf Dolphins zwiespältige Gefühle zu achten, hatte sie sich auf die Suche nach Brody gemacht.

Sie hatte Dolphin in die Filmbörse in der Friedrichstraße mitgenommen, wo sich schwarze Komparsen trafen. Das Lokal war erfüllt von Stimmengewirr und dem Kratzen eines Grammofons, das Jazzmelodien spielte. Unschlüssig schaute sie sich um. Der Obmann, von dem sie sich Informationen zu Brodys Verbleib erhoffte, hatte offenbar Verspätung.

Sie bestellten Kaffee und warteten. Ein hoch aufgeschossener Schwarzer kam herein, schälte sich aus seinem Mantel, faltete sorgfältig den Seidenschal und überreichte beides seiner kleinen weißen Freundin, die in Richtung Garderobe abbog. Und nun sah man sein farbenprächtiges afrikanisches Gewand, das sich unter dem Mantel verborgen hatte, samt einem Amulett aus Knochen. Er musste geradewegs aus dem Filmstudio gekommen sein. Als er sich unter großem Hallo an einem voll besetzten Tisch niederließ, schickte er seine Freundin nochmals zur Garderobe. Sie kam mit einer Zeitung zurück, die er gönnerhaft entgegennahm, um schließlich seinen Kollegen, wie ein Bote, der eine ferne Kunde brachte, die neuesten Tagesgeschehnisse vorzulesen.

Als schließlich der Obmann erschien, teilte er mit gespieltem Bedauern mit, er wisse nicht, wo der geschätzte Herr Brody sich aufhalte. Ohnehin bewege der sich in anderen Sphären als die stellungssuchenden Herrschaften, die hier versammelt seien. Aus allem, was er sagte, konnte man Missgunst heraushören, aber die hegten auch die deutschen Statisten gegenüber ihren Kollegen aus Afrika, neidisch auf deren Selbstbewusstsein, die Unverfrorenheit, mit der sie sogar Arbeitskämpfe ausfochten. In einer alten Kino-Woche war er auf einen Bericht gestoßen, der ihn in dieser Deutlichkeit überraschte.

Ja, diese »Exoten« sind von der ganzen Komparserie mit am besten daran: sie müssen engagiert werden, denn eine große Auswahl ist nicht möglich. Das wissen die Herrschaften auch, und da sie schon ganz gehörig von moderner Kultur beleckt sind, richten sie sich das Leben danach ein. Hört einmal die Regisseure über sie sprechen, oder besser gesagt fluchen. Die Spielleiter können Bände von der Halsstarrigkeit dieser zitronen- und kupferfarbenen Gesellen erzählen. Wie sie ein Engagement eingehen und plötzlich, mitten im Film, mit Lohnerhöhung oder Streik kommen – an Stellen, wo sie genau wissen, man muss sie weiter beschäftigen, man muss ihren Wünschen – zum Schaden der deutschen Statisten – nachgeben.

Er hatte Dodo den Artikel vorlesen wollen, doch im Trubel der letzten Wochen war es nicht mehr dazu gekommen. Wo mochte sie gerade sein? Im Nachbarort? Oder auf den Klippen?

Er schaute zu den Fischerbooten, die von Möwen umschwirrt wurden. Dann nahm er die Dächer und Ecktürme des Kurhauses in Augenschein. Das Gebäude erinnerte ihn an eine vielstöckige Torte, in einem Farbton, je nach Stand der Sonne, zwischen Puderzucker und Erdbeersahne. Es schien die Süße des Lebens zu verkörpern, wie die schokoladigen Schichten im Innern, wo sich dunkel getäfelte Bars befanden. Und hier wollte er die Tage mit Dodo genießen, glücklich, dass sie endlich wieder zusammen waren an einem Ort. Und vielleicht gelang es ihm doch noch, sie nach Südwest mitzunehmen.

2

Als er erwachte, lag Dodo neben ihm. Sie musste spät in der Nacht zurückgekehrt sein und atmete unruhig. Er sah die Falte zwischen den Augenbrauen, die auftauchte und verschwand. Die Lippen, die etwas Unverständliches murmelten. Kurz war er sich nicht sicher, ob darin ein Vogel auftauchte, dann wälzte sie sich wieder hin und her.

Es schien, als zermürbe sie der Schlaf, weshalb sie vor ihm floh, lange aufblieb, in der Dunkelkammer arbeitete, die sie in eine künstliche Nacht hüllte, in Straßen und Parks spazieren ging, um sich der natürlichen auszusetzen, bis sie ganze Vormittage verschlief.

Sie murmelte vor sich hin, drehte sich zur Seite. Er sah ein Stück ihrer Schulter und zog die Decke darüber. Dann stand er auf, kleidete sich an und hinterließ eine Notiz. Für den Nachmittag lud er sie an die Seebrücke ein, auf Kaffee und Kuchen oder ein Fischbrötchen. Und dann kritzelte er eine Tasse auf das Blatt, in der ein Hering schwamm.

In Hemd und kurzen Hosen lief Dolphin zum Strand. Es war heiß geworden, kein Windhauch war zu spüren. Er schaute auf das Meer, eine glatte dunkle Fläche im Gegenlicht. Ein Ausflugsschiff bewegte sich millimeterweise, als sei es festgezurrt. Es lag eine Trägheit über der Szenerie, die Trägheit der Nachsaison, kaum gestört von den wenigen Kleinkindern, die im Wasser planschten.

Dolphin wischte sich den Schweiß von der Stirn. Die Sonne stand senkrecht über ihm. Mit klebrigen Fingern band er die Schnürsenkel auf, entledigte sich seiner Schuhe und lief, so schnell er konnte, zum Ufer, bis er knietief im Wasser stand.

Wie warm mochte das Wasser in Swakopmund sein? Von Windhuk aus wäre es nur ein kurzer Flug, hatte Professor Fischer gesagt, ins, wie es früher geheißen hatte, *südlichste Seebad des Reichs*.

Er schaute auf die Uhr. In einer Viertelstunde würde sie an der Seebrücke sein.

Ein sehniger Mann tauchte auf, der in Sporttrikot und Turnschuhen am Strand entlanglief. Es war eine eigenartige Mischung aus Geschmeidigkeit und Verkrampfung, mit der er sich in Schlangenlinien zwischen Strandkörben und Sandburgen bewegte, die Schultern durchgedrückt, den Kopf hoch erhoben wie ein Tangotänzer, starr und biegsam zugleich wie Draht. Die Bewegungen kamen Dolphin vertraut vor, doch mit einem Mal war er verschwunden.

Dodo saß im Lokal in der Nähe der Seebrücke. Als sie ihn sah, stand sie auf und winkte. Ihr ganzer Körper winkte. Kaum zu glauben, wie zerschlagen sie noch vor wenigen Stunden gewesen war. Sie veränderte sich ständig, wie Quecksilber. Jetzt versprühte sie eine unbändige Energie. Obwohl ringsum Eiscreme und Kuchen vertilgt wurden, bestellte sie Hering, Bratkartoffeln und Bier, und Dolphin, der sich eigentlich vorgenommen hatte, bis zum Abend nichts zu essen, ließ sich mitreißen. Unter dem Sonnenschirm staute sich die Hitze. Ihr war nichts anzumerken. Mit Appetit verschlang sie die Mahlzeit, orderte mehr Bier und im Anschluss Aquavit, was Dolphin einen wohligen Schwindel bescherte. Mit ihr zu essen und zu trinken war ein Fest. Er mochte es, wenn sie von seinem Teller stibitzte oder sich lachend den Bierschaum vom Mund wischte. Als der dritte oder vierte Aquavit kam und Dolphin schon mit müder Zunge einen Toast ausbringen wollte, sah er sie plötzlich erstarren. Sie hielt einfach das Glas in der Hand, ohne mit ihm anzustoßen. Was sollte das? Er drehte sich um und bemerkte gerade noch den sehnigen Rücken des Läufers, der hinter der Hausecke verschwand.

Dodo ließ den Arm sinken und stellte das Glas auf den Tisch. Nach einer Weile machte sie sich auf den Weg zur Toilette. Als sie zurückkam, bestand sie darauf, die Rechnung zu begleichen, griff nach ihrer Badetasche und fragte ihn, ob er mit ihr schwimmen gehe. Er schüttelte den Kopf.

Ziemlich benebelt trat er alleine den Rückweg ins Hotel an.

Als er sich auf das Bett legte, spürte er einen Schwindel im Kopf. Er öffnete die Augen, schloss sie, der Schwindel kam wieder. Der letzte Aquavit hatte ihm den Rest gegeben. Er setzte sich auf und wusste sofort, dass er nicht die Kraft aufbrachte, wieder an den Strand zu gehen. Er musste sich irgendwie wach halten, bis er nüchterner wurde. Zu seiner Enttäuschung fehlte, was man in einem Luxushotel hätte erwarten dürfen, ein Rundfunkapparat.

Unschlüssig saß er auf der Bettkante, bis er zum Schreibtisch ging und in seinem Aktenkoffer kramte. In einem Pappdeckel waren all jene Artikel aufbewahrt, deren Lektüre er sich für den Urlaub vorgenommen hatte. Zuoberst lag der umfangreiche Essay, der in der Frankfurter Zeitung über Dodos Ausstellung erschienen war.

Es fiel ihm schwer, sich zu konzentrieren, was natürlich dem Alkohol geschuldet war, aber der weitschweifige Stil, der sich in ausgedehnten Exkursen durch Psychoanalyse, Völkerkunde und Kunstgeschichte wand, machte ihm ebenfalls zu schaffen. Der Feuilletonist schrieb über Sigmund Freud, der die weibliche Psyche als einen *dunklen Kontinent* bezeichnet habe, den es zu entdecken gelte, ebenso, wie Forschungsreisende den Geheimnissen des verborgenen Afrika auf der Spur waren. Und dann kam er auf den Künstler Man Ray zu sprechen, der eine bekannte Cabaretsängerin neben einer Baulé-Maske von der Elfenbeinküste fotografiert hatte, ein meisterhaftes Doppelporträt, bei dem das kreideweiße Gesicht der Pariserin auf frappante Weise der schwarzen Holzmaske ähnelte. Als er weiter darüber meditierte, wie die geschlossenen Augen der Künstlerin und der undurchschaubare Ausdruck der Maske einen eigenen Kontinent markierten, von dem der Betrachter von *Noire et Blanche* ausgeschlossen werde, als er schließlich auszuführen begann, wie dieses Motiv auf ganz andere Weise im Werk von Fräulein Liebermann auftauche, musste Dolphin abbrechen. Dem Aufsatz, das war nun erwiesen, konnte er nur in nüchternem Zustand folgen, am besten gleich nach dem Frühstück.

Er trank ein Glas Wasser. Hinlegen konnte er sich noch nicht. Er bräuchte einfachere Lektüre. Zu seinem Bedauern hatte er die Sportbeilagen vergessen. In seinem Aktenkoffer stieß er auf ein Buch, das er in Vorbereitung der Afrikareise aus der Bibliothek entliehen hatte,

Peter Moors Fahrt nach Südwest hieß es und war 1906 in Berlin erschienen, versehen mit der Widmung: *Der deutschen Jugend, die in Südwestafrika gefallen ist, zu ehrendem Gedächtnis.* Dolphin blätterte in dem schmalen Band. Möglicherweise könnte er daraus einige Passagen für eine Reportage verwenden, sobald er nach dem Termin mit dem Forscher vom Kaiser-Wilhelm-Institut auf den Spuren des Hereroaufstands durch das Land reiste. Er begann quer zu lesen und stieß auf eine Stelle, wo deutsche Soldaten sich auf dem Seewege Swakopmund näherten. Wie ein Vorhang im Theater verbarg Nebel die Küste, bis er sich gegen Mittag hob.

Wir sahen am Himmelsrund einige große Dampfer liegen, und dahinter einen endlosen Streifen rötlichweißer Sanddüne aus dem Meer herausragen. Wir meinten erst, es wäre eine Barre, die vor dem Land läge, damit die schöne und große Stadt Swakopmund und die Palmen und Löwen nicht nasse Füße bekämen; aber halb, da der Nebel sich vollends verzog, sahen wir in der flimmernden Luft auf dem kahlen Sande weiße Häuser und lange Baracken stehen und einen Leuchtturm. Da standen alle und staunten und sprachen ihre Meinung aus. Viele sahen still und ernst nach dem ungastlichen, öden Lande; andere spotteten und sagten: »Eines solchen Landes wegen so weit fahren!«

Er klappte das Buch zu und legte sich aufs Bett. Der *Feldzugsbericht von Gustav Frenssen,* wie der Untertitel lautete, begann wenig verheißungsvoll. Dodo, so viel war sicher, würde er daraus nicht vorlesen. Er beschloss, ein Aspirin zu nehmen.

Auf dem Weg ins Bad wurde ihm plötzlich bewusst, dass er den Strandläufer schon einmal gesehen hatte. Er hatte nicht erwartet, ihn hier zu treffen, weit weg von Berlin, schon gar nicht beim Sport. Das Bewusstsein korrigierte bisweilen, was keinen Sinn ergab, und so glaubte er einfach nicht, dass er es war. Im Bad überlegte er, ihr davon zu erzählen. Es war eigenartig, dass er überhaupt überlegen musste. Sie reagierte von Mal zu Mal allergischer, wenn er auf den Mann zu sprechen kam.

Lautes Klopfen kündigte Dodo an. Sie warf die Tasche in die Ecke und ging ins Bad. Mit nassem Haar kam sie heraus, zog einen Kimono über. Und dann deutete sie mit einem verschlagenen Lächeln auf die Flasche. »Lust auf einen Konterschampus?«

Dolphin schüttelte den Kopf. Sie ließ sich nicht davon abhalten und griff zum Hörer, um Austern und Kübel voller Eis zu ordern. Die Art, wie sie anschließend den Korken mit einem lauten Knallen an die Decke schießen ließ, kam ihm gekünstelt vor. Doch letzten Endes war er erleichtert, mit ihr am Fenster zu sitzen und der Sonne zuzuschauen, wie sie im Meer versank. Schweigend tranken sie und sahen einen kugelrunden Mond aufgehen. Schließlich zogen sie sich aus und schliefen eng umschlungen ein.

Als er irgendwann in der Nacht aufwachte, bot sich ihm ein seltsames Bild. Sie stand am offenen Fenster, beschienen vom scheinwerferhellen Licht des Vollmonds. Sie hatte ein Laken übergeworfen und rührte sich nicht, auch nicht, als er aufstand und ins Badezimmer ging.

Nachdem er sich erleichtert hatte, ließ er sich viel Zeit, wusch sich die Hände, trocknete sie sorgfältig ab, trank ein Glas Wasser, füllte nach. Er wollte nicht in Debatten verwickelt werden, wie sein Schlaf den ihren untergrub, doch wie konnte man schlafen, wenn man bei Vollmond die Vorhänge beiseitezog?

Zu seiner Verblüffung ließ sie, als er zurückkehrte, das Laken fallen und drehte sich langsam um. Und da sah er ihre hochhackigen Stiefel und einen breiten, schwarzen Ledergürtel um die Hüften geschnallt. Ihr nackter Körper schimmerte silbern. Flackernd war ihr Blick, wie in jener ersten Nacht, als sie die Nadeln in der Schublade entdeckt hatte. Sie öffnete den Gürtel, ließ ihn zwischen die Beine gleiten. Es sah obszön aus, wie die Schnalle über ihre Scham strich. Erst jetzt bemerkte er, dass sie sich rasiert hatte. Blank war sie, blank wie ein Mädchen, und dann führte sie den Dorn der Schnalle über ihren Venushügel. Langsam, aufmerksam, als sei sie Teil eines Experiments, bis sie ihm wortlos den Gürtel reichte und sich umdrehte. Mit beiden Händen stützte sie sich auf die Lehne des Stuhls, den sie an das Fenster herangezogen hatte, und streckte ihm ihr Hinterteil entgegen, vollkommen rund wie ein Apfel. Als er sich nicht rührte, murmelte sie etwas, was er nicht gleich verstand. Sie drehte sich wütend um. »Na los«, zischte sie, und zaghaft, obgleich sich alles in ihm sträubte, holte er aus zum ersten Schlag, worauf er sie zischen hörte: »Härter«, und es erregte ihn mit einem Mal, zu welcher Verachtung sie fähig war, wenn sie Kommandos erteilte und ihn mit Flüchen belegte und anspornte, und er geriet in einen Rausch, hörte, wie sie keuchte und fluchte, sah, je länger er schlug, die gerötete Haut, dann die Schraffur aus Striemen, die sich darauf immer deutlicher abzeichneten, die etwas durchstrichen, was sie vergessen wollte, und dann entdeckte er, wie Blut aus der Haut quoll und erschrak so sehr, dass er den Gürtel sinken ließ.

Wie Spinnweben lag der Mondschein auf ihrem Körper. Sie hielt ganz still und stöhnte leise. Mit einem Mal drehte sie sich um, ihr Blick voller Überraschung, Verwirrung, Glück, Leid, als sei sie gerade aus einem Traum erwacht, der schwer zu begreifen war.

Am nächsten Morgen riss ihn das Klingeln des Telefons aus dem Schlaf. Er hörte ihre aufgekratzte Stimme, die ihm befahl, schleunigst zum Frühstück zu kommen. Sie hätte den besten Platz auf der Terrasse ergattert und englisches Frühstück bestellt.

Ihre Fröhlichkeit stieß ihn ab. Wie konnte sie nur so reagieren? Nach dieser Nacht, in der sie ihn zu Dingen verleitet hatte, die er niemals hatte tun wollen. Er sah, wie er sie in diesem unwirklichen silbernen Licht ausgepeitscht hatte. Nicht wissend, was weiter geschehen wäre, wenn ihn nicht jenes Entsetzen gepackt hätte, als das Blut hervorquoll und ihm in diesem Augenblick bewusst wurde, dass *er* es war, der ihre Haut zum Platzen brachte. Wer hätte ihn gestoppt? Sie weckte Kräfte in ihm, die ihm unheimlich waren. Es war, als ginge eine Falltür auf, in der man verschwand und in eine Dunkelheit ohne Boden stürzte. Ihr bizarres Spiel mit den Sicherheitsnadeln in ihrer allerersten Nacht hatte ihn zum Zuschauer gemacht. Jetzt wurde er zum Werkzeug ihrer Lust. Er konnte die Richtung nicht bestimmen. Mal schien er sich im freien Fall zu befinden, mal war er gefangen in einer Spirale aus Geilheit und Abscheu. Und je schneller sie sich drehte, desto aussichtsloser schien es, diesen Kräften zu entfliehen.

Benommen saß er auf der Bettkante. Durch den Spalt des Vorhangs fiel grelles Licht. Er blinzelte und hielt sich die Hand vor die Augen, als er ins Bad ging. Vielleicht half eine Dusche. Er stellte sich unter den Brausekopf und schaute dem Strahl zu, wie er herabschoss. Seine Augen brannten, auch nach dem Abtrocknen umhüllte ihn ein Schleier. Und als er die Terrasse betrat, zogen Wolken aus Perlmutt über den Himmel. Wie in einem blassen Spiegel sah er sie Kaffee einschenken. Ihr Kleid war hoch geschlossen und hatte durchsichtige Ärmel. Es schien eine Botschaft zu enthalten, die er nicht entschlüsseln konnte. Und dann winkte sie ihm zu. Ihre Mandelaugen sahen einen anderen an, jemanden, der er vielleicht auch war, den er aber noch nie wahrgenommen hatte. Einen, der sich aus seiner Gestalt herausschälte. Mit einem anderen Format, von dem er nicht wusste, ob er es ausfüllen konnte.

Unter einem Vorwand entschuldigte er sich und ging zurück ins Zimmer. Er zog den Vorhang auf, öffnete das Fenster und steckte sich eine Zigarette an. Glatt wie ein Spiegel war die See. Der Anblick beruhigte ihn. Es war eigentlich wie immer. Und dann ging er auf die Terrasse zurück, setzte sich neben sie und ließ sich Kaffee einschenken. Schweigend umklammerte er die Tasse. Sie lüftete den Deckel, unter dem Schinken und Rührei dampften, und nach den ersten Bissen sah er sich allmählich in der Lage, dem Ansturm ihrer Fröhlichkeit standzuhalten.

Später gingen sie hinauf ins Zimmer, wo die Betten frisch bezogen und die Spuren der Nacht beseitigt worden waren. Ohne Protest folgte ihr Dolphin an den Strand, wo sie zwei Strandkörbe so zusammenschoben, dass sie eine Burg bildeten, hinter der man verschwinden konnte und einen Streifen Himmel über sich sah. Als der Streifen sich über ihnen rötete und einem Blau wich, das, je dunkler es wurde, von funkelnden Sternen erhellt war, gab sie ihm einen Kuss. Sie stand auf und kam kurz darauf mit einem Picknickkorb zurück. Und dann zog sie das Leintuch beiseite und mimte einen Magier, der unerhörte Dinge aus dem Zylinder zaubert.

3

Als sie wieder in Berlin waren, machte Dodo keine Anstalten, in ihr Atelier zurückzukehren. Ohne ein Wort der Erklärung blieb sie bei ihm, holte morgens Brötchen und Zeitungen, empfing ihn am Abend, wenn er nach Hause kam, mit verwegenen Cocktailkreationen und versuchte sich sogar an der Zubereitung eines Sonntagsbratens. Zum ersten Mal schien in ihrem Leben so etwas wie Freizeit zu existieren, die es gemeinsam zu gestalten galt. Sie überhäufte Dolphin mit Vorschlägen, die unter anderem einen Besuch des Luna-Wellenbads miteinschlossen, und versprühte dabei einen Eifer, der an Getriebenheit grenzte. Nur allzu gern blieb er über dessen Hintergründe im Unklaren. So schwiegen sie, wie immer. Kein Wort über die Ereignisse auf der Insel. Doch endlich lebten sie zusammen, und das war, was letztlich zählte.

Nur Fürstenau, dem er am Rande einer Pressekonferenz begegnete, störte. Ihm war es offenbar gelungen, die Schwarze zu treffen. Er habe sie großzügig entlohnt, erzählte er, und dann gehörig unter Druck gesetzt, bis sie zugegeben habe, dass es sich um einen Politiker handelte, der überaus charmant und spendabel sein konnte, aber auch äußerst brutal. Auf die Frage, wie brutal, wollte Fürstenau nicht so recht raus mit der Sprache. Eine Prüderie, die vermutlich mit dessen pietistischem Vater zusammenhing, aber Dolphin konnte sich zusammenreimen, dass der Politiker auf immer rabiaterem Analverkehr bestanden und damit vor allem die Blonde gequält hatte, was diese, wenig verwunderlich, auf Rache hatte sinnen lassen. Als Fürstenau sie schließlich fragte, ob sie zusammen als Schneeweißchen und Königin der Nacht firmiert und Schlafmittel in den Cognac geschüttet hätten, habe sie genickt. Aber für Letzteres sei die Kollegin verantwortlich, habe sie schnell hinzugefügt. Eingeschüchtert von den Drohungen Fürstenaus, man werde sie, falls sie nicht alles erzähle, wieder nach Afrika zurückschicken, sei sie auf die Fotos zu sprechen gekommen, die ihre Kollegin angefertigt habe, um den Politiker zu erpressen. Doch dann sei sie über Nacht verschwunden und nie wiederaufgetaucht. Alles war anders gekommen nach dem schrecklichen Ereignis, das so viel Aufsehen erregt hatte. Und als Fürstenau hatte nachhaken wollen, sei plötzlich ein Mann ins Zimmer gekommen und habe ihn rausgeschmissen.

Diese Geschichte beschäftigte Dolphin mehr, als er zugeben wollte. Auch, als Fürstenau ein paar Tage später mit der Neuigkeit aufwartete, nach der Schneeweißchen immer eine blonde Perücke getragen hatte, wenn sie mit der Königin der Nacht Freier empfing. Dolphin musste an den Abend in der Babuschka Bar denken, als Dodo sich wie ein Zirkusdirektor verbeugt, dann mit todernster Miene das Haarteil abgenommen und *Hereinspaziert* geschrien hatte. Andererseits waren Frauenperücken in solchen Etablissements nichts Ungewöhnliches. Auch gab es in den Lokalen der Homosexuellen Männer, die diese Form der Verkleidung schätzten. Der Zweifel aber blieb.

Zu seiner Verunsicherung trug gleichfalls eine Begebenheit im Büro bei. Durch Zufall hatte er Bruchstücke eines Telefongesprächs aufschnappen können, das seine Sekretärin, als sie sich offenbar ungestört glaubte, am späten Abend geführt hatte. »Der Lord hat einen Narren an ihm gefressen«, hörte er sie sagen, »fragt sich nur, wie lange noch.« Und nach einem hämischen Lachen murmelte sie schließlich: »Keine Ahnung, wann er zurück ist.« Mit wem telefonierte sie? Niemand außer Bakerfield, den Wissenschaftlern vom Kaiser-Wilhelm-Institut und natürlich Dodo wussten von seiner Afrikareise. Und nie hatte er mit Mrs. Hanbury darüber gesprochen. Belauschte sie ihn am Telefon? Wahrscheinlich war es der Verleger, von dem sie die Information erhielt, aber wer war am anderen Ende der Leitung? Vielleicht war alles im Grunde sehr banal und Dolphin einfach zu nervös, wie so oft in letzter Zeit, und er fragte sich, ob er allmählich ähnlich paranoid wurde wie sein Vater während des Kriegs in Berlin.

Dodo riss ihn aus seinen Grübeleien und lotste ihn in ein Geschäft für Marine- und Tropenbekleidung. Binnen Kurzem fand er sich in beiger Safariuniform wieder, die von einem breitkrempigen Hut komplettiert wurde. Als sie sich selbst zum Abschluss einen Tropenhelm aufsetzte und wie irre mit den Augen rollte, da wusste er, sie würde ihn begleiten. Er war so euphorisch, dass er, kaum zu Hause angekommen, wieder losstürzte, um Zutaten für einen Sundowner samt der Schallplatte von Efim Schachmeister zu kaufen. Bis zur Erschöpfung tanzten sie im Wohnzimmer den *Black Bottom* und sangen atemlos die Verse von den Hottentotten und den schwarzen Puppen und tranken Dämmerschoppen um Dämmerschoppen, bis sie sich ins Bett fallen ließen und sofort einschliefen.

Gegen Mittag fuhr er zum Kaiser-Wilhelm-Institut, um vor der Abreise Hans Lichtenecker kennenzulernen. Der sollte einige jener *Bastarde* noch einmal vermessen, die Professor Fischer vor einem Vierteljahrhundert untersucht hatte. Nach allem, was Dolphin von ihm wusste, handelte sich um einen erfolglosen Künstler aus Thüringen, der, Jahre vor Ausbruch des Kriegs, als Hilfskraft nach Südwest gekommen, später Soldat und schließlich Farmer geworden war. Obwohl kein studierter Völkerkundler, sah er schon damals seinen Auftrag darin, den *primitiven Menschen, so lange es ihn noch gab,* zu dokumentieren. Diese Liebhaberei, so drückte es der Institutsdirektor aus, gelte es nun in wissenschaftliche Bahnen zu lenken.

Als Dolphin eintrat, saß Fischer am Schreibtisch und präsentierte wieder höchst vorteilhaft seine Denkerstirn. Nach dem Austausch der üblichen Höflichkeiten teilte er sein Bedauern darüber mit, dass Lichtenecker bereits nach Südwest aufgebrochen sei. Aber bald schon könne Dolphin ihn treffen, um im Felde einen lebendigen Eindruck von den grundlegenden anthropologischen Methoden zu gewinnen. Er habe sich im Übrigen erlaubt, ein kleines Programm auszuarbeiten, das ihn hoffentlich nicht enttäuschen werde.

Nach der Ankunft in Windhuk, so legte er ihm dar, fliege man nach Swakopmund, um sich gewissermaßen aus der Vogelperspektive einen ersten Eindruck über die Topografie zu verschaffen. Es folge die Akklimatisierung in dem früheren deutschen Seebad, der sich ein Ausflug in die Wüste anschließe, um mit der höchst bemerkenswerten Flora und Fauna in Kontakt zu kommen, bevor es nach Keetmanshoop gehe. Dank alter Verbindungen sei es ihm gelungen, einen zuverlässigen Chauffeur zu organisieren, der Dolphin die ganze Zeit begleiten würde. Es handle sich um einen Eingeborenen, der noch zu Kolonialzeiten von rheinischen Missionaren erzogen wurde, dementsprechend des Deutschen mächtig sei und wertvolle Dienste als Übersetzer leisten könne. Falls nötig, könne er auch Herrn Hiro unterstützen, sagte er mit einem versonnenen Lächeln, um gleich darauf zu fragen, ob Herr Hiro denn mitkäme.

Nein, entgegnete Dolphin, Fräulein Liebermann sei die Fotografin seiner Wahl. Als Fischer wissen wollte, wer das sei, stellte er die Gegenfrage, ob der Herr Professor nicht die Kulturseiten lese. Sie habe kürzlich bei Flechtheim ausgestellt und keinen Geringeren als Max Liebermann für den Sunday Standard porträtiert.

Der Institutsdirektor schien von der Entscheidung nicht angetan. Hiros Porträt, so betonte er erneut, habe bei seinen Mitarbeitern einen kolossalen Eindruck hinterlassen, der zur abermaligen Publikation im Jahresheft geführt und weit über das Institut hinaus für Aufsehen gesorgt habe.

Auf dem Weg in die Redaktion fragte er sich, ob es richtig gewesen war, das Angebot des Instituts anzunehmen. Es bezahlte den Großteil der Reisekosten und erwartete dafür, womöglich gar als Aufmacher der Wochenendbeilage, einen umfänglichen Artikel samt Bilderstrecke. Wie sollte er Fischers Reaktion deuten? Wollte er am Ende gar die Fotoauswahl mitbestimmen? Auch Bakerfield, der ihm ein teures Jagdmesser hatte schicken lassen, entwickelte seine eigenen Vorstellungen, wie der *return on investment* auszusehen hatte. Kompliziert wurde das Ganze noch dadurch, dass er Dodo, ohne sie zu fragen, als seine Fotografin benannt hatte. Sie hatte zunächst darauf bestanden, selbst für den Flug aufzukommen, doch Dolphin hatte davon nichts wissen wollen.

Im Büro sah er sich die Porträts an, die Hirohito im Garten des Instituts angefertigt hatte. Fischers verzückter Gesichtsausdruck, als er den Hereroschädel wie eine Hostie ins Licht hielt. Man konnte keinesfalls sicher sein, ob sie solche Aufnahmen liefern würde.

Die Woche vor der Abreise hatte etwas Surreales, in jener Mischung aus wilder Vorfreude, penibler Planung für die Zeit seiner Abwesenheit, und Irritationen, zu denen ein Brief ohne Absender zählte, der ihn am letzten Tag erreichte. Ihm lag wieder ein Abzug jenes Fotos bei, das die *Ritter vom feurigen Kreuze* zeigte. Auf der Rückseite stand eine maschinengeschriebene Notiz, deren Schrifttype jener aus dem Polizeipräsidium glich.

Das Laienschauspiel von der Abteilung IV
bei der Generalprobe …
Schöne Grüße vom Alexanderplatz!

Jemand wollte ihn offenbar verhöhnen. Wer konnte das sein? Hatte Hiro recht gehabt? Oder wollte er sich rächen, weil Dodo nach Südwest mitfuhr und nicht er, obwohl es Fischers dringender Wunsch gewesen war?

Dolphin spielte gedanklich durch, was diese Information, sollte sie denn überhaupt stimmen, für ihn bedeutete. Wie würde Bakerfield reagieren, wenn er von einem gefälschten Foto erfuhr, das in seiner Zeitung publiziert worden war? Bedeutete das das Ende von Dolphins Karriere? Oder war es einfach ein übler Scherz? Oder eine Warnung?

Er beschloss, Dodo nichts davon zu erzählen, als sie, an ihrem letzten Abend, bei Kerzenlicht in der Küche saßen und im Hochgefühl der bevorstehenden Reise ein Glas nach dem anderen leerten.

Er wusste nicht, welcher Teufel ihn ritt, als er ihr, plötzlich vollkommen nüchtern, einen Heiratsantrag machte und dabei sogar auf die Knie ging. Sie starrte ihn fassungslos an, bis sie nach einer langen Pause »Ich will keinen Ring« hervorstieß. Und dann kicherte sie: »Ich bin doch kein Vogel.« Sie wiederholte es, immer wieder, als habe er einen Witz gemacht, und ihm blieb nichts anderes übrig, als in ihr Kichern einzustimmen, was ihm im selben Moment wie Verrat vorkam. Und das gehörte zu jenen Dingen, das wusste er genau, die er sich niemals würde verzeihen können.

4

Der Schatten des Flugzeugs glich einem Fisch auf hellem Meeresgrund. Er glitt über Dünen, verschwand in Senken und tanzte auf messerscharfen Graten, wo Wind den Sand wie Gischt durch die Luft wirbelte. Dolphin saß am Fenster der Propellermaschine und fächelte sich Luft zu. In der

Kabine war es stickig, die Motoren dröhnten, und hin und wieder ächzte der Rumpf in den Turbulenzen. Als sie in eine Fallböe gerieten, wurde Dodo zu ihm herübergeschleudert und lachte wild, wie ein Kind in der Achterbahn, immer bereit, sich hin und her werfen zu lassen, als wollte sie etwas abschütteln, das sie niederdrückte.

Vor knapp zwei Stunden waren sie in Windhuk abgeflogen. Nun breitete sich unter ihnen die Namib-Wüste aus, die die Eingeborenen *Große Leere* nannten. Und nichts bot sich dem Auge, um sie zu füllen. Er folgte dem Schatten, der jetzt über ausgetrocknete Flussbetten und glitzernde Krusten raste, bis Dodo ihn antippte und auf die Piste des Flugplatzes Swakopmund wies.

Als ihr bei der Landung die Sonnenbrille von der Nase flog, musste sie wieder lachen und küsste ihn. Die Spuren des verschmierten Lippenstifts gaben ihr etwas Verwegenes, als hätte sie selbst das Flugzeug durch Wind und Wetter gesteuert und im Niemandsland abgesetzt.

Nachdem der Pilot die Tür geöffnet hatte, eine Leiter herbeigeschafft und das Gepäck ausgeladen worden war, sah Dolphin den Chauffeur. Er hatte seine Limousine nicht weit vom Hangar und den Wellblechhütten abgestellt und schickte sich offenbar an, die Türgriffe zu polieren. Trotz der Mittagshitze trug er dunkle Livree, komplettiert von Schirmmütze und weißen Handschuhen. Das Blitzen des Chroms, die Reflexe der Scheiben hüllten ihn in ein Flimmern, das einen eigenen Bezirk in dem Nichts aus Staub und Steinen entstehen ließ.

Er besaß eine füllige Gestalt, die Dolphin an Silhouetten von Gewichthebern erinnerte, und verkörperte, wie er sich gerade konzentriert über die Motorhaube beugte, eine Kraft, die jederzeit imstande schien, aus der vollkommenen Ruhe heraus die Muskelmassen in Bewegung zu versetzen. Für ihn wäre es ein Leichtes, Dodo von ihren Taschen und

Koffern zu befreien, die sie immer wieder absetzen musste, aber er machte keine Anstalten, seinen Gästen entgegenzugehen.

Als sie sich dem Wagen näherten, legte er die Hand an die Mütze, salutierte und verstaute im Nu das Gepäck im Kofferraum. Er ging um das Auto herum, öffnete für Dodo mit einer knappen Verbeugung die Tür und kam im Anschluss auf die gegenüberliegende Seite.

Dolphin versuchte, seinen unbewegten Gesichtsausdruck zu lesen. Kurz schien es, als werde er von dem Fahrer taxiert, dann wiederum kam es ihm vor, als zitiere jener bloß die Posen, abgeschaut in einem Handbuch für Dienstboten.

Das Schweigen des Chauffeurs, das sowohl als Zeichen höchster Diskretion wie stummer Feindseligkeit gedeutet werden konnte, hatte etwas Einschüchterndes. Dolphin war froh, als er endlich den Wagen startete und anfuhr.

Begleitet von Ruckeln und Schwanken und dem Geräusch von knirschendem Schotter ging es über die Piste. Dolphin setzte die Sonnenbrille auf und musterte das Gesicht des Fahrers, das im Rechteck des Rückspiegels erschien. Er hatte hellere Haut als die anderen, die er bislang gesehen hatte, die Zigarettenverkäufer in Windhuk, der Portier im Hotel oder der Taxifahrer, der sie zum Flughafen gebracht hatte.

Auch die Nase war schmaler als die seiner Landsleute. Dann beugte er sich hinüber zum Handschuhfach und holte, als antworte er auf Dolphin, eine Nickelbrille heraus und schob sie auf den fein geschnittenen Nasenrücken. Nun wirkte er geradezu intellektuell.

Dolphin rätselte, wie man den Ton seiner Haut beschreiben könnte, und musste, wenig originell, an das Romanische Café und ein Spektrum zwischen kleinem Braunem und Melange denken. Er schwitzte. Gerade, als er das Fenster herunterkurbeln wollte, traf ihn der strafende Blick des

Fahrers. Jetzt merkte er es. Der Wagen war in eine Staubwolke eingehüllt.

Dodo rutschte ungeduldig auf ihrem Sitz herum. Sie beobachtete den Chauffeur, wie er sich, in Gedanken versunken, mit der Zunge den Mundwinkel leckte. Sie holte die Feldflasche aus ihrem Rucksack und trank einen Schluck Wasser. Sie konnte den Blick nicht abwenden. Wieder tauchte die Zunge auf. Ihr musste das gefallen. Sie mochte das Spiel von Zungen und Lippen. Und mit einem Mal straffte sie sich und fragte mit spöttischer Stimme:

»Wie heißen Sie, junger Mann?«

Der Fahrer fuhr sich mit dem Zeigefinger über die Nase, schob die Brille hoch. Dann schaute er zu Dolphin.

Als dieser die Frage wiederholte, antwortete er kurz und trocken: »Adolf.«

»Adolf«, wiederholte er und schüttelte grinsend den Kopf, was dem Chauffeur zu missfallen schien.

»Entschuldigen Sie«, sagte er schnell, »aber das überrascht mich doch sehr.« Und dann wollte er von ihm wissen, wie er zu diesem Namen gekommen sei.

»Mein Vater hat mich so genannt«, entgegnete er und rückte wieder die Brille zurecht.

»Wie um Himmels willen konnte das geschehen?«, lachte Dolphin. Die Deutschen hätten sich doch nicht gerade beliebt gemacht.

Das sei eine lange Geschichte, sagte Adolf nach einer Weile und bat darum, sich wieder auf die Straße konzentrieren zu dürfen. In seinem Blick blitzte etwas Rebellisches auf, als wollte er prüfen, ob man die Kraft habe, ihm standzuhalten.

Immer wieder starrte Dodo in den Spiegel. Der Chauffeur schien sie zu ignorieren, bis sie, als wolle sie sich rächen, zu flüstern begann. Dolphin war es unangenehm, dass sie flüsterte. Sätze sagte wie »Schau mal, wie schüchtern er ist« oder »Wie süß, er vergöttert mich.«

Das Desinteresse eines Manns, der sie offenbar brennend interessierte, war eine neue Erfahrung.

Wie alt mochte Adolf sein? Anfang dreißig?

Dodo hatte sich darauf verlegt, dem Fahrer mit gesenktem Blick auf den Nacken zu starren. Was wollte sie damit bezwecken? Kurz darauf fuhr der sich mit der flachen Hand über jene Stelle, die sie fixierte, als wolle er eine Mücke verjagen.

Er musste an Brody denken. Wie er ein Auge auf den Rücken des Obers geworfen und der sich umgedreht hatte, als sei er gerufen worden. Wo mochte er stecken? Wenn er rechtzeitig aufgetaucht wäre, würde Dodo jetzt woanders sein, im ehemaligen deutschen Schutzgebiet Kamerun, auf der entgegensetzten Seite des Kontinents.

Was hatte sie mit Adolf im Sinn? Sollte er an die Stelle des Schauspielers treten? Oder war sie einfach nur gekränkt, weil er sie nicht beachtete? Keine Frage: Adolf irritierte ihn. Worauf gründete sich sein Selbstbewusstsein? Er spielte seine Rolle wie jemand, der seine Gesten in Anführungszeichen setzt. Der Menschen mustert, als suche er nach ihren Schwächen. Aber was konnte man schon von ihm wissen?

Dolphin glaubte in den wenigen Worten, die er gesprochen hatte, den Hauch eines rheinländischen Akzents zu erkennen, vermutlich von den Missionaren, die ihn aufgezogen hatten. Man wusste nicht, ob Spott mitschwang, wenn er darum bat, sich auf die Straße konzentrieren zu dürfen. Sie führte schnurgerade in die Endlosigkeit. Ein beiger Strich in einer beigen Ebene.

Und dann tauchten in der Ferne Palmen auf und das Meer und noch mehr Meer und Wolken und Wind über einem Park, wo Nebelwände das Grün einschlossen. Durch das Fenster, das Adolf herabkurbelte, strömte kühle Luft herein. Es roch nach Regen, und Dolphin fiel *Peter Moors Fahrt nach Südwest* ein, wo vom kalten Benguelastrom aus der Antarktis die Rede war, der Dünen und Häuser in seinen Dunst hüllt.

Drei Stunden später, nachdem sie ihr Zimmer im Hansahof bezogen und sich frisch gemacht hatten, holte Adolf sie zum vereinbarten Spaziergang ab. Gegen eine Extravergütung hatte er sich breitschlagen lassen, die Rolle des Fremdenführers zu übernehmen. Dementsprechend trug er nun einen grauen Straßenanzug mit passendem Hut und ging, mit einem Regenschirm bewaffnet, gemessenen Schrittes vor ihnen her in Richtung des Leuchtturms. Der befand sich, wie im *Feldzugsbericht* beschrieben, ausgesetzt auf einem Felsen, zwischen Massen von Sand und Wasser.

Der Verlorenheit war man mit Geometrie begegnet. Die Straßen bildeten, als seien sie mit dem Lineal gezogen worden, ein Raster, das gerade von einem besenschwingenden Schwarzen penibel gesäubert wurde. Auch bei der Architektur hatte man keine Zugeständnisse an Afrika gemacht. Die Kirche, die Häuser, Villen und Geschäfte sahen aus wie die im kaiserlichen Deutschland.

Den Stockschirm wie ein Zepter umfasst, lief Adolf voraus und deutete auf Straßenschilder, die noch immer den Namen Kaiser Wilhelms oder Helmuth Graf von Moltkes trugen.

Es entging Dolphin nicht, wie Dodo das pralle Gesäß des Chauffeurs taxierte, als ziehe sie imaginäre Linien über dessen Körper und komponiere daraus ein Bild, das ihr unbedingtes Interesse erregte. Und als Adolf plötzlich vor einem Denkmal stehen blieb und sich umdrehte, blieb ihr Fokus auf jener Höhe eingestellt, wo sich sein Schritt befand.

Überrascht schaute er sie an. Dann stellte er den Regenschirm vor sich auf den Boden, legte beide Hände übereinander auf den geschwungenen Griff, als wollte er sich schützen. Ärger blitzte in seinen Augen auf, dann wandte er sich den Bronzefiguren zu und nannte die Jahreszahl der Einweihung. »Der mit dem Gewehr«, erklärte Adolf in knappen Worten, »ist ein deutscher Marinesoldat. Und das«, und er deutete auf die Bronzefigur zu dessen Füßen, »ist sein toter Kamerad, erschossen von den Herero.«

Dodo wollte zu einer Frage ansetzen, ließ es dann aber sein. Dolphin hatte keine Lust, ihr beizuspringen. Warum tat sie das?

Schließlich gelangten sie in die Bismarckstraße, wo Adolf auf das Schaufenster des Café Adalbert zeigte. »Hier«, sagte er mit Bestimmtheit, »gibt es den besten Frankfurter Kranz in ganz Westafrika.«

Dodo fasste sich ein Herz. »Wollen Sie uns nicht Gesellschaft leisten?«

»Das ist leider nicht möglich«, entgegnete er.

Es war das erste Mal, dass er mit ihr gesprochen hatte. Ein Lächeln huschte über ihr Gesicht, als er sich höflich verabschiedete.

Nachdem sie den Kuchen probiert und ein Kännchen Kaffee getrunken hatten, zogen sie sich in ihr Hotelzimmer zurück. Hinter Schichten von samtenen Vorhängen und schweren Gardinen waren sie von der Außenwelt abgeschirmt und in die Kolonialzeit zurückversetzt, als das Deutsche Reich sich bis an die Küsten Afrikas und den Pazifischen Ozean erstreckte.

Dolphin schenkte Wein aus Südafrika ein, der anders schmeckte als deutsche Weine. Er wusste nicht, ob es an dem Kaapse Riesling lag oder an der fremden Umgebung, dass sie eine Leidenschaft entfachte, die alles auslöschte, was zwischen ihnen stand, und, kurz, bevor er einschlief, dachte er an den Felsen zwischen Meer und Wüste, auf dem sie sich wie auf einer Insel befanden.

5

Als sie am nächsten Morgen das Hotel verließen, musste Dolphin zweimal hinschauen. Statt in der chromblitzenden Limousine saß Adolf in einem deutlich robusteren Automobil. Es besaß gewaltige Stoßstangen und einen kakifarbenen Anstrich, der den sportiven Charakter ihres Ausflugs ankündigte. Der Liftboy, der sie begleitete, reichte dem Chauffeur allerhand Taschen und Rucksäcke, deren Umfang auch der Tatsache geschuldet war, dass sie über keinerlei Erfahrung verfügten, was die Vorbereitung einer mehrtägigen Safari betraf. Das einzige Utensil, das eindeutig diesem Zweck diente, war das *skinner knife,* das ihm Lord Bakerfield hatte schicken lassen, ein blitzendes Jagdmesser samt Lederscheide, das offenbar zum Aufbrechen und Häuten von Wild verwendet wurde.

Dodo war gerade im Begriff, sich auf den Beifahrersitz zu schwingen, als Adolf ihr zurief: »Es tut mir leid, das geht nicht.« Und dann lief er um den Wagen herum und öffnete ihr die hintere Tür. »Bitte, gnädiges Fräulein.« Sie war so verblüfft, dass sie nicht einmal zu protestieren wagte, und folgte seiner Aufforderung.

Hinter der Stadtgrenze von Swakopmund lichteten sich die Nebelbänke. Man sah das Blau des Himmels und vereinzelte Wolken, die Schatten auf die Schotterpiste warfen. Sie fuhren und fuhren, und die einzige Aussicht schien aus einer Ferne zu bestehen, die ständig näher kam und im gleichen Verhältnis fern blieb.

Irgendwann sehnte man sich danach, dass sich einem etwas in den Blick stellte. Ein Hügel, ein Haus, der Umriss eines Menschen, der einem ein Gefühl für den Maßstab der Landschaft und das Vergehen der Zeit gab, wenn sie sich im Rückspiegel verlor, bis sie allmählich ganz verschwand.

Gefleckt von den Schatten der Wolken tauchte am Horizont eine Düne auf, die sich ihnen wie ein Gebirgszug entgegenschob. Immer mehr füllte sie die Windschutzscheibe aus, bis der Himmel darüber verschwand und Adolf den Motor abstellte. Er stieg aus, öffnete die Türen und wies mit einer weit ausholenden Gebärde, als breite er das Naturschauspiel vor ihnen aus, auf den Berg.

Dodo kannte kein Halten mehr und kletterte die Düne hinauf. Sie trug nur Tennisschuhe und ein weißes Jerseykleid und versank augenblicklich bis zu den Knöcheln. Ohne rechte Lust versuchte Dolphin ihr zu folgen, in seiner Tropenuniform und den kniehohen Schnürstiefeln. Je höher man stieg, desto mehr versank man im Sand. Nachdem er vielleicht ein Drittel des Aufstiegs bewältigt hatte, hielt er an. Dodo hatte fast schon den Scheitelpunkt erreicht. Er war völlig außer Atem.

Als er wieder unten anlangte, öffnete Adolf gerade den riesigen Kofferraum und zauberte daraus einen Klapptisch samt Stühlen hervor, die er unter einer Palme platzierte.

Dodo gesellte sich schließlich mit hochrotem Kopf zu ihnen, worauf Adolf ihr ein Glas Wasser und ein Handtuch für die schweißnasse Stirn reichte. Dann wandte er sich an Dolphin und fragte, ob sie vielleicht daran interessiert seien, lokale Spezialitäten kennenzulernen oder eher auf einem Imbiss europäischen Zuschnitts bestünden. Ohne dessen Antwort abzuwarten, hatte sie bereits entschieden. So wurden getrocknete Streifen aus Fleisch serviert, die laut Adolf vom Springbock stammten und in der Sprache der Einheimischen *Biltong* hießen, dazu *Meali Pap,* einen Maisbrei mit Soße.

Dodo kostete mit einer Begeisterung, die Dolphin gekünstelt fand. Wenig später sprang sie auf, um die Kamera zu holen. Als sie Adolf, der mit einem Serviertuch über dem Arm gerade Wasser nachschenkte, fotografieren wollte, rief der plötzlich überraschend laut: »Nein, meine Dame.« Dodo zuckte zurück. Auch Dolphin war von dieser Heftigkeit befremdet. Vielleicht mochte sie im Aberglauben der Eingeborenen begründet liegen, man raube ihnen, wenn man sie ablichte, die Seele.

Einerseits war er erleichtert, dass Adolf sich sträubte, die Nachfolge Brodys anzutreten. Zum anderen verstand er aber auch Dodo, die immerhin Fotografin war, und so sorgte er dafür, dass sie wenigstens ein Stillleben aus Biltong und Meali Pap unter Palmen festhalten konnte.

Nachdem Adolf abgeräumt und alles im Kofferraum verstaut hatte, erschien er mit einem langen eisernen Haken in der Hand. Dolphin erstarrte. Damit hatte er nicht gerechnet. Wie hatten sie nur so naiv sein können. Und ausgerechnet in diesem Moment befand sich das Jagdmesser im Rucksack.

Erst jetzt schien Adolf dessen Miene deuten zu können und antwortete mit einem beschwichtigenden Lächeln. »Keine Sorge, Herr Dolphin«, sagte er, »keine Sorge, ich will Ihnen nur etwas zeigen.« Und als ob er auch Dodo besänftigen wollte, lächelte er ihr ebenfalls zu und bedeutete den beiden, ihm bis an den Fuß der Düne zu folgen.

In gebückter Haltung suchte er den Boden ab, bis er innehielt und mit dem Haken auf eine Stelle wies. Dolphin kam näher. Erst nach längerem Suchen erkannte er zwei dunkle Punkte und einen zuckenden Strich. Und dann ließ Adolf den Haken niederfahren und beförderte ein zappelndes Etwas ans Tageslicht, das sich als eine Schlange entpuppte. Dodo schrie auf, was ihr ein verärgertes Zischen eintrug, und rasch stülpte er die Mütze, die er in der Linken hielt, über das züngelnde Wesen. In seinen Augen blitzte Triumph. Und dann, als habe man sein Kunststück nun ausreichend gewürdigt, ließ er das Reptil, das in etwa die Länge von einer Elle besaß, vom Haken. Seitwärts schlängelte es sich, Stück für Stück, die Düne hinauf und hinterließ ein Muster, das wie eine Strickleiter aussah. Eine Strickleiter, die nach oben führte, hinauf in den nun wolkenlosen Himmel.

Auf der Fahrt zu ihrem Nachtlager wollte Dodo wissen, um was für eine Schlange es sich gehandelt habe. Dolphin befürchtete schon, dieselbe Frage selbst an den Fahrer richten zu müssen, doch zu seiner Überraschung blickte der in den Rückspiegel. »Eine Sandviper«, sagte er. Nur Augen und Schwanzspitze lasse sie aus dem Sand herausragen, um hungrigen Echsen einen fetten Käfer vorzugaukeln. »Und dann«, und er begann auf einmal zu kichern, »ist es aus mit der Echse.«

Das Kichern passte überhaupt nicht zu Adolf, aber vielleicht brach so langsam das Eis.

»Wie kann denn«, fragte Dodo, »eine Sandviper in der Wüste überleben, ohne Wasser?«

Und da drehte er sich tatsächlich um und erklärte, wie sie sich des Nachts hinaufschlängele, auf die dem Meer zugewandte Seite der Düne, und sich dort von der in der Luft liegenden Feuchtigkeit benebeln ließe, die Tropfen um Tropfen auf ihre Haut herabrinne. Sie sei ein Überlebenskünstler, sagte er, und die schwierigen Worte gingen ihm mühelos über die Lippen, und das sei, wie sein verehrter Pastor in der Missionsschule gesagt habe, nur gerecht, weil die Sünde auf Erden niemals aussterbe.

6

Als er am nächsten Morgen aus dem Zelt trat, roch es nach Kaffee. Er sah Adolf in der Nähe des Lagerfeuers hocken. Der schaute kurz auf, nahm die Kanne vom Rost. Dann erhob er sich und ging zum Klapptisch, der im Schatten eines

Kameldornbaums stand. Dolphin setzte sich, trank einen Schluck aus dem Emaillebecher, und zündete sich eine Zigarette an. Sein Blick glitt über das leere Flussbett, das von Bäumen, Sträuchern und Gräsern gesäumt wurde, über sandige Streifen bis zum Horizont, wo sich ein paar Felsen türmten. Er glaubte, eine Herde Springböcke zu erkennen, aber möglicherweise täuschte er sich. Es war schwer, sich in der Leere zu orientieren. Erst allmählich konnte man das Leben erkennen, das sich in der Ferne oder am Boden verbarg, und man entdeckte vor den eigenen Füßen ein Chamäleon oder ein anderes Kriechtier, dessen Namen man nicht kannte.

Wo steckte Dodo? Er ging zurück ins Zelt und suchte vergebens nach dem Feldstecher, den sie offenbar mitgenommen hatte. Dann wollte er nicht länger warten und ließ sich von Adolf Spiegeleier braten. Man sah es seinen routinierten Bewegungen an, dass er Erfahrung bei der Organisation von Safaris besaß, ob er nun kochte, servierte, Zelte aufbaute oder Jagdausflüge plante. Sein militärisch geschnittener Anzug aus braunem Leinen deutete bereits auf jenen Rollenwechsel hin, der heute anstand.

Nach dem Frühstück tauchte Dodo auf, behängt mit zwei Leica-Kameras und dem Fernglas. Adolf holte die Gewehre aus dem Kofferraum, zerlegte, reinigte sie und zeigte Dolphin deren Handhabung. Und dann bewunderte er das Jagdmesser in der kostbaren Lederscheide, das Dolphin an seinem Gürtel befestigt hatte.

Die Jagd an sich war weit weniger spektakulär, als Lord Bakerfield es ihm ausgemalt hatte. Vielleicht hatten sie einfach nur Pech, vielleicht wollte sie ihr Führer von den Gefahren der *Big Five* fernhalten. Das Einzige, was ihnen nach stundenlangem Warten vor die Flinte lief, waren eine Handvoll Oryx-Antilopen, die Dolphin allesamt verfehlte, bis Adolf sich erbarmte und mit einem einzigen Schuss ein Tier zur Strecke brachte.

Dodo war die ganze Zeit still gewesen. Sie hatte nicht einmal die Kamera gezückt, als die Jagd begann, und nachdem die Antilope zum Wagen getragen und später wieder ausgeladen worden war, zog sie sich sofort ins Zelt zurück.

Die Augen des Tiers standen weit offen. Die schwarze Musterung seines weißen Gesichts, das einer Maske glich, verstärkte den gespenstischen Eindruck. Adolf zog sich eine Schürze über und deutete auf Dolphins *skinner knife*. Als der sich nicht rührte, griff er zum eigenen Messer und setzte es an. Kurz darauf verspürte Dolphin eine Übelkeit, die er zu verbergen suchte. Und unter dem Vorwand, er müsse nach Dodo schauen, verschwand er im Zelt.

Er wurde von Klappergeräuschen geweckt und verspürte unbändigen Hunger, als ihm der Duft von Gegrilltem in die Nase zog. Er tippte Dodo an, und nachdem sie sich angekleidet hatten, verließen sie das Zelt und sahen die Tafel, die Adolf unter dem Baum gedeckt hatte. Selbst an Tischdecke und Kerzen fehlte es nicht. Mit einer knappen Verbeugung gab ihnen der Gastgeber das Zeichen, Platz zu nehmen.

Der Himmel über ihnen färbte sich. In der Luft lag ein Zittern, als die Landschaft an Schärfe gewann. Sie fächerte sich in Vorder-, Mittel- und Hintergründe auf, und die Felsen erschienen in einer Klarheit, die an Kulissen denken ließen.

Adolf, der nun einen gestärkten weißen Kittel trug, schenkte Rotwein ein und servierte das Fleisch. Es sah heller aus als Rind, und der Geschmack besaß eine köstliche Wildnote. Dodo rührte es nicht an und stocherte in den Süßkartoffeln.

Adolf wandte sich an Dolphin. »Ist alles recht?«

»Es schmeckt ausgezeichnet«, entgegnete er, »doch ihr hat die Safari auf den Magen geschlagen.«

Nach einer Weile stand sie auf und ging in das Zelt, um die Kameras zu holen, und dann hinunter zum Fluss, wo sie in einer Senke verschwand.

In Gedanken versunken leerte Dolphin die Flasche. Später bat er Adolf, die Klappsessel vor das Feuer zu rücken und sich zu ihm zu setzen. Dann holte er einen Flachmann, aus dem er Whisky in winzige Becher füllte.

Schweigend schauten sie in die Flammen, tranken und rauchten, hörten Geräusche von Tieren, aber Dolphin hatte keine Lust zu fragen, welche es seien. Er genoss seine Trägheit. Dodo würde sich, so hoffte er, bemerkbar machen, wenn etwas vorfiele. Adolf jedenfalls schien unbesorgt.

Er schenkte nach. Sie rauchten eine weitere Zigarette. Sie tranken und tranken. Mit einem Mal schien ihm die Zeit gekommen, endlich jene Frage zu stellen, die ihn die ganze Zeit beschäftigt hatte. Ohne sein Gegenüber anzuschauen, sagte er leise: »Wieso heißen Sie eigentlich Adolf?«

Es kam ihm vor, als ob dieser damit gerechnet habe, und nachdem er einen Schluck genommen hatte, begann er, eine unglaubliche Geschichte zu erzählen. Eine Geschichte, nach der sein leiblicher Vater von Bismarck höchstselbst als erster Kaiserlicher Kommissar in die Kolonie Deutsch-Südwestafrika berufen worden war und 1885 einen sogenannten Schutzvertrag mit dem Hererohäuptling Samuel Maharero geschlossen hatte, denn anfänglich hatte man sich exzellent verstanden. Besonders gut hatte sich der Kommissar offenbar mit der fünfzehnjährigen Nichte des Häuptlings verstanden, die sich später Elfriede nannte, und 1890, in dem Jahr, als dieser als Konsul nach Haiti berufen wurde, sei er, Adolf, geboren worden, ohne als dessen Sohn anerkannt zu werden. Ein Halbblut, wie so viele seiner Landsleute. Sehr wahrscheinlich seien es die rheinischen Missionare gewesen, die ihn auf den Namen Adolf getauft und dann in ihre Obhut genommen hätten.

Dolphin spürte den Alkohol, der ihn immer mehr benebelte, und hörte zu, als sei das alles völlig normal, und es fiel ihm nichts Besseres ein, als nach dem Namen des deutschen Kommissars zu fragen.

Adolf lächelte bitter. »Mein Vater hieß Heinrich Ernst Göring.« Dolphin stockte. Den Namen hatte er schon einmal gehört. Doch statt nachzufragen, verlor er sich in dumpfem Brüten.

Das Denken fiel ihm zunehmend schwerer, das Sprechen, doch irgendwann erhob er wieder die Stimme und stellte fest, dass das wirklich eine unerhörte Geschichte sei. Eine Geschichte, die gleichsam deutschen Kolonial- und afrikanischen Stammesadel miteinander vermähle, und er fand Gefallen an dieser Formulierung, bis Adolf ihm brüsk ins Wort fiel: »Und was habe ich davon? Schauen Sie, ich bin Chauffeur. Und mein Halbbruder, der ist ein mächtiger Mann im Reich.«

Mit einem Mal war Dolphin hellwach. »Sprechen Sie etwa von *Hermann* Göring?«

Adolf nickte. Der sei ja nicht nur Reichstagsabgeordneter, sondern mittlerweile auch Hitlers Sonderbeauftragter in der Reichshauptstadt.

»Woher wissen Sie das?«

»Wir wissen, was im Reich passiert«, entgegnete Adolf. »Das steht alles in der Allgemeinen Zeitung aus Windhuk.«

Dolphin schwankte. Konnte Göring tatsächlich sein Halbbruder sein? Er wusste nicht, ob er ihm glauben konnte. Seit der Liebermanngeschichte war er misstrauisch geworden, was solche verwandtschaftlichen Beziehungen anging. Andererseits war Adolf eine gewisse Ähnlichkeit mit dem angeblichen Verwandten aus dem Reich nicht abzusprechen. Auch wenn sein Doppelkinn nicht so ausgeprägt war, erinnerte es, ebenso wie die Nase, an dessen Profil. Göring war eindeutig beleibter, aber von der Statur her ähnelten sie sich. Ganz zu schweigen von Adolfs Jägeruniform, die auf eigenartige Weise jener des früheren Jagdfliegers glich.

Dolphin war elektrisiert und witterte einen *scoop*. Ein afrikanischer Halbbruder des Hitler-Vertrauten! Das war ohne Frage eine Geschichte.

Er schaute ins Feuer und trank einen Schluck. Man muss vorsichtig sein, sagte er sich, sich langsam vorantasten, um die Story wasserdicht zu machen. Adolf schaute ihn befremdet an. Dann strich Dolphin sich mit der Hand über den Mund und versuchte zu lächeln.

Adolf füllte wieder den Becher nach. Er schien kein bisschen betrunken zu sein. Hatte er den Chauffeur falsch eingeschätzt? Wo hatte er dieses ausgezeichnete Deutsch gelernt? Mit jenem leichten rheinländischen Akzent, der, wenn man sich sein Gesicht wegdachte, auch von einem Kölner stammen konnte. Lag es an der Missionsschule, deren Pfarrer er so gelobt hatte? Oder an seinem genetischen Erbe, das Führerpersönlichkeiten aus verschiedenen Kontinenten vereinte?

Das Ganze kam ihm mit einem Mal fantastisch vor. Wie auch die Annahme, Adolf sei noch nüchtern. Denn irgendwann begann dieser zu sprechen. Im Gegensatz zu Dolphin, der immer mehr verstummte, weil er gar nicht mehr in der Lage war, das Wort zu ergreifen, redete Adolf nun ohne Punkt und Komma. Es klang abenteuerlich, was er alles preisgab, aber ab einem gewissen Punkt auch sehr plausibel, wie eben ab einem bestimmten Promillebereich das bislang Unglaubliche zu einer höheren Wahrheit wird, die im nüchternen Zustand niemand auszusprechen wagt.

7

Bei Tageslicht schien ihm im höchsten Grade unwahrscheinlich, was er von der letzten Nacht noch in Erinnerung hatte. Vor dem Fenster des Wagens zog die Wüste vorbei, als sei sie in einem Standbild festgefroren. Dodo schmiegte sich an ihn und vergrub ihr Gesicht in seinem Nacken. Er wusste nicht, ob sie schlief. Erst recht nicht, ob sie dem Gespräch gelauscht hatte. War sie überhaupt im Zelt gewesen? Wenn man Adolf jetzt beobachtete, wie er mit sturem Blick der staubhellen Linie folgte, die sich bis zum Horizont zog, konnte man gar nicht glauben, dass er in der Lage war, so viel zu reden, geschweige denn, eine solche Geschichte zum Besten zu geben. Und stimmte es, dass er seinem jüngeren Halbbruder gedroht hatte? Er habe ihm, falls Dolphin es richtig verstanden hatte, einen Brief geschrieben, nach Berlin, direkt an den Reichstag. Ohne Antwort. Und dann hatte er ein bitteres Lachen von sich gegeben und hinzugefügt, er habe einen weiteren Brief geschickt und angekündigt, Hermann aufzusuchen, und Dolphin dabei angeschaut, als könnte ihn nichts von diesem Entschluss abbringen, aber sie hatten getrunken. Wie konnte man wissen, was das mit jemanden anstellte, der im nüchternen Zustand um eine Contenance bemüht war, die an die Unnahbarkeit von Majestäten erinnerte?

Dodo rekelte sich. Nach einer Weile griff sie mit der einen Hand vorsichtig nach der Kamera, die neben ihr auf dem Sitz lag. Adolf leckte sich gerade den Mundwinkel mit der Zungenspitze. Und dann klappte der mit einem Mal den Spiegel weg und sagte laut: »Nein, meine Dame.«

Sie zuckte zusammen. Schweigend vergrub sie sich wieder in seinem Nacken.

Dolphin war zu müde, um etwas zu sagen. Er sehnte sich nach dem Hotel in Swakopmund. Der Kühle des Atlantiks, dem Nebel, der kam und ging.

Sie schlief, doch der Rückspiegel blieb nach unten geklappt. Er betrachtete Adolfs kahl geschorenen Hinterkopf. Was mochte in ihm vorgehen?

Ob seine Briefe eine gute Idee gewesen waren, blieb mehr als zweifelhaft. Ein Schwarzer als Bruder von Hitlers Sonderbeauftragtem – konnte sich der Führer das leisten? Mit seiner Fixierung auf blütenweiße Stammbäume und arische Reinheit?

Schon der frühere Südwest-Gouverneur von Lindequist hatte Verbindungen zwischen Deutschen und Eingeborenen *ein Verbrechen gegen die Reinerhaltung deutscher Rasse und deutscher Gesittung* genannt. Wie mochte erst Göring reagieren, der Krieg und Putsch überlebt und den Aufstieg der Bewegung rücksichtslos vorangetrieben hatte, wenn ein Chauffeur aus Afrika auftauchte und sich anschickte, seine vielversprechende Karriere zu zerstören?

Er müsste Adolf warnen. Das Reich war nicht so weit weg, wie er vielleicht dachte. Unter der deutschen Bevölkerung, das hatte ihm der Botschafter in Windhuk gesagt, gab es viele, die mit den Nationalsozialisten sympathisierten. Andererseits wäre die Geschichte ganz nach dem Geschmack von Lord Bakerfield, auch wenn dieser gewiss kein Kritiker jener Rassenpolitik war, welche die Südafrikanische Union nun in der ehemals deutschen Kolonie praktizierte.

8

Sie schliefen spät in den Tag hinein, hinter komplizierten Fensterdekorationen aus Samtbehängen und Schals aus schweren Plüschen. Sie frühstückten im Bett, liebten sich vor dem Spiegel, in einem, wie es Dolphin schien, äußerst schmeichelhaften Licht, das durch die Stoffschichten gefiltert wurde.

Da ihnen kein anderer geeigneter Ort eingefallen war, hatten sie Adolf für den Nachmittag in den Hansahof eingeladen, um die weitere Reise zu besprechen. Sie empfingen ihn in ihrem Zimmer, was Dolphin auf seltsame Weise befangen machte. Obwohl Adolf zu keinerlei Vertraulichkeiten neigte, verzichtete Dolphin darauf, ihm die Hand zu geben, und bot ihm einen Stuhl an.

Der Chauffeur blieb ihm ein Rätsel. Man konnte nie wissen, wie einer wirklich war. Man sah es ihm nicht an, genauso wenig wie Lord Bakerfield, aber andererseits gab es auch Männer, die beide Geschlechter liebten. Oder hielt Adolf sich aus Respekt vor Dolphin von ihr fern?

Er war erleichtert, als Dodo das Wort ergriff und Adolf fragte, ob er Kuchen möge.

Er nickte, ohne sie anzuschauen.

»Schwarzwälder Kirschtorte oder Streuselkuchen?« Sie lächelte verführerisch.

»Streuselkuchen«, erwiderte er und seine Lippen verzogen sich zu einem Schmunzeln.

»Schlagsahne?«

»Schlagsahne«, und dieses Mal schaute er sie kurz an, »gnädiges Fräulein.«

Geschäftig eilte sie zum Telefon und ließ ihren Gast wissen, das gnädige Fräulein werde umgehend die Köstlichkeiten aus dem Café Adalbert kommen lassen, und als wenig später ein Zimmermädchen mit einem Servierwagen erschien, eröffnete sie die Kaffeetafel.

Adolf, nachdem er gekostet und einen Schluck schwarzen Kaffee getrunken hatte, schien mit einem Mal gelöster. Dolphin wusste nicht, wie er wieder auf den Gedanken kam, den Inhalt der Tasse mit der Farbe seiner Haut zu vergleichen, doch der Kontrast hätte nicht deutlicher ausfallen können. Keine Frage, Adolf gehörte zu jenen *Bastarden,* von denen Fischer gesprochen hatte, zu den ziemlich hellen sogar. Nur: War Heinrich Ernst Göring auch sein Vater?

Dodo schenkte ihm Kaffee nach, ermutigte ihn, ein Stück von der Kirschtorte zu probieren, ließ gar eine Flasche Kirschwasser kommen, um Adolf, wie sie sagte, den Geschmack des Schwarzwalds in seiner reinsten Form nahezubringen. Diese Choreografie der Gastfreundschaft, die Dolphin nicht ganz frei von Hintergedanken schien, erhöhte merklich die Anzahl der Blickkontakte. Als sie ihm schließlich eine Zigarre anbot und Feuer gab, nannte er sie zum ersten Mal bei ihrem Namen. »Danke schön, Fräulein Dodo.«

Adolf, dem offenbar aufgefallen war, dass er die ganze Zeit von Dolphin beobachtet wurde, wandte sich nun seinem Auftraggeber zu. Nun, da der wichtigste Teil der Reise bevorstehe, wolle er fragen, ob seine Cousine nicht nach Keetmanshoop mitkommen könne. Sie spreche exzellent Deutsch und ebenso gut könne sie auch schreiben. Schon von Kindesbeinen an habe sie bei einem deutschen Farmer gearbeitet und dort auch ihren Mann kennengelernt, bis der und ihre Kinder bei einem Zugunglück umgekommen seien. Zweifellos wäre sie eine große Hilfe, als Übersetzerin, Stenografin, auch als Fahrerin, was ungewöhnlich sei, aber auf einsamen Farmen nun einmal notwendig.

Dolphin antwortete nicht. Eine weitere Hilfskraft war im Budget nicht vorgesehen. Und zu viele Menschen um ihn herum hinderten beim Arbeiten. Der Chauffeur schaute ihn an. Dolphin murmelte, er müsse das in aller Ruhe heute Abend mit Dodo besprechen.

»Aber warum«, fiel sie ihm ins Wort, »das ist doch eine ausgezeichnete Idee.« Und dann hob sie an und erklärte, sie benötige eine einheimische Assistentin, wenn sie Aufnahmen in einem fremden Land mache. Wenn man fremde Menschen porträtieren wolle, müsse man zuerst in eine persönliche Verbindung treten, am besten vermittelt durch Eingeborene. Und Frauen, das sei den hier versammelten Herren doch wohl klar, besäßen nun mal dieses Fingerspitzengefühl. Im Übrigen sei sie gerne bereit, für die anfallenden Honorarkosten aufzukommen, zu denen sicherlich auch ihr Galerist sein Scherflein beisteuern würde.

Dolphin fühlte sich überfahren, doch im Beisein des Chauffeurs konnte er unmöglich mit ihr streiten. Er würde ihr später in aller Ruhe auseinandersetzen, dass eine weitere Kraft nun wirklich nicht vonnöten sei und sie sich wohl gründlich über den Charakter der Fotoaufnahmen täusche. Wenn er Fischer richtig verstanden hatte, waren die keinesfalls mit künstlerischen Inszenierungen von Malerfürsten oder Filmschauspielern zu verwechseln. Ganz zu schweigen von der Frage, ob die Teilnahme an diesen Sitzungen überhaupt aus freien Stücken erfolgte.

Er musterte den Chauffeur. Aus seinen Augen sprach Dankbarkeit. Dodo, der das nicht verborgen blieb, nutzte die Gelegenheit, um Adolf zu fragen, ob sie ihn gelegentlich, natürlich gegen angemessene Bezahlung, fotografieren dürfe. Man sah, wie es in Adolf arbeitete. Dann holte Dodo ihre Tasche und zeigte ihm Porträts, die sie von Liebermann und Brody angefertigt hatte. Der Kameruner habe im Reich eine erstaunliche Karriere durchlaufen, die sogar in die amerikanischen Presse Erwähnung fand.

Adolf betrachtete schweigend die Aufnahmen. Sein Mienenspiel verriet Faszination wie Abscheu. Einen Moment schien es dem des Dichters Benn zu ähneln, als der, mit zusammengepresstem Mund, von der Riess abgelichtet wurde. Aber er widersprach nicht, als sie vorschlug, nach den Aufnahmen in Keetmanshoop mit der Arbeit zu beginnen.

Nachdem Adolf verabschiedet worden war, verspürte Dolphin das dringende Bedürfnis nach frischer Luft. Ein Spaziergang würde ihnen guttun. Mit etwas Abstand ließen sich vielleicht auch die Differenzen beilegen.

Dodo willigte begeistert ein, und ohne sich um seine griesgrämige Miene zu scheren, begann sie von ihrem neuen Modell zu schwärmen. Mit ihm beginne etwas ganz Neues. Ein frisches Gesicht, nicht abgenutzt durch die Routinen von Filmindustrie und Showbusiness. Ein Modell, das ihr Widerstand böte. Wie er sich dem Blick der Kamera verweigere, das alles zeuge von einer Energie, die letztendlich aus dem archaischen Glauben an die Magie des Bilds entspringen mochte und eine Kraft in sich berge, der sie bislang noch nicht begegnet war.

Als Dolphin mit einem maliziösen Lächeln Brody erwähnte, wurde sie ungehalten. »Ich will den Namen nicht mehr hören. Das alles ist Geschichte.« Und dann legte sie ihm dar, dass Adolf der Widerpart zu Brody sei. Geboren auf der anderen Seite Afrikas, im Westen, mit deutschem Blut in den Adern, ohne jemals das Land seines Vaters gesehen zu haben. Sie wisse noch nicht genau, was sie in ihm sehe, aber sie habe die Gewissheit, auf der weiteren Reise etwas zu finden, das ihr Werk in eine völlig neue Richtung führe. Flechtheim, aber auch die Damen in Berlin, würden hingerissen sein.

Sie schien gar nicht zu merken, wie Dolphin sie misstrauisch musterte. Woher wusste sie von Adolfs deutscher Abstammung?

Er war froh, als sie das Woermannhaus erreichten und sich die Chance bot, das Thema zu wechseln. Er zückte seinen Baedeker aus der Kaiserzeit und begann, ihr daraus vorzulesen. Demnach habe der Hamburger Spediteur Adolph Woermann 1894 den Gebäudekomplex in historisierendem Fachwerkstil errichtet, der aus Haupthaus, Innenhof und sogenanntem Damaraturm bestand. Anschließend führte er sie in den Innenhof, wo laut Baedeker zwei

Sinnsprüche angebracht sein mussten, und tatsächlich waren die, am Dachgesims des Treppenhauses, übereck zu lesen:

JEDER LASSE HIER ZWIETRACHT VOR DER TÜR
IN DIESEN MAUERN MÖGE EINTRACHT DAUERN

Und dann fiel Dolphin ein, dass bereits zehn Jahre später Generalleutnant Lothar von Trotha zum Kommandeur der kaiserlichen Schutztruppe ernannt wurde und in einem *Aufruf an das Volk der Herero* die Vertreibung des Volkes und die völlige Vernichtung aller männlichen Stammesangehörigen ankündigte. Wo hatte Adolf sich damals befunden? Er musste vierzehn Jahre alt gewesen sein. Am Lagerfeuer, so kam es Dolphin jetzt in Sinn, hatte er von der Schule der rheinischen Missionare erzählt, und da er nur Bestnoten erhielt, hatte man ihm schon in Aussicht gestellt, in Deutschland Theologie zu studieren, um hernach wieder zurückzukommen, doch als es zu dem Aufstand der Nama kam und im Reich die heiß umkämpften *Hottenwahlen* anstanden, war keine Rede mehr davon.

Abends speisten sie im Hotel, und als sie auf ihr Zimmer gingen, bat er Dodo, ihre Kameras zu prüfen. »Es darf keinesfalls etwas schiefgehen«, sagte er, »dazu sind wir allen gegenüber zu sehr in der Pflicht.«

Dodo reagierte gereizt. »Misch dich bloß nicht in meine Arbeit ein.« Sie redete sich in Rage und kam auf die Porträts von Liebermann zu sprechen, die sie nach einer einzigen Sitzung abgeliefert habe, zur allgemeinen Begeisterung in London, wie ihr Dolphin selbst gesagt habe. Dass er nun nervös sei, weil er nicht, zur Verwunderung des Verlegers, seinen festangestellten Fotografen mitgenommen habe, sondern sie, das möge er bitte nicht auf ihr abladen.

Um die Situation zu entkrampfen, ließ Dolphin eine Flasche Champagner kommen. Sie stießen miteinander an. Nachdem sie zwei, drei Gläser getrunken hatte, entspannte sich Dodo. Sie machte sich über die Straußenfedern und Faltenwürfe lustig, aber vermutlich gefalle das dem kleinen Engländer, der ja seine Schleiflackmöbel zu Hause gründlich satthabe.

Dolphin ließ sich necken, bis er zu der Frage ansetzte, ob zwei Fahrer und Übersetzer wirklich notwendig seien. Sie zog die Stirn kraus. Und dann überredete sie ihn mit Engelszungen, dass Adolf womöglich gelöster würde, wenn die Cousine sich an seiner Seite befände. Das *weibliche Element* käme ohne Zweifel der gemeinsamen Arbeit zugute, abgesehen davon, dass die Honorare sich hierzulande ausgesprochen bescheiden ausnähmen. Sie wollten halt etwas dazuverdienen, wer konnte es ihnen verdenken. Aber beim Leben in den Kolonien hatte es ja noch nie an Personal gefehlt.

9

Dolphin stand vor dem Hotel und rauchte. Unentwegt schnippte er Asche auf den Boden und sah zu, wie sich die grauen Partikel auf dem Asphalt verloren.

Mit einem Mal erinnerten sie ihn an zerstoßene Zeichenkohle, die Dodo auf einem Blatt Papier verrieben hatte, damals, am Küchentisch, beim Verfertigen der Olympia-Skizzen.

Er ging in die Lobby, kehrte mit einer neuen Schachtel zurück. Als er sich die nächste Zigarette anzündete und mit hastigen Bewegungen abklopfte, kam es ihm vor, als zeichne er gleichsam seine Nervosität auf das Trottoir. Der Gedanke beruhigte ihn. Dort lag sie nun, begraben unter Asche und Kippen.

Spätestens in einer Woche würde alles überstanden sein. Dann könnten sie das restliche Land erkunden und schließlich zum Waterberg fahren, wo vor mehr als einem Vierteljahrhundert die Vernichtung der Herero ihren Ausgang genommen hatte. Er war gespannt, ob er noch Spuren finden könnte von einem Ereignis, das die Feinde des Kolonialismus als Massenmord geißelten, was wiederum einem eingefleischten Imperialisten wie Lord Bakerfield zu weit gehen mochte, auch wenn er den Deutschen von jeher die moralische Eignung als Kolonialmacht abgesprochen hatte.

Dolphin blickte auf die Uhr. Er musste nach Dodo schauen und das Gepäck in die Lobby schaffen lassen. Als er das Zimmer betrat, lag sie noch im Bett. Todmüde sah sie aus, kein Wunder. Die ganze Nacht hatte sie sich wieder hin und her gewälzt und unverständliche Dinge gemurmelt. Er bat Dodo, sich zu beeilen. Und dann begleitete er den Liftboy hinunter, der auf sein Geheiß hin die Koffer auf dem Trottoir abstellte, um beim Einladen keine Zeit zu verschwenden. In fünf Minuten war es so weit. Wo blieb sie? Sie wusste, dass eine lange Fahrt vor ihnen lag und er nichts mehr hasste als Unpünktlichkeit.

Kurz darauf sah er das Auto um die Ecke kommen. Es musste stoppen, weil ein Lastkraftwagen die Straße blockierte. Als alles Hupen zu nichts führte, stieg eine schwarze Frau aus und näherte sich mit wiegenden Hüften dem Hansahof. In der Weise der Hererofrauen trug sie ein aufwendig drapiertes Tuchgebinde auf dem Kopf, dessen mit Pappkarton gestärkten Enden die Hörner eines Rinds stilisierten, dazu ein gepunktetes Kleid in grellem Grün. Strahlend ging sie auf Dolphin zu, deutete einen Knicks an und sagte in einwandfreiem Deutsch: »Gestatten, ich bin Auguste, die Cousine von Adolf.«

Er schaute in ihre Augen und spürte etwas, das einem Wärmestrom glich, ein undeutliches Gefühl, das er von irgendwoher kannte und nicht identifizieren konnte. Da ihm nichts Besseres einfiel, ergriff er ihre Hand, schüttelte sie, vielleicht etwas zu lange, und erwiderte: »Angenehm, Dolphin. Segal Dolphin.«

Er wollte etwas hinzufügen, kam ins Stocken. Sie erinnerte ihn an jemanden. Er grübelte, wer es sein könnte. Und dann nahm er die Andeutung eines Lächelns wahr, in dem Belustigung und Nachsicht mitzuschwingen schien, als habe sie einen kleinen Jungen vor sich, der von einem Moment zum nächsten von allem Mut verlassen wurde.

Schwungvoll griff sie nach den Koffern und ging zurück zum Auto. Unter dem Kleid zeichneten sich ihre runden Formen ab, doch es lag eine Kraft in ihren wiegenden Bewegungen, die, so schien es ihm, nicht mit Weichheit zu verwechseln war. Mühelos trug sie das Gepäck, während der schmächtige Liftboy sich anstrengen musste, Schritt zu halten.

Dolphin hielt vergebens nach Dodo Ausschau. Er ging in die Lobby und telefonierte. Mit mürrischer Miene kam sie die Treppe herab.

Er eilte hinaus. Als er beim Auto anlangte, verstaute Auguste gerade die letzte Tasche im Kofferraum. Er betrachtete ihren breiten Rücken, der, in der Mode des letzten Jahrhunderts, von einem geschnürten Leibchen eingefasst wurde. Es handelte sich, so hatte er gelesen, um eine Tracht, die einheimische Frauen nebst Hauben und mehreren Unterröcken durch deutsche Missionare kennengelernt und dann auf ihre Weise abgewandelt hatten. Doch zu seiner Verblüffung war sie nicht abgestreift worden, auch nicht nach dem Abzug der kaiserlichen Truppen, im Gegenteil, es schien, als werde sie mit großem Stolz vorgezeigt.

Endlich kam Dodo nach draußen. Adolf stieg aus und öffnete die Tür. Sie schob die Sonnenbrille nach unten, deutete mit neckischer Miene auf die Kameras, die ihr um den Hals hingen, und ließ ihn wissen, dass man bald mit den Aufnahmen beginnen werde. Der Chauffeur reagierte nicht und wies stattdessen auf die Rückbank. »Bitte schön, gnädiges Fräulein.« Dann kam er auf die andere Seite. Erleichtert ließ Dolphin sich in den Sitz fallen.

Etwas war anders geworden, seit Auguste sich im Wagen befand. Ihr atmender Körper, direkt vor ihm auf dem Beifahrersitz, der sich hob und senkte. Eine Stille ging von ihr aus, die sich auch in der Wüste zu spiegeln schien. Dort rührte sie von der Weite her, an der sich der Blick nicht brechen konnte. Drinnen war es umgekehrt. Augustes Blick nahm einen tief in sich auf, begleitet von diesem eigentümlichen Lächeln. Mit einem Mal kam ihm jene Fotografie in den Sinn, die Fischer in der Hand gehalten hatte. Die schöne Hererofrau lächelte nicht, aber es war jenes Leuchten, das beide miteinander verband.

Erst jetzt bemerkte er Dodos hartnäckige Versuche, Adolf in ein Gespräch zu verwickeln. Der blieb spröde, aber bei Weitem nicht mehr so abweisend wie zu Beginn. Lag es an seiner Cousine, dass er auf einmal zu erzählen begann? Von einem Käfer mit dem lateinischen Namen *Onymacris unguicularis*, der nachts auf die Düne krabbelt und sein Hinterteil in den Nachthimmel streckt, bis die in der Luft liegende Feuchtigkeit kondensiert und Tropfen für Tropfen den Chitinpanzer hinunterrinnt in das geöffnete Maul?

Die ganze Zeit schaute Auguste ihn an und schmunzelte. Etwas Mütterliches lag in der Art, wie sie ihn ermunterte, ganz im Gegensatz zu Dodo, die man sich nur schwer in dieser Rolle vorstellen konnte. Natürlich war sie noch jung, aber vielleicht kam es auch daher, dass sie selbst Tochter einer Rabenmutter war, die sie dazu gebracht hatte, unterschiedslos jene Zuneigung einzufordern, die ihr verweigert worden war, ob durch sexuelle Experimente am Internat, als Animierdame in der Rio Bravo Bar oder als Aufsteigerin in der Kunstwelt. Als könnte Dodo seine Gedanken lesen, umarmte sie ihn und gab ihm einen Kuss. Und dann bat sie Adolf, demnächst anzuhalten. Herr Dolphin brauche dringend etwas zu essen.

Wenig später parkte der Chauffeur im Schatten einer Akazie. In Windeseile hievte Auguste Proviantkisten aus dem Kofferraum, klemmte sich zwei Klappsessel unter den Arm und baute schließlich den Picknicktisch auf. Dolphin stand etwas abseits und beobachtete sie. Er mochte den Kontrast zwischen ihrer zupackenden Art und der Rundheit ihres Körpers, der zum Ausruhen einzuladen schien. Er erwischte sich bei dem Gedanken, wie es wohl wäre, wenn man darüberstrich. Wie fühlte sich schwarze Haut an? Gab es einen Unterschied? Wie roch sie?

Er verlor sich in Fantasien, bis er bemerkte, wie Dodo ihrerseits Adolf musterte, der die Motorhaube öffnete, um Öl nachzufüllen. Sie zögerte offenbar, ihn anzusprechen. Stattdessen bat sie Dolphin, die Kameratasche aus dem Wagen zu holen, weil sie später die ersten Porträts anfertigen wolle. Verstohlen schien sie seinen Leib zu vermessen und jene Zonen, die ihr Lust bereiten könnten. Vielleicht war es auch der Blick der Fotografin, denn unversehens schaute sie Dolphin an, und ihre hochgezogenen Augenbrauen verrieten eine Mischung aus Kennerschaft und dem Wunsch, eine Art komplizenhaftes Einvernehmen herzustellen, was die physischen Vorzüge ihres Modells anging.

Nachdem sie den Imbiss eingenommen hatten, versuchte sie Adolf zu überreden, gleich mit den Probeaufnahmen zu beginnen. Der vertröstete sie und sagte, er müsse sich zunächst den Keilriemen wechseln. Sie ließ nicht von ihm ab, bis er eingewilligt hatte, in spätestens einer Woche, nach Abschluss der Fotoreportage in Keetmanshoop, zur Verfügung zu stehen.

»Versprochen?« Dodo sah ihn zweifelnd an.

Adolf zögerte. Zuerst müsse man noch über das Honorar sprechen. Als sie protestierte und sagte, daran werde es nicht scheitern, erwiderte er: »In meiner Position sagt man das.«

Sie griff zur Leica und erhob sich. Dolphin bestand darauf, dass sie in der Mittagshitze ihren Sonnenhut aufsetzte und ein Tuch um die Schultern legte, doch sie lachte nur und entfernte sich.

Vergebens fächelte er sich Luft zu. Selbst im Schatten schwitzte man entsetzlich. Dodo wollte die Schläge der Hitze auf ihrem Körper spüren, wollte ihn gewaltsam herauslösen aus dem, was man Zivilisation nannte. Jene Wörter, wie sie es kürzlich formuliert hatte, mit denen man die Einheimischen dressieren wollte. Pünktlichkeit, Sauberkeit, Disziplin. »Was ist daran falsch«, hatte Dolphin erwidert. »Alles«, hatte sie gemurmelt, und er war sich nicht sicher, ob es dem Alkohol geschuldet war, bis sie von Wörtern sprach, die zu Fesseln wurden und Bilder erzeugten, die den Raum beherrschten und eine Wirklichkeit hervorbrachten, wo oben und unten, drinnen und draußen, wie in einem Gefängnis, unverrückbar feststanden, was ihn darüber spekulieren ließ, ob sie sich neuerdings zum Anarchismus bekehrt habe, doch ihm fehlte, in jenem Stadium des Trinkens, die Kraft, mit ihr zu streiten.

Es war zu heiß, um sich eine weitere Zigarette anzustecken. Er trank Wasser, füllte nach. Schließlich befeuchtete er sein Tuch, bevor er es sich um den Hals knotete. Er streckte die Beine von sich und lag nun fast in seinem Campingsessel. Irgendwann schlief er ein und befand sich mit einem Mal in Oxfords Universitätskirche.

Es war Semesterbeginn. Neben ihm saß sein Ruderkamerad Dick Seawood. Aus voller Kehle sangen sie beide *All Things Bright and Beautiful,* und sie liebten die Feierlichkeit dieser alten anglikanischen Hymne, mit der Frieden und Eintracht beschworen wurde.

The rich man in his castle
The poor man at his gate
God made them high and lowly
And ordered their estate

Er hörte das Brausen der Orgel und die Stimme von Seawood, mit dem der *The Lord's Prayer* sprach, und dann schrak er auf, als er eine Hand auf seiner Schulter fühlte.

Er hatte Mühe, sich zu orientieren, rieb sich die Augen. Dodo nahm einen langen Schluck aus der Feldflasche. Jetzt sah er im Schatten ihr krebsrotes Gesicht. Er wollte den Sonnenhut erwähnen, verzichtete aber darauf. Sie schien den Sonnenbrand wie eine Auszeichnung zu empfangen.

Hinter dem Auto tauchte Adolf auf und begutachtete sie grinsend. Er rieb sich die ölverschmierten Hände mit einem Tuch ab und sagte, das weiße Fräulein sehe aus wie ein gekochter Hummer, wobei er genüsslich das R rollte, was ein Knirschen in seinem Kehlkopf verursachte, als werde dort der rote Panzer zermalmt. Dodo war sprachlos, als sie zum Objekt seines Spotts wurde. Mit gesenktem Kopf schlich sie zum Auto, um nach der Creme zu suchen.

Nachdem alles verstaut war, stiegen sie in den Wagen. Schweigend ließen sie die Einöde vorbeiziehen, bis der Himmel sich rötete und Dodo darauf hinwies. Mit träger Verachtung blickte Adolf in den Rückspiegel und musterte die Närrin, die ihn aufforderte, den Sonnenuntergang zu betrachten.

Der Mond ging auf und die Sterne waren zu sehen. Alle waren in Schweigen versunken, als Dolphin fragte, wie *sie* zu ihrem Namen gekommen sei. Auguste reagierte erst nicht. Er musste die Frage wiederholen. Dann drehte sie sich um und lachte leise, so als lasse sie sich von den Einfällen eines Kindes überraschen, aber immer in dem ruhigen Bewusstsein, es jederzeit zur Ordnung zu rufen, wenn es zu weit ging. »Schon lange«, begann sie, »ist es Sitte bei uns, dass wir unseren Kindern auch deutsche Namen geben. Und meine«, fuhr sie nach einer kurzen Pause fort, »hießen Traugott und Amalie.« Sie verstummte und schluckte. Dann zwang sie sich zu einem Lächeln und räusperte sich. »Was glauben Sie, was Blume in unserer Sprache heißt?« Er schüttelte den Kopf. *»Otjiblume«,* antwortete sie und ließ ihn das Wort nachsprechen. Sie amüsierte sich über seine Versuche, korrigierte die Aussprache, auch, als sie ein weiteres Beispiel für deutsche Lehnwörter nannte und Dolphin aufforderte, das Wort *Otruppa* zu sagen. Er wollte mehr darüber wissen, und sie klärte ihn auf, dass es von *Truppe* herrühre und mittlerweile die Traditionsverbände, die sogenannten Truppenspieler, bezeichne. Bei deren Paraden marschierten junge Männer neben Greisen, in Uniformen, die denen der ehemaligen deutschen Schutztruppen ähnelten, und als Dolphin nachfragte, weil er glaubte, etwas falsch verstanden zu haben, lachte sie wieder leise und sagte, sie werde ihm, so er Interesse hätte, einmal eine Parade der Truppenspieler zeigen, denn das sei ein heiliges Ritual für alle Herero und die Einheit ihres Volks.

10

Erst weit nach Mitternacht erreichten sie ihr Ziel. Am nächsten Morgen erwachte Dolphin in dem prächtigen Herrenhaus, das eigens vom Kaiser-Wilhelm-Institut für den Reporter des Daily Standard ausgewählt worden war. Dodo hatte sich zur Seite gewendet und stöhnte leise. Er sah den Sonnenbrand auf Gesicht, Schultern und Armen, und es schien, als ob sich bereits vereinzelt Bläschen bildeten. Ihre schneeweiße Haut war tatsächlich feuerrot wie ein Hummer.

Er seufzte. Sie hatte nicht hören wollen, sich geweigert anzuerkennen, dass ihre Haut, anders als die der Einheimischen, nicht für die Wüstensonne geschaffen war. Es war einfach kindisch.

Stöhnend stand sie auf und ging ins Bad. Dolphin schaute sich in dem hell getünchten Raum um, dessen Höhe an einen Rittersaal erinnerte, betrachtete den Eichentisch und den Kamin, bis ihm das Ölporträt des Erbauers ins Auge fiel. Es handelte sich, wie ihm der schwedische Eigentümer des Hotels erzählt hatte, um einen Artillerieoffizier aus Sachsen, der als Angehöriger der Schutztruppe ins Land gekommen war, um sich hier nach der Niederschlagung des Hereroaufstands niederzulassen und ein Pferdegestüt zu errichten.

Mit einer Maske aus weißer Creme im Gesicht kam Dodo zurück, zog sich vorsichtig ein langes Herrenhemd und passende Baumwollhosen an, griff nach dem Sonnenhut und bedeutete Dolphin, dass sie bereit sei.

Im kühlen Schatten einer Art Kreuzgang, der um einen mit Palmen bewachsenen Innenhof angelegt war, nahmen sie das Frühstück ein. Dolphin staunte, wie einen dieser Anblick die Einöde vergessen ließ, die das Bauwerk umgab. Mit seinen Mauern, Wehrtürmen und Zinnen erinnerte es an eine mittelalterliche Burg, die sich der unerbittlichen Natur entgegenstellte.

Dodo entschuldigte sich und ging zurück ins Zimmer. Sie war einfach nicht in der Lage, einen Fehler zuzugeben. Ihre Haut sah schlimm aus. Warum hatte sie das nur getan? Ihm fiel Claire Goll ein und die chemischen Färbereien für Menschenhaut, die aus weißen Pariserinnen Josephine Baker machen sollten. Er rätselte, ob das nicht auch Dodos Motiv war. Ihre Suada gegen deutsche Missionare und die Errungenschaften der Zivilisation hatte ihn stutzig gemacht. War auch sie ein Opfer des *Siegs der Neger über die Weißen,* von dem die Feuilletonistin geschrieben hatte?

Der Hotelbesitzer gesellte sich zu ihm. Er ließ einen Sherry servieren und antwortete mit sichtlicher Freude auf Dolphins Fragen zur Geschichte des Bauwerks und seines deutschen Erbauers. In bestem Englisch erzählte er von dessen Zucht mit Vollblutpferden, die ihm die Heirat mit einer vermögenden Amerikanerin ermöglicht habe, bis ihn während einer Schiffsreise nach Europa die Nachricht vom Ausbruch des Weltkriegs erreicht hatte. Daraufhin sei er festgenommen und nach Südamerika verbracht worden, wo es ihm gelungen sei, der Internierung zu entfliehen und nach Deutschland zu reisen. »Dort«, so sagte der Schwede und sah Dolphin in die Augen, als ob er dessen Reaktion prüfen wolle, »hat er sich unverzüglich zum Kriegsdienst gemeldet und ist zwei Jahre später in Frankreich gefallen.«

»*Bad luck*«, sagte Dolphin, was sein Gegenüber zum Lachen brachte, und wollte dann wissen, wie es der amerikanischen Gattin erging.

»Die ist«, entgegnete der Schwede mit einem zweideutigen Lächeln, »nicht mehr ins Land zurückgekehrt und hat nach dem Krieg das Anwesen an meinen Vater verkauft.« Der Vater, fuhr er fort und nippte an seinem Sherry, habe sich allerdings bald in einem finanziellen Engpass befunden. Das Gebäude und die Zucht seien verfallen, die Pferde in die Wüste geflohen, wo einige seltsamerweise überlebt hätten, und deren Nachkommen könne man dort bis zum heutigen Tage finden, was im Übrigen einem Wunder gleichkomme. »Jedenfalls«, sagte er und lachte, »habe ich selbst irgendwann die wunderliche Idee verfolgt, mich der Hinterlassenschaft meines Vaters anzunehmen, und so habe ich den Betrieb in Göteborg verkauft, um mich in diesem herrlichen Land niederzulassen.« Er goss Dolphin noch ein Glas ein und prostete ihm zu. Und er schloss mit der Bemerkung, dass es bestimmt auch für die Leser des Daily Standard von Interesse sei, von diesem überaus geschichtsträchtigen Ort zu erfahren, vor allem, weil er nun zum British Empire gehöre und angelsächsischen Touristen allen Komfort böte, den man der Wildnis habe abtrotzen können.

Dolphin musste an die Vertreibung aus dem Paradies denken, als er aus dem Schattenreich des Hauses in die Sonne trat. Dodo und Auguste saßen bereits im Wagen. Zu seiner Überraschung sah er, wie Adolf tatsächlich mit zwei Taschen in jeder Hand den Vorplatz überquerte und den Kofferraum öffnete. Dem Chauffeur schien die Hitze gar nicht zuzusetzen. Es kam einem geradezu spielerisch vor, wie er das schwere Gepäck verstaute. Dann hielt er die Tür auf, worauf Dolphin sich in den Sitz fallen ließ.

Er schnappte nach Luft. Schon nach den wenigen Schritten war er erschöpft. Resigniert wischte er sich den Schweiß von der Stirn. Und so langsam fragte er sich, ob diese Kurzatmigkeit nicht auch eine Hypothek seines Vaters sein mochte. Viel zu früh war der an einem Herzinfarkt gestorben, wie zuvor schon der Großvater. Eines jedenfalls war klar: Gleich nach der Rückkehr würde Dolphin sich untersuchen lassen, am besten bei Spezialisten in der Charité.

Wie auf einer Leinwand zog draußen die feindliche Landschaft aus Geröll und Sand vorbei, bis plötzlich dürre Wesen auftauchten. Ihre Schemen zitterten in der flüssigen Luft. Kurz glaubte er, es sei eine Fata Morgana, doch dann erkannte er, dass es sich um jene Wildpferde handeln musste, von denen der Schwede gesprochen hatte.

Adolf schaute in den Rückspiegel, als wollte er ihm ein Zeichen geben. Dann drückte er aufs Gas, bis die Herde in einer Staubwolke verschwand.

Ein spiegelnder Fleck tauchte auf, der immer größer wurde und sich letztendlich als Wasserloch entpuppte. Adolf stoppte. Mit geschäftiger Miene stieg er aus, um zwei Proviantkisten in der Nähe der Tränke aufzustellen. Und dann bat er seine Gäste, die Kameras zu zücken und auf die Podeste zu steigen, um die Pferde beim Saufen besser ablichten zu können.

Dolphin wollte wissen, wie die Tiere in die Wüste gekommen waren. Es handle sich um Mischlinge, erwiderte Adolf, die, nach den Gefechten des Jahres 1915, aus den entlaufenen Pferden der deutschen Truppen, jenen der südafrikanischen Armee und des früheren Gestüts hervorgegangen seien. Kaum mehr als ein Jahrzehnt habe es gedauert, bis diese Vollblüter verwilderten und sich hier festgesetzt hatten, wo sie eigentlich nicht hingehörten, doch es sei ein bedrohtes Leben, das eine Dürre jederzeit auslöschen könnte.

Dodo legte gerade den Film ein, als die Herde auftauchte. Dolphin nahm das Fernglas und beobachtete die Tiere, die ihre Köpfe in das Wasserloch senkten. Sie hatten ausgemergelte Fratzen. Man glaubte schon zu sehen, wie sich der Schädel unter dem Fell abzeichnet und das Gerippe des Mauls.

Nachdem sie unentwegt fotografiert hatte, wechselte Dodo den Film. Als die Herde sich wieder in dem zitternden Hitzeschleier auflöste, ging sie zurück zum Auto, während sich der Chauffeur die Proviantkisten schnappte und sie im Kofferraum verschwinden ließ.

Schweißnass saß Dolphin im Fond und atmete schwer. Wieder musste er an seinen Vater denken. Er hatte ihn, wenn er es recht bedachte, niemals Radfahren oder Rasenmähen sehen. Winston Dolphin war der Inbegriff des Wissenschaftlers, der körperliche Tätigkeiten strikt gemieden und sich stattdessen in seine Bibliothek verkrochen hatte, umsorgt von der Frau, der Sekretärin, der Haushälterin, dem Gärtner, den sie sich, wie zeitweise den Chauffeur, in den letzten Jahren in England geleistet hatten. So viele dienstbare Geister in solch einem kurzen Leben.

Mit einem Mal kam ihm die Philosophievorlesung in Oxford in den Sinn, in der es um Hegels Dialektik von Herr und Knecht gegangen war. Er hatte damals kaum etwas verstanden, aber ein Satz war ihm im Gedächtnis geblieben, wie in Marmor gemeißelt.

Der Knecht ist die Wahrheit des Herrn.

Dick Seawood, sein Ruderkamerad, der später in Oxford Philosophie lehren sollte, versuchte, ihm in einfachsten Worten die vertrackte Materie näherzubringen. Er sprach vom Herrn, der sein Selbstbewusstsein aus der Tatsache bezieht, dass er vom Knecht als solcher anerkannt wird. Doch der Herr arbeitet nicht, im Gegensatz zum Knecht, und der gewinnt sein Selbstbewusstsein im Laufe der Zeit nicht mehr nur aus der Tatsache, für jemand anderen zu arbeiten, sondern gelangt durch die Arbeit selbst zur Herrschaft über die Natur. Er wird frei, während der passive, rein genießende Herr gefangen ist. Zum Beispiel in seiner Lethargie, dachte Dolphin und tupfte sich mit einem Taschentuch den Schweiß von der Stirn. Oder in der Hitze, einer Herzschwäche. Wenn man Adolfs Elan betrachtete, war klar, wie wenig schmeichelhaft die Rollenverteilung gerade ausfiel. Glaubte man Marx und den Kommunisten, dann war es bald aus mit jenen Verhältnissen, die sich so deutlich in Südwest abzeichneten. Aber eine Revolution konnte auch nicht die Lösung sein, wenn man nur in Richtung Sowjetunion schaute, wo Zehntausende von Andersdenkenden umgebracht worden waren. Wenn die Knechte zu Herren wurden, kannten sie keine Gnade.

Dolphin trank einen Schluck Wasser. Er glaubte, im Flimmern der Luft die Pferde zu sehen. Er spürte einen leichten Schwindel, dann krampfte sich das Herz zusammen. Er griff sich an die Brust, bis das Stechen nachließ und schließlich verschwand.

Kein Schweißtropfen verunzierte Adolfs Gesicht. Aufrecht saß er am Steuer, mit jenem provozierenden Selbstbewusstsein, dass ihn an Mrs. Hanbury denken ließ. Aber was hatte das alles mit Hegel zu tun? Er wurde müder und müder und hörte die Stimme des Philosophieprofessors, der sich in immer spitzfindigeren Betrachtungen über *master and slave* verlor, und in das Gemurmel mischte sich das Gelächter Jonathan Seawoods, der offenbar einen ziemlich unanständigen Witz riss, bis auch dessen Worte in einem schwarzen Loch verschwanden.

II

Dolphin fühlte sich wie gerädert, als sie in Keetmanshoop ankamen. Die meiste Zeit hatte er geschlafen, nur ab und zu war er aufgewacht, wenn die Piste ruppiger oder ein Flussbett durchquert wurde. In den wenigen Pausen blieb er meist in der Nähe des Wagens, statt sich die Beine zu vertreten, und beobachtete, rauchend, trinkend, wie Adolf Reifen wechselte oder Öl nachfüllte.

Sie hielten vor dem Hotel Modderfontein. Während Adolf und Auguste das Gepäck ausluden, betrat Dolphin das Foyer. Er betätigte die Glocke und wartete. Nach einer Weile erschien ein unrasierter Mann und stellte sich als Erich Knobloch vor. Der Besitzer trug ein verschwitztes Unterhemd und sobald er den Mund öffnete, entblößte er ein schadhaftes Gebiss. Er stank nach Alkohol und beugte sich über eine

Kladde, um die Nummern der Pässe zu notieren. »Ein Brite und eine Deutsche«, murmelte er und grinste verächtlich, »friedlich vereint in Südwest.«

Das Zimmer war ebenso schmuddelig wie der Inhaber, doch Dodo fehlte die Kraft, Anstoß daran zu nehmen. Achtlos stieß sie die Tür zum Badezimmer auf, zog sich vorsichtig aus und betupfte mit einem Waschlappen die verbrannten Stellen. Mit gespitzten Lippen trug sie Nivea-Creme auf, so als wollte sie gleich etwas sagen und die Wunden wie eine Heilerin besprechen.

Nachdem sie sich ein Nachthemd übergezogen hatte, brachte Dolphin ihr ein Glas Wasser. Er öffnete die Fensterläden, schloss sie wieder. Es war draußen noch viel zu heiß.

Er holte den Flachmann aus dem Rucksack und goss Whisky in den Becher. »Ein Schlückchen täte dir bestimmt gut«, sagte er, doch sie reagierte nicht. Ihm fiel nichts ein, wie er sie aufmuntern könnte. Und als er begann, *Ja, bei den Hottentotten* zu summen, fegte sie mit einer Bewegung das Glas vom Nachttisch und befahl ihm, auf der Stelle damit aufzuhören.

Langsam bückte er sich und hob das Glas wieder auf. Er musste nachsichtig mit ihr sein. Er widerstand dem Impuls, ihr zu sagen, die Nama hätten schließlich zuerst die Gegend um Keetmanshoop besiedelt, und die würden im Deutschen nun einmal als Hottentotten bezeichnet.

»Das ist nicht witzig, Dolphin«, flüsterte sie, als ob sie seine Gedanken lesen konnte, und da war klar, dass er unverzüglich handeln musste.

Behutsam schloss er die Tür und ging zur Rezeption, wo er Knobloch, begleitet vom ostentativen Zücken seines Portemonnaies, dazu bewegen konnte, einen Arzt zu rufen.

Als er zurückkehrte und ihr mitteilte, er habe einen Arzt verständigt, erwartete er ihren Protest, doch sie warf ihm einen Blick zu, aus dem Dankbarkeit sprach. »Kann ich etwas für dich tun«, fragte er sie. »Ein Glas Wasser? Ein Aspirin?« Sie schwieg.

Dolphin ließ sich in dem verschlissenen Polstersessel nieder und wartete. Er griff nach seiner Aktentasche und holte den Reiseführer heraus. Im schwachen Schein der Lampe blätterte er darin und stieß auf jene Anstreichungen, die er vor wenigen Wochen vorgenommen hatte. Er hatte sich richtig erinnert. Die Ursprünge der Stadt gingen auf die Besiedelung durch einen Stamm der Nama Ende des vorletzten Jahrhunderts zurück. Dieser bezog an den Ufern des Swartmodder ein neues Weidegebiet, das damals Modderfontein genannt wurde. Daher also der Name des Hotels, dachte Dolphin, ein Name, den Buren vor langer Zeit ersonnen haben mochten.

Er füllte Whisky nach, nahm einen Schluck, bevor er den Zeigefinger befeuchtete, um die Seite umzuschlagen. Der eigentliche Ort Keetmanshoop, so stand da zu lesen, wurde erst 1866 als Station der Rheinischen Mission gegründet, finanziell ermöglicht durch den in Hamburg geborenen Kaufmann Johann Keetman. So entstand nach und nach eine deutsche Siedlung, der zwei Jahrzehnte später ein Fort für die Schutztruppen hinzugefügt wurde, das später der örtlichen Polizeistation weichen musste. In dieser ehemaligen Feste Keetmanshoop würden sie morgen Hans Lichtenecker treffen, der sich dort mit seinen Mitarbeitern einquartiert hatte.

Dolphin fuhr auf, als es an der Tür klopfte und der Arzt hereinkam. Dr. Neeskens sprach exzellentes Deutsch mit holländischer Färbung. Mit seiner Lockenmähne, dem kunstvoll geschlungenen Seidentuch samt Hornbrille wirkte er wie ein Künstler, den es in eine Räuberhöhle verschlagen hatte. Aufmerksam besah er sich die verbrannten Stellen. Mit feingliedrigen Fingern, die an einen Pianisten erinnerten, strich er über die aufgeplatzte Haut, bis er nüchtern seine Diagnose formulierte. »Sie gehören eindeutig zum winterblassen Hauttyp eins«, sagte er, »typisch für Mittel- und Nordeuropa, und diese Personen haben nun einmal die kürzeste Eigenschutzzeit überhaupt. Wie lange waren Sie in der Sonne?«

»Ungefähr anderthalb Stunden«, entgegnete sie kleinlaut, »vielleicht auch zwei, um die Mittagszeit herum.«

Sein Blick verfinsterte sich. »Nach höchstens zehn Minuten«, so erklärte er und deutete auf seine Armbanduhr, wobei er die Zeitspanne mit einer eleganten Bewegung des Zeigefingers über das Zifferblatt veranschaulichte, »wird es kritisch für Sie. Wie haben Sie den Sonnenbrand behandelt?«

»Mit Nivea-Creme«, flüsterte sie.

»Oje«, entfuhr es Neeskens. »Das ist die völlig falsche Therapie.« Er rückte die Hornbrille zurecht und erklärte, Nivea komme zwar, wie Lateiner wüssten, von *niveus,* Schnee, und bedeute also in etwa *Die Schneeweiße,* aber für ihre schneeweiße Haut sei sie das Allerfalscheste im Falle eines Sonnenbrands. Nur Kühlung helfe. Und dann ging er ins Badezimmer und kehrte mit feuchtkalten Umschlägen zurück, mit denen er die versehrten Stellen versorgte. Zum Abschluss überreichte er ihr eine *Lotio alba spirituosa,* hielt sie mit seinen Pianistenfingern wie eine Kostbarkeit in die Höhe und verwies auf den ausgeprägt kühlenden Effekt, der durch Zusatz von Ethanol erreicht wurde. Und dann verordnete er mit ernster Miene, dass für drei Wochen auf jede weitere Sonnenexposition verzichtet werden sollte.

Sie wollte aufbegehren, doch der Arzt bedeutete ihr zu schweigen. »Glauben Sie mir, es ist das Beste für Sie.«

Dolphin entlohnte Neeskens großzügig und begleitete ihn nach unten. Kurz bevor er sich verabschiedete, steckte ihm der Doktor seine Visitenkarte zu und sagte: »Keine Sonne, dann wird das schon.«

Durch eine Glastür, die sich neben der Rezeption befand, fiel noch Licht. Er betrat einen handtuchbreiten Raum, der sich als Bar herausstellte. Knobloch stand hinter dem Tresen und winkte ihn herbei. Sonst war niemand zu sehen. Der Besitzer schien selbst sein treuester Gast zu sein. Unaufgefordert holte er eine Flasche hervor und schenkte ihm Brandy ein. Höhnisch lachend stieß er mit ihm an und sagte: »Na denn Prost, Landsmann.« Und dann erklärte er lang und breit, dass er seit einigen Jahren nun als *British by naturalisation* gelte, exakt so, wie die automatische Einbürgerung der ansässigen Deutschen im Londoner Abkommen festgelegt worden sei.

»Wie viele Deutsche wohnen in Keetmanshoop?«, fragte Dolphin und wandte sein Gesicht zur Seite, um dem üblen Atem auszuweichen.

»Um die achttausend«, entgegnete Knobloch. Die Buren stellten allerdings die Mehrheit unter der weißen Bevölkerung, und die gebürtigen Engländer, die bildeten traditionell das Schlusslicht. Und dann begann er auf die Buren zu schimpfen, die ihm dieses schäbige Loch verkauft hätten, und außerdem viel zu viele Kinder bekämen und alles verlottern ließen.

Dodo schlief, als er ins Zimmer zurückkam. Langsam ließ er sich in den Polstersessel sinken. Drei Wochen keine weitere Sonnenexposition. Was mochte das bedeuten? Konnte sie etwa nicht arbeiten? Das wäre ein Desaster. Was würde Professor Fischer sagen, wenn keine Fotos gemacht wurden? Was Lord Bakerfield? Der ihm sogar zwei Wochen Sonderurlaub gewährt und die Safari bezahlt hatte?

Hiro wäre das nicht passiert. Er musste daran denken, wie der sich nach Art der Wüstenlegionäre mitten in der Zivilisation der Reichshauptstadt, mit riesigem Mützenschild und extralangem Nackenschutz gegen die Sonne verteidigt hatte. Auch Japanerinnen schützten sich mit allen Mitteln. Die Mitarbeiterinnen der Berliner Botschaft hielten jedenfalls beim Sommerempfang stets reich verzierte Sonnenschirme in der Hand, wenn sie auf dem Rasen standen und kichernd Konversation machten.

Was mochte Hiro darüber denken? Er hielt sich strikt mit seinen Meinungen zurück. Aber hätte er auch Freude daran, Brody oder Adolf zu porträtieren? Dolphin hatte vor nicht allzu langer Zeit auf Hiros Schreibtisch einen Artikel entdeckt, den dieser aus dem Sunday Standard ausgeschnitten hatte. Mit Lineal und rotem Stift hatte er dort die Aussagen eines hochrangigen japanischen Generals unterstrichen, der die Stärke seiner Armee betonte und ohne Umschweife erklärte, dass seine Nation der amerikanischen schon allein deshalb überlegen sei, weil diese von *Negern und hispanischen Einwanderern ethnisch verunreinigt werde*.

Dolphin trank nun direkt aus dem Flachmann und spürte, wie der Alkohol zu wirken begann. Er ärgerte sich über diese müßigen Spekulationen. Was hatte er mit Japan zu schaffen? Dodo war jetzt seine Fotografin, und morgen sollten die Aufnahmen in der Polizeistation beginnen.

Die Untersuchungen dauerten vermutlich viele Stunden und konnten unmöglich die ganze Zeit unter freiem Himmel stattfinden. Wahrscheinlich hatte Lichtenecker einen separaten Raum eingerichtet, in den er seine Probanden nach und nach hereinbat, um sie zu vermessen. Wahrscheinlich gab es auch einen Ventilator. Dolphin hatte jedenfalls einen gesehen, im Büro des Zolls, am Flughafen in Windhuk. Der Gedanke besänftigte ihn. Es würde schon alles gut gehen.

An Dodo würde es nicht liegen. Wie hatte sie darum gekämpft, dass Auguste mitkam, um ihr zu assistieren. Ihr brennender Ehrgeiz hatte nicht nachgelassen, trotz ihres kometenhaften Aufstiegs. Die Arbeit in Südwestafrika war Neuland für sie. Nicht im Atelier, sondern im Felde, wie die Anthropologen zu sagen pflegten. Und davon würde sie auch als Künstlerin profitieren. Ob es einem passte oder nicht: Sie befanden sich in einem Zeitalter, in dem Avantgardisten zu Reportern wurden und sich in die Wirklichkeit hinauswagten, sei es, wie Hemingway an die italienische Front, oder in die Lüfte, wie der faschistische Dichter D'Annunzio mit seinem halsbrecherischen Propagandaflug über Wien, kurz vor Ende des Kriegs.

Dolphin war viel zu müde, um sich noch zu waschen. Er zog seine Kleider aus und legte sich neben Dodo. Sie schlief noch immer. Dr. Neeskens musste über heilende Hände verfügen. Mit den Umschlägen sah sie aus wie eine Schwerverletzte.

Er lächelte. Die Nivea-Creme hatte sie vorhin in den Papierkorb gedonnert, als sei die an allem schuld. »Die Schneeweiße«, hatte der Arzt gesagt.

Er schloss die Augen. Und wie immer, wenn er viel getrunken hatte, begannen die Schleifen in seinem Gehirn. Sie kreisten um das Wörtchen Schneeweiße, bis es von der Stimme Fürstenaus überlagert wurde, der von Schneeweißchen gesprochen hatte und der Königin der Nacht, und das Schneeweißchen trage, wenn sie Freier empfange, eine blonde Perücke, hatte er gesagt, und die Schleifen drehten sich immer schneller, bis er die Augen aufschlug und sich zur Ruhe zwang. Es war einfach lächerlich, wie Fürstenau ihn mit seiner Rittmeisterobsession bis in den hintersten Winkel Afrikas verfolgte.

Dodo stöhnte leise, dann war es wieder still. Er schloss die Augen. Ihre Haut brauchte Feuchtigkeit, viel Feuchtigkeit. Und dann tauchte der Nebeltrinker-Käfer auf, der in der Nacht winzigste Tröpfchen aus der Luft saugte und sich vom Tau benetzen ließ, ein Überlebenskünstler, inmitten der absoluten Trockenheit.

12

Am folgenden Morgen wälzte Dolphin sich nach quälenden Träumen im Bett hin und her. Schließlich stand er auf, ging ins Bad und öffnete das Fenster. Alles sah noch schmutziger aus als bei Nacht. Es nützte nichts, er musste sich rasieren. Er schäumte sein Gesicht ein, um sich zuerst dem linken Sektor zu widmen.

Knobloch sollte sich erst einmal um die Hygiene in seinem Hotel kümmern, anstatt auf das Empire und die Buren zu schimpfen. Er hatte offenbar noch immer nicht den Verlust der Kolonie verwunden. Wie den Fakt, nun als *British by naturalisation* zu gelten. Auf diesen Landsmann konnte man getrost verzichten.

Als Dolphin die rechte Gesichtshälfte in Angriff nehmen wollte, rutschte ihm das Rasiermesser ab. Er fluchte und sah, wie sich das Blut mit dem weißen Schaum vermischte. Rasch wusch er sich das Gesicht, tupfte die Stelle mit einem Stück Papier ab und klebte ein Pflaster darüber.

Plötzlich stand Dodo hinter ihm. Über ihr Gesicht huschte ein schiefes Grinsen, als sie sein Malheur bemerkte. Ebenso schnell war es verschwunden. Ihre Belustigung wich einer Gereiztheit, die sie nur mit Mühe verbergen konnte. Im Bad entfernte sie die Verbände, massierte mit den Fingerspitzen die Lotion ein, schlüpfte vorsichtig in eine weite Leinenbluse. Dann öffnete sie den Koffer. Nach einigem Suchen beförderte sie einen hauchdünnen Netzschleier zutage, den sie mit fahrigen Bewegungen an ihrem Sonnenhut befestigte.

»Bitte sag nichts«, zischte sie, als sei er Zeuge einer Demütigung.

Er musste sich umdrehen, um nicht laut herauszulachen.

Schließlich setzte Dodo sich den Sonnenhut auf und zog den Schleier vors Gesicht. Sie sah trotzig aus. Eine Mischung aus Diva, Imkerin und Braut.

»Auf gehts zum Altar«, sagte sie mit einem sarkastischen Lachen. »Hat der Herr Bräutigam auch die Ringe nicht vergessen?«

»Jetzt reicht's, Dodo«, erwiderte Dolphin in scharfem Ton, »hör endlich auf mit dem Theater.« Krachend warf er die Tür zu. Dann lief er wutentbrannt nach unten.

Schweigend standen sie vor dem Hotel. Wenn alles überstanden war, würde er mit ihr reden müssen. Er war es leid. Er hatte sich so viel von dieser Reise erhofft. Doch immer wieder verfiel sie in alte Muster. Erst hatte sie sich auf widerwärtige Weise über seinen Heiratsantrag lustig gemacht. Und jetzt verhöhnte sie ihn damit. Warum tat sie das? Wenn es keine Hoffnung auf Veränderung gab, musste das Ganze irgendwann beendet werden.

Pünktlich kam der Wagen um die Ecke. Mit zeremonieller Bedachtsamkeit stieg Adolf aus, um die Türen zu öffnen. Dolphin rätselte, wo sie geschlafen haben mochten. Im Auto, im Zelt? Zum Arrangement gehörte offenbar, dass kein Wort darüber verloren wurde. Klar war jedenfalls, dass ihnen die gewöhnlichen Hotels nicht zur Verfügung standen.

Auguste begrüßte sie mit ihrem breiten Lachen. Als sie die eisige Stimmung bemerkte, gab sie Adolf ein Zeichen, loszufahren. Es schien, als bemühe sich auch ihr Cousin darum, die Atmosphäre aufzulockern. Bei einem Stopp vor einer Kirche erwies er sich als äußerst gesprächig und erklärte den Gästen, das Bauwerk sei von jenem deutschen Architekten errichtet worden, der auch das Herrenhaus erbaut habe, in dem sie kürzlich genächtigt hatten. Und als sie an der Missionsschule vorbeifuhren, gab er preis, er selbst habe sie als Junge eine Zeit lang besucht und in bester Erinnerung behalten.

Wenig später hielten sie in der Nähe der Polizeistation. Wie eine Festung lag das stacheldrahtbewehrte Gebäude in der Sonne. Als Dodo die Wagentür öffnete und aussteigen wollte, stolperte sie und fiel zu Boden. Dolphin hörte ihren Schrei, gefolgt von einem Fluch, doch sie ließ sich nicht von ihm aufhelfen. »Alles in Ordnung«, herrschte sie ihn an. Sie richtete sich auf und betrachtete kopfschüttelnd das Schlagloch, das sie zu Fall gebracht hatte. Nachdem sie sich den Staub aus den Kleidern geklopft hatte, drückte sie Auguste die Taschen mit der Fotoausrüstung in die Hand. Schweigend humpelte sie in Richtung des Gebäudes, gefolgt von ihrer Assistentin und Dolphin.

Hans Lichtenecker empfing sie in der Küche des Polizeireviers. »Ich habe hier«, sagte er mit lauter Stimme, als spräche er zu einem großen Publikum, »mein Standquartier aufgebaut. Und hier führen wir die anthropometrischen Messungen durch für mein Archiv der aussterbenden Rassen.« Der Raum glich einer dunklen Höhle. Ausdünstungen von Schweiß und undefinierbare Küchengerüche lagen in der Luft. Lichtenecker schien sich nicht daran zu stören. Im Gegenteil, etwas Fanatisches war in seinem Blick, wie es Dolphin des Öfteren bei Menschen beobachtet hatte, die nach langen Irrfahrten endlich ihre wahre Berufung gefunden zu haben glaubten, und wenn er sprach, nickte er beständig, als wolle er beim Gegenüber sofortiges Einverständnis erzwingen.

Dodo hatte die Arme vor der Brust verschränkt und schaute ihn mürrisch an. Es war nicht zu übersehen, dass sie den Forscher nicht ausstehen konnte, was auch der Tatsache geschuldet sein mochte, dass er ihre Assistentin wie Luft behandelte und ihr auch keinen Platz anbot, bis diese nach wenigen Minuten den Raum verließ, um draußen zu warten.

Lichtenecker goss dünnen Kaffee in die Becher und entschuldigte sich, keinen Imbiss anbieten zu können. »Aber so ist es nun einmal im Felde, man muss im Dienste der Wissenschaft Entbehrungen auf sich nehmen, und das dürfen die Leser des Daily Standard ruhig erfahren, denn Expeditionen auf fremden Kontinenten fordern nun mal ihren Preis.« Wieder lachte er laut auf, bevor er fortfuhr, über seine Forschungen zu sprechen.

»Wo sind denn Ihre Mitarbeiter?«, fragte Dolphin, um Dodos feindseliges Schweigen zu überspielen.

»Die sind«, entgegnete er mit sichtlichem Stolz, »in meinem Auftrag in die umliegenden Wohnquartiere ausgeschwärmt, um die Delinquenten« – und bei diesem Wort konnte er sein Amüsement nicht verbergen – »herbeizuschaffen.« Und dann sprach er über den beträchtlichen Aufwand, der betrieben werden müsse, um an jenes Menschenmaterial zu gelangen, das er für seine Untersuchungen brauche. Freiwillige hätten sich nicht gefunden, und so sei er dazu übergegangen, die Probanden in deren Siedlungen auszusuchen, um sie dann zur Polizeistation zu bringen. Erst da begriffen sie, wozu man sie geholt hatte, wurden gelegentlich widerspenstig, wie Lichtenecker grinsend bemerkte. Es könne schon passieren, dass man einen schimpfenden Hottentotten etwas härter anfassen müsse, um ihn zur Schlachtbank zu führen. In diesem Fall beginne er schnellstmöglich mit dem Auftragen der Gipsmasse. Sobald er einen Strich über den Mund gezogen habe, höre in der Regel auch das Gezeter auf. Außerdem trage die Umgebung und die Anwesenheit der Polizei dazu bei, dass die meisten die Prozedur ohne größeren Widerstand über sich ergehen ließen.

Stumm ging Dodo hinaus. »Was hat sie?«, fragte Lichtenecker und schaute ihn irritiert an. »Ist ihr nicht wohl?«

Dolphin entgegnete, sie treffe mit ihrer Assistentin die notwendigen Vorbereitungen.

»Eine Eingeborene als Assistentin?« Der Forscher sah ihn zweifelnd an. Er hoffe nur, dass das die Arbeit nicht zusätzlich verkompliziere.

Dolphin hielt es für angezeigt, das Thema zu wechseln, und fragte, wann die Tonaufnahmen an der Reihe seien.

»Am Schluss der Untersuchungen«, erwiderte Lichtenecker und sein Mienenspiel begann sich bei dieser Auskunft wieder zu beleben. »Zur Sicherheit benutze ich *zwei* Phonographen.«

»Das hat mir Professor Fischer bereits mitgeteilt«, sagte Dolphin. »Der hat mich auch gebeten, ein Aufnahmegerät samt den Wachswalzen nach Berlin mitzunehmen, um es bei ihm persönlich abzugeben.«

»Ja, so ist es vereinbart.« Lichtenecker strahlte. Obgleich er die Tonaufnahmen selbst nicht verstehen könne, fuhr er fort, schon gar nicht die diversen Khoisansprachen im südlichen Afrika, sei es doch unerlässlich, die Stimmen der verschiedenen Sprecher zu klassifizieren und zu archivieren. In diesem Zusammenhang sei er ihm äußerst verbunden, dass er nicht nur berichte, sondern auch tätige Hilfe bei der Sicherung wertvollen Quellenmaterials leiste.

Kurz darauf fuhr ein Lastkraftwagen vor, auf dessen Ladefläche eine Handvoll Schwarzer zusammengepfercht war. In rüdem Ton befahl ein Gehilfe Lichteneckers den Leuten, abzusitzen und ihm zu folgen. Verängstigt schauten sie ihn an, flüsterten untereinander. Offenbar wussten sie nicht so recht, was sie tun sollten. Lautstark begann der Gehilfe zu schimpfen und deutete in Richtung des Küchentrakts, vor dem ein kleiner Bereich mit einer Kordel abgetrennt war. Hier, in der prallen Sonne, hatte ein jeder zu warten, bis er zur Untersuchung hereingerufen wurde.

Dolphin wurde unruhig. Wo war Dodo? So schnell er konnte, lief er zum Wagen. Nicht weit davon entfernt, im Schatten einer Mauer, saß sie und machte Notizen. Dann sah sie auf und blickte zu Dolphin, ohne sich zu rühren. »Komm schon«, schrie er, »ich brauche dich jetzt.«

Widerwillig erhob sie sich. Dann gab sie Auguste, die im Wagen saß, ein Zeichen, ihr zu folgen.

In der Küche wurde gerade ein klapperdürrer Mann vermessen. Er hatte silberweißes Haar, trug eine geflickte Latzhose und zitterte am ganzen Körper. Lichtenecker ließ sich nicht davon beeindrucken und befahl ihm, in die Kamera zu schauen. »So kann ich nicht fotografieren«, schnauzte er seinen Gehilfen an, der den Schwarzen packte und dessen Kopf mit einer rabiaten Bewegung in Richtung Objektiv drehte. Der alte Mann erstarrte, murmelte ein paar Worte, bis er wieder verstummte.

Ungläubig beobachtete Dodo die Szenerie. Sie saß auf einem Stuhl, hinter ihr stand Auguste. Die beugte sich schließlich herab und flüsterte ihr etwas ins Ohr. Dolphin, der sich neben Dodo auf einem Hocker niedergelassen hatte, wurde immer nervöser und stieß sie in die Seite. »Fang endlich an.« Mit verschränkten Armen saß sie da und rührte sich nicht. »Ich werde mir«, sagte sie schließlich in drohendem Ton, »das Ganze erst einmal anschauen.«

Dolphin konnte es nicht fassen. Er ging zum Wagen, um die Leica zu holen. Als er mit der Kamera zurückkehrte, was ihm einen verächtlichen Blick Dodos eintrug, begann er, die nächsten Schritte zu fotografieren. Erst klassifizierte Lichtenecker den Farbton der Haut und nannte seinem Gehilfen eine Zahl, die dieser in eine Liste eintrug. Dann nahm er Fingerabdrücke und schließlich eine Haarprobe.

Dodo flüsterte die ganze Zeit mit Auguste, was den Forscher zu stören schien, denn unvermittelt drehte er sich um und wandte sich an Dolphin. »Die Eingeborene muss auf der Stelle gehen.« Dodo protestierte lautstark. Auguste sei ihre Übersetzerin und Assistentin, und die sei unabdingbar für ihre Arbeit. Lichtenecker verbarg seinen Groll nun nicht mehr. »So kann ich nicht arbeiten. Falls sie nicht verschwindet, müssen wir uns sofort trennen.«

Dodo wollte sie aufhalten, doch Auguste war bereits hinausgegangen. Sie sah zu Dolphin. »Na los«, schrie sie ihn an, »gehen wir.«

Es kostete ihn unendliche Mühe, nicht zurückzuschreien. Es galt, ruhig Blut zu bewahren. Eindringlich schaute er sie an, ohne Hoffnung, dass sie sich beruhigen würde, doch er wusste nicht, wie ihm geschah, sie schüttelte den Kopf und ging hinaus.

Lichtenecker sah ihr nach und verdrehte die Augen. Dann begann er mit den Vorbereitungen für die Abdruckmaske. Der Schwarze beobachtete ängstlich, wie Gipsbinden zugeschnitten und in eine Schüssel mit Wasser gelegt wurden. Als der Forscher die Vaseline auftragen wollte, wich der Greis zurück und hielt sich die Hände vors Gesicht, bis der Gehilfe herbeisprang und ihn anschrie, er solle gefälligst stillhalten. Dann band er ihm die Hände hinter den Rücken, worauf der Alte wieder am ganzen Leibe zu zittern begann.

Er schien sich nun in sein Schicksal zu fügen. Nur leicht wich er zurück, als die erste Gipsbinde aufgelegt wurde. Er atmete unruhig. Als sein Mund immer mehr eingekreist wurde, geriet er in Panik und stieß einen lauten Schrei aus. Wie aus dem Nichts tauchte plötzlich Dodo auf. Mit der Kraft einer Furie stieß sie Lichtenecker weg, dass dieser fast zu Boden fiel. Unablässig brüllte sie wüste Schimpfwörter, bis Dolphin einschritt und sie mit beiden Händen umklammert hielt. Verzweifelt versuchte sie sich zu wehren, doch es gelang ihr nicht, sich aus seinem Griff zu befreien. Weitere Gehilfen kamen herbei und umringten sie. »Jetzt aber raus«, brüllte Lichtenecker. Eskortiert von dessen Mitarbeitern brachte Dolphin sie zur Tür.

Als er sie losließ, riss sie sich den Hut vom Kopf und rannte los. Dolphin versuchte ihr zu folgen, doch nach ein paar Schritten gab er auf. Er war es leid. Er würde ihr nicht nachlaufen. Ihr war wirklich nicht zu helfen. Niemals hätte er sie mitnehmen dürfen. Er hätte es wissen müssen, spätestens seit dem Termin bei Liebermann. Sie konnte nicht dienen. Sie dachte nur an sich.

Er sah das Schild über der Toilettentür und ging hinein. Er atmete schwer und spürte wieder diesen stechenden Schmerz in der Herzgegend. Mit der einen Hand griff er sich an die Brust, mit der anderen stützte er sich an der Wand ab. Dann öffnete er den Hahn und trank gierig, bis er sich Wasser ins Gesicht spritzte und versuchte, einen klaren Gedanken zu fassen. Er lehnte gegen die Wand. Steckte sich eine Zigarette an. Jetzt galt es zu retten, was noch zu retten war.

Nach einer Weile gab er sich einen Ruck und ging zurück. Lichtenecker saß im Kreis seiner Gehilfen und verstummte in dem Moment, als Dolphin eintrat. Der Greis war verschwunden. Auch sonst war kein Schwarzer zu sehen. Und dann setzte Dolphin sich auf einen Hocker und entschuldigte sich für ihren unverzeihlichen Amoklauf. Es bedurfte viel Redens und all seiner Überzeugungskraft, bis Lichtenecker endlich – unter der Bedingung, dass die Fotografin und die Eingeborene sich strikt von dem Gelände fernhielten – einwilligte, einen weiteren Versuch zu unternehmen.

Dolphin reichte seine Zigarettenschachtel herum, Kaffee wurde serviert, sogar eine Flasche Schnaps holte Lichtenecker aus der Schublade des Schreibtischs hervor. Schließlich gab er das Zeichen, mit den Tonaufnahmen zu beginnen.

Dolphin trank schnell den Schnaps aus und schüttelte sich. Er musste das jetzt durchstehen wie ein Mann. Ohne die Reportage könnte er keinesfalls ins Reich zurückkehren.

Nachdem die Phonographen ausgepackt und auf einem Tisch aufgebaut waren, wurde eine junge Schwarze hereingeführt. Sie trug eine dreckige Kittelschürze und starrte die ganze Zeit zu Boden. Von Zeit zu Zeit zuckten ihre Mundwinkel. Scharfe Falten zogen sich bis zum Kinn.

Der Gehilfe packte sie am Arm und bedeutete ihr, in die kegelförmigen Schalltrichter zu sprechen. Blankes Entsetzen lag in ihrem Blick. »Na los«, schrie er, »sag was.« Als sie sich noch immer nicht rührte, fuchtelte er mit dem Zeigefinger vor ihrem Mund herum, bis sie allmählich zu verstehen schien, was er von ihr verlangte. Sie senkte den Kopf, als wolle sie herausfinden, was sich in den riesigen Trichtern verbarg, und begann leise zu sprechen. Kurz darauf verstummte sie und schaute ratlos zu dem Gehilfen. »Mach weiter«, brüllte der, »sag irgendwas«, und deutete mit dem Zeigefinger auf seinen geöffneten Mund und gab brabbelnde Laute von sich. Er packte sie an den Schultern und schüttelte sie. »Das reicht«, rief Lichtenecker, und ließ die Frau hinausbringen.

Zu Dolphins Erstaunen wurde der Greis mit dem Silberhaar hereingeführt und vor den Phonographen platziert. Unsicher schaute er sich um und begann zu sprechen. Dolphin zwang sich, ein paar Fotos zu machen. Auch, als der Nächste an der Reihe war und sich zunächst weigerte, den Mund zu öffnen, bis er unter Androhung von Schlägen Aufstellung nahm und mit bebender Stimme in den Trichter sprach. Empörung und Angst standen in seinem Gesicht geschrieben. Man konnte nur mutmaßen, was die feine Nadel des Geräts in die Wachswalzen ritzte. Und dann packte ihn der Gehilfe mit einer Rohheit und Menschenverachtung, die Dolphin nur noch widerlich fand.

Er spürte wieder das Stechen in der Herzgegend und schleppte sich zur Toilette. Er spritzte sich Wasser ins Gesicht und fasste einen Entschluss. Schließlich ging er zurück und teilte Lichtenecker kurz und knapp mit, er habe nun alles Material beisammen, das er für seine Reportage benötige. Wie vereinbart werde er nun die Walzen und den Phonographen an sich nehmen, um alles in spätestens einem Monat an Professor Fischer zu übergeben.

»Wollen Sie nicht noch einen Tag bleiben?« Der Forscher musterte ihn misstrauisch.

»Ich habe alles gesehen«, entgegnete Dolphin.

Schwer bepackt stürmte er hinaus, und so schnell es ging, lief er zum Auto. Es ekelte ihn. Vor allem aber ekelte er sich vor sich selbst.

Der Wagen war verschwunden. Auch Auguste war wie vom Erdboden verschluckt. Mit Taschen und Koffern machte er sich auf den Rückweg. Kurz darauf gelang es ihm, ein Automobil anzuhalten, was ihn gegen ein beträchtliches Trinkgeld zum Hotel brachte.

Auguste wartete bereits vor dem Eingang. Sie war ganz außer sich. Nur kurz sei sie, und das mit Adolfs Wissen, auf dem Markt gewesen, um Lebensmittel zu kaufen, doch er sei einfach weggefahren. »Einfach weg«, wiederholte sie. Sie brach ab und schaute Dolphin fragend an.

»Ich bin gleich zurück«, sagte er und lief die Treppe hinauf ins Zimmer.

Mit einem Blick erfasste er, dass Dodos Gepäck verschwunden war. Auf dem Tisch lag ein Zettel. Er überflog ihn und spürte eine unglaubliche Wut in sich aufsteigen.

Mochte sie doch mit Adolf weglaufen. Ihm war es egal. In genau drei Wochen, schrieb sie, werde sie am Waterberg sein, in der reservierten Lodge. Dann könne man reden. Wie konnte sie es wagen, jetzt noch darauf zu hoffen? Er würde auf keinen Fall erscheinen. Es war aus.

Er fühlte einen Riss, der mitten durch ihn hindurch ging. Ein Riss, der alles teilte, aber wie sollte er das eine und das andere auseinanderhalten? Lüge, Wahrheit, davor und danach? Die Herzschmerzen kamen wieder. Er ließ sich in den Sessel fallen und versuchte tief durchzuatmen. Doch er wollte sich nicht beruhigen. Sie ließ ihn einfach im Stich; lief mit einem anderen davon; der wiederum Brody ersetzte, der wo auch immer verschollen war. Aber Dolphin würde sich nicht ersetzen lassen. Sie sollte wissen, dass *er* auch anders konnte. Auch er konnte betrügen. Er hatte sie satt. Er hatte sie *alle* satt. Lichteneckers Brutalität, Fischers Selbstgefälligkeit, die Machtspiele Lord Bakerfields, das alles widerte ihn an. Er würde sich nicht mehr unter Druck setzen lassen, von niemandem. Es war *sein* Leben.

Er konnte nicht sagen, wie er dazu kam, aber schlagartig war ihm klar, was er zu tun hatte. Er lief nach unten und bat die völlig überraschte Auguste, auf der Stelle einen Wagen zu besorgen. Er wolle noch heute mit ihr aufbrechen und auf eigene Faust durch das Land fahren. Er berauschte sich an dieser Redewendung, weil sie so entschlossen klang, und trug ihr auf, auch Zelte und Proviant zu besorgen, und war sicher, sie würde das alles binnen kürzester Zeit bewerkstelligen, weil man nur in ihre Augen zu schauen brauchte, um zu wissen, dass sie ihn nicht enttäuschen würde. Ohne Widerspruch nahm sie Geld und Papiere entgegen und verabschiedete sich.

Er suchte Knobloch und fand ihn in der Bar, allein hinter dem Tresen. Er lallte bereits. Doch er schien Bescheid zu wissen. »Ein Brite und eine Deutsche«, murmelte er, als er die Rechnung schrieb, »friedlich geschieden in Südwest.«

Zwei Stunden später hörte Dolphin ein Auto hupen. Als er vor das Hotel trat, sah er einen bulligen Pritschenwagen mit einem extrem hohen Radstand, wie ihm auffiel. Er wiederholte diese Formulierung. Vielleicht, weil er schon daran dachte, dass dies der Anfang einer abenteuerlichen Geschichte sein mochte, die es aufzuschreiben galt. Vielleicht suchte er auch nur nach Worten, die Bodenhaftung und Stabilität versprachen.

Lachend stieg Auguste aus und kam mit wiegenden Hüften auf ihn zu. Gemeinsam luden sie das Gepäck ein und fuhren in die hereinbrechende Nacht.

13

Als er die Augen aufschlug, lag sie neben ihm und schaute ihn an. Er strich über ihre Wange, den Hals, über Schultern, die üppigen Brüste und konnte nicht genug bekommen von ihrer Haut. Wie sie sich anfühlte, ließ sich schwer beschreiben, ebenso die Farbe. Ein Schwarz, das, je nach Lichteinfall, eine violette oder mokkabraune Tönung annehmen konnte. Dann wieder schien sich, wenn man es aus unterschiedlicher Entfernung betrachtete, die Textur zu ändern und erinnerte mit einem Mal an Torf, Schiefer oder Ebenholz. Schwarz war nicht Schwarz. Wie sich auch die Farben des Schattens veränderten, wenn die Sonne aus unterschiedlichen Winkeln durch das Blätterdach fiel und auf das Zelt traf.

Draußen war der Schrei eines Vogels zu hören. Sie hob den Zeigefinger und lächelte, als verstünde sie die Laute. Und dann bedeutete sie Dolphin, er möge die Augen schließen. Langsam begann sie, ihn zu massieren. Das Dreieck aus Planen wurde zu einem stillen Raum. Abgeschlossen von jedem Zwang, sich anstrengen oder kämpfen oder irgendetwas tun zu müssen. Schweigend überließ er sich ihren Händen.

Irgendwann erwachte er und brauchte eine Weile, um sich zu orientieren. Er rieb sich die Augen, bis er einen Hauch von Lavendel und Zitrone bemerkte. Er roch an seinen Fingern. Jetzt erinnerte er sich. Sie hatte sich mit einem Kraut eingerieben, bevor sie zu ihm gekrochen war.

Er zog Hemd und Hose über und öffnete das Zelt. Mit ihrem breiten Lachen empfing ihn Auguste und reichte ihm – wie gestern, vorgestern oder wann auch immer – einen Becher Kaffee. Seitdem er mit ihr aufgebrochen war, hatte er sein Zeitgefühl verloren. Wie lange waren sie unterwegs? Sie waren die ganze Nacht durchgefahren, wenn er sich richtig erinnerte, bis zum Nachmittag oder frühen Abend. Dann hatte sie das Zelt aufgebaut, in einer Landschaft, zu deren Bewunderung ihm Kraft und Wachheit fehlte. Sie waren hineingeschlüpft und sofort eingeschlafen, bis ihre Körper sich wortlos suchten. Immer wieder hatten sie sich geliebt, in einem ruhigen, gleichmäßigen Rhythmus, der ihn an Wellen erinnerte, die einen in eine Zwischenwelt forttrugen, wo es unmöglich schien, eine Grenze zwischen Wachen und Träumen zu ziehen. Sie war nur aufgestanden, um Wasser, Brot oder getrocknetes Fleisch aus dem Kofferraum zu holen. Irgendwann hatte es den ersten Kaffee gegeben und den ersten wachen Blick auf Palmen, Bougainvillea- und Oleanderbüsche. Man konnte es kaum glauben. Ihr Zelt befand sich inmitten einer abgeschiedenen Oase, nicht weit weg von einem Fluss, der die Illusion heraufbeschwor, er münde weiter unten in einem tosenden Wasserfall.

Dolphin trank einen Schluck Kaffee und ließ sich auf einer der Kisten nieder, die Auguste unweit des Feuerplatzes aufgestellt hatte. Auch wenn es weder Tisch noch Stuhl gab, hatte sie in der Eile des Aufbruchs an alles Nötige gedacht. Und Glück gehabt. Nicht weit weg vom Hotel hatte sie tatsächlich einen entfernten Onkel in seiner Werkstatt angetroffen, der gerade einen Unfallwagen reparierte und gegen gutes Geld zu verleihen bereit war.

Mit schwungvollen Bewegungen schlug Auguste Eier in die Pfanne und verrührte sie mit einem Holzlöffel. Dann verteilte sie alles auf dem Teller, setzte sich neben Dolphin auf die Kiste und sah ihm beim Essen zu.

Nach dem Frühstück schlug er einen Spaziergang vor. Bald gelangten sie in eine Savannenlandschaft, die ein Meer aus hellen Gräsern vor ihnen ausbreitete. Er wollte ihre Hand halten, doch sie entwand sich seinem Griff.

»Niemand kann uns sehen«, sagte er.

»Ich bin das nicht gewohnt.« Und dann bückte sie sich und riss ein Büschel Gras aus. Sie hielt es ihm entgegen. »Gibt es Silbergras auch in Deutschland?«

»Ich weiß es nicht«, entgegnete er und musste lachen.

Sie gingen weiter und kamen an mannshohen, ziegelroten Gebilden in Kegelform vorbei, die zu Dutzenden auf dem freien Feld standen. Sie erinnerten ihn an eine primitive Version des Schiefen Turms von Pisa. Auguste verstand nicht gleich. Nachdem er ihr von dem Bauwerk in Italien erzählt hatte, erklärte sie ihm, dass es sich um Termitenhügel handelte, die auch im Schatten von Büschen zu finden seien. Manchmal wänden sie sich um einen Baumstamm, als wollten sie ihn erdrosseln.

Gegen Mittag kehrten sie zurück. Als sie wieder in ihre Behausung krochen, war alle Fremdheit verschwunden. Er genoss das Spiel ihres dunklen Handrückens und der hellen Innenfläche, und diese Berührungen aus Licht und Schatten weckten eine Lust, die er noch nie verspürt hatte.

Geräuschlos schlüpfte sie hinaus. Er hörte sie hantieren, während sie das Abendessen zubereitete, und nickte wieder ein. Als er das Zelt verließ, sah er den Himmel. Schlacken aus Schwarz, Rot und Orange vermischten sich mit der Sonne, wie glühende Lava, die aus der Bewegung heraus erstarrt. Auguste hatte keine Augen für das Schauspiel. Aber es kam ihm vor, als nehme sie die Dinge auf andere Weise auf. Schweigend servierte sie Maisbrei mit Soße und reichte ihm eine Flasche Bier.

Er genoss die Ruhe, die sie ausstrahlte. Das glatte Gegenteil von Dodo, die in letzter Zeit nicht mehr in der Lage gewesen war , still zu halten. Immer wieder griff sie nach der Kamera, machte Notizen oder starrte vor sich hin, als zwinge sie sich daran zu glauben, tatsächlich hier zu sein.

Er grübelte, wo sie sein mochte. Hatte sie ihn endgültig

verlassen? Oder meinte sie es ernst mit dem Treffen am Waterberg? Es war ein unerträglicher Gedanke, dass sie auf immer fort sein würde.

Er ging zum Zelt, holte den Flachmann und bot Auguste einen Schluck an. »Nein, danke«, sagte sie, ebenso, als er ihr die Zigarettenschachtel hinhielt. Sie trank nur etwas Wasser und schürte das Feuer. Nachdem er einen weiteren Becher geleert hatte, brachte er endlich den Mut auf, sie nach ihrem Cousin zu fragen. »Was für ein Mensch ist Adolf eigentlich?«

»Das ist schwer zu sagen«, entgegnete sie. »Er ist sehr stolz.« Sie dachte nach, lächelte. »Mit Frauen hat er nichts zu tun.« Im Deutschen gebe es dafür das schöne Wort *Junggeselle* doch weder sei er gesellig noch jung, sondern vielmehr in einem Alter, in dem es seine Schulkameraden bereits zu zahlreichen Enkeln gebracht hätten. »Fest steht«, sagte sie und richtete sich auf, »dass es nicht leicht mit ihm ist.« Er halte sich für einen halben Deutschen und somit für etwas Besseres. Deshalb habe ihn kaum jemand gemocht, bis auf den Pastor in der Missionsschule, der ihn zum Studieren ins Reich schicken wollte. Doch dann habe sich alles zerschlagen und auch sein Mentor sei plötzlich fort gewesen. Und so kam die große Traurigkeit, weil mit seinem Lehrer auch eine große Liebe verschwunden sei.

»Und der Vater?«, fragte Dolphin. »Stimmt es tatsächlich, was er erzählt?«

Sie hielt inne und und schaute ihn an. »Ehrlich gesagt«, antwortete sie, »weiß ich es nicht. Vielleicht stimmt es, vielleicht nicht. Es ist so eine Sache mit Adolf.« Sie trank einen Schluck Wasser. Die Wahrheit sei schwierig herauszufinden. Aber hinter seiner großspurigen Fassade sei er immer ein Träumer geblieben, schloss sie und legte ein Stück Holz ins Feuer. Und nachdem sie ihm noch ein Bier gebracht und das Geschirr gereinigt hatte, öffnete sie mit einer einladenden Geste das Zelt.

14

Tage später trafen sie in Okahandja ein, wo Auguste endlich ihr Versprechen einlösen wollte. Sie habe ihren Onkel Hosea verständigt, der sie am Nachmittag zu einer Übung der örtlichen Truppenspieler mitnehmen würde. Dolphin horchte auf. Nach der Abgeschiedenheit in der Oase, die ihn auf eine nicht gekannte Weise erfrischt hatte, regte sich in ihm wieder die Neugier des Reporters, auch wenn er sich nicht recht vorstellen konnte, was ihn erwartete.

Zur verabredeten Zeit hielten sie vor dem Bahnhof, einem Gebäude im wilhelminischen Stil, das, wenn man dem Baedeker glauben konnte, um die Jahrhundertwende herum errichtet worden war.

Kurz darauf erschien ein hagerer schwarzer Mann in kakifarbener Uniform mit roten Schulterstücken und Schirmmütze. Zackig schlug er die Hacken zusammen, bevor er dem Gast aus Deutschland die Hand reichte und sich als *Adjutant Schmetterling von Preußen* vorstellte. Dolphin war sich nicht sicher, ob er richtig verstanden hatte. Doch dann klärte Auguste ihn darüber auf, dass jedes Regiment im Lande über seine eigenen Offiziere verfüge, die sich wiederum nach bekannten deutschen Soldaten der Kolonialzeit benannten. Das in Okahandja werde von einem *Kaiser* geführt, während sich ein Vetter Hoseas den Namen *Oberstleutnant Leutweins* und er selbst nun einmal den des *Adjutanten Schmetterling von Preußen* gab. Als er Augustes Übersetzung hörte, wiederholte Hosea lächelnd seinen *nom de guerre* und nickte dem Journalisten aus Berlin zu, bevor er das Zeichen zum Aufbruch gab.

Es dauerte nicht lange, bis sie einen sandigen Platz am Rande der Stadt erreichten. Hier hatten sich bereits mehrere Dutzend Männer in bunt zusammengewürfelten Uniformen eingefunden. Mit ihren Pickelhauben, Schulterriemen,

Tressen und Litzen erinnerten sie auf eine verwegene, wenn nicht exzentrische Weise an die kaiserlichen Schutztruppen. Statt Gewehren trugen sie Stöcke, die sie mit ernster Miene präsentierten. Hosea reihte sich ein, und dann erschollen Kommandos, denen im Wechsel strammes Marschieren und kreisende Hüftbewegungen folgten, als solle Drill und Tanz miteinander versöhnt werden.

Dolphin war irritiert, doch routiniert griff er zum Fotoapparat und machte ein paar Aufnahmen. Auguste erklärte ihm, es handle sich um das wöchentliche Exerzieren des Regiments von Okahandja. Die Übung diene als Vorbereitung für den landesweiten Hererogedenktag im August, der seit 1923, als der große Führer Samuel Maharero hier bestattet worden sei, Jahr für Jahr stattfinde. Unter den Anfeuerungsrufen der Frauen veranstalteten Truppenspieler aus allen Regionen wie damals eine festliche Parade. Im Anschluss verneigten sie sich vor ihrem Ahnherrn und nähmen durch das Berühren der Grabumrandung Kontakt mit ihm auf, damit seine Kraft auf sie übergehen könne.

Dolphin sah nun, wie die Truppenspieler das Grab umringten und zu sprechen begannen. Auguste flüsterte ihm zu, es diene zur Anrufung der Ahnen. Dieses Gedenken und Paradieren habe sich bereits kurz nach Abzug der deutschen Truppen herausgebildet und übrigens große Mühen erfordert. Die Menschen, die auf weitverstreuten Farmen lebten, mussten sich, da tagsüber keine Zeit war, zum nächtlichen Exerzieren treffen, was wiederum zu zahllosen Beschwerden ihrer Herren beim örtlichen Magistrat geführt habe, weil die keine übermüdeten Arbeiter brauchen konnten. Doch unterbunden worden sei es nie, wahrscheinlich, weil die neuen Machthaber aus Südafrika vermeiden wollten, dass die Herero sich gegen sie wandten und womöglich wieder mit den im Lande verbliebenen Deutschen paktierten.

Mit tiefer Stimme brüllte Hosea nun ein Kommando. Dolphin glaubte, es könne nur »Präsentiert das Gewehr« heißen, was Auguste zum Lachen brachte. Sie wisse nicht, wie man es übersetzen könne, so wie es generell schwierig sei, einem Weißen diesen Brauch zu erklären. Er sei aus dem Wunsch heraus entstanden, das Volk zu einen und auch unter südafrikanischer Herrschaft an die eigene Geschichte zu erinnern. Vielleicht gelinge es ja eines Tages, die Freiheit wiederzuerlangen.

Als Dolphin nachfragen wollte, ertönte lautes Kommandogeschrei. Auguste schien mit einem Mal zu müde, um ihn weiter mit den Geheimnissen dieser durch und durch rätselhaften Zeremonie bekannt zu machen. Wie konnte es sein, dass Herero, nachdem ein großer Teil ihres Volks nach der Schlacht am Waterberg ausgelöscht worden war, in die Uniformen des Feindes schlüpfte? Wie kam es, dass ihre Kinder weiterhin deutsche Namen wie Gottlieb oder Waltraud erhielten?

Auguste deutete auf die untergehende Sonne und drängte Dolphin zum Aufbruch. Ihr Onkel Hosea werde im Anschluss noch mit seinen Kameraden beisammensitzen. Sie griff nach ihrer Handtasche und holte eine Münze heraus, die sie in einen irdenen Topf am Rande des Sandfelds warf. Die Gabe, so ließ sie Dolphin wissen, sei für Witwen von Soldaten oder Familien bestimmt, die ihre Gerichtsstrafe nicht bezahlen könnten. Wie die Missionare aus dem Reich sammelten auch die Truppenspieler Gelder für wohltätige Zwecke, um ihr Volk in diesen schweren Zeiten zu unterstützen.

Müde und verschwitzt setzte Dolphin sich in den Fond des Wagens und sehnte sich nach den Annehmlichkeiten eines Hotels, was sich in Augustes Gesellschaft als schlechterdings undurchführbar herausstellte. Sie schien nicht einmal an diese Möglichkeit zu denken und steuerte das Auto vor die

Tore der Stadt, wo sie, geschützt von ein paar Bäumen, das Zelt aufbaute. Im Schein des Feuers machte er sich Notizen und spürte wieder jene Zuversicht, die Reise trotz aller Widrigkeiten zu einem Erfolg führen zu, mit exklusiven Storys, die auch Bakerfield und Churchill interessieren mussten.

Keine Frage, es wäre ein ebenso reizvolles wie schwieriges Unterfangen, einer britischen Leserschaft die bizarren Rituale der Truppenspieler nahezubringen. Sprach daraus eine perverse Liebe zu den Hunnen? Oder die Mentalität von Sklaven? Oder jenes Selbstbewusstsein, das Hegel einst beschrieben hatte: Der Knecht als Wahrheit des Herrn?

Dann legte er sich ins Zelt und wartete auf sie, bis er vom Schlaf übermannt wurde. Als er aufwachte, sah er im Dämmerlicht ihren pechschwarzen Rücken. Die Haut erinnerte ihn mit einem Mal an schimmernden Lack. Oder, so dachte er, als er seinen Blick hinauf und hinab wandern ließ, an eine feucht aussehende Oberfläche, wie sie nur die teuersten Flügel aufwiesen. Er musste an ein Instrument denken, das er in dem weiten Raum der Dunkelheit zum Klingen bringen wollte. Auguste drehte sich unversehens um, als fühle sie seine Augen auf ihrem Rücken, und ohne ein Wort zu sagen, begann sie ihm Dinge zu zeigen, die er allmählich, nicht ohne Befremden, nachzuahmen versuchte. Nach ihrer Anleitung drang er, kurz nur, in sie ein, zog sich dann zurück und rieb und klopfte, immer schneller, mit seinem Geschlechtsteil auf Schamlippen und Klitoris, bis sie einen lauten Schrei ausstieß. Dann lag sie da, mit geschlossenen Augen. Ihre Brüste hoben und senkten sich. Sie streckte die Arme aus und umschlang ihn, und es schien, als verfüge er bei ihr über eine ganz andere Macht als bei seiner verschollenen Geliebten. Es war eine Nähe, die nicht mit Gewalt auf Distanz gehalten musste, um sie zu spüren. Doch auf eine ihm unerklärliche Weise vermisste er Dodo.

15

Den folgenden Tag verbrachten sie im Schatten der Bäume. Gegen Abend brachte ihm Auguste die Reste des Eintopfs, von dem er nicht genug bekommen konnte. Er verlangte Nachschlag, worauf sie sich über ihn lustig machte und mit einem bleichen Hähnchen verglich, das ständig gefüttert werden musste. Als sie ihm sanft in die Hüften zwickte und seine Haut mit jenem blassen rosafarbenen Fleisch verglich, wie es nun einmal typisch für Geflügel wie Engländer sei, verstummte er, was ihre Spottlust nur noch zu steigern schien. Plötzlich erhob sie sich und stolzierte vor ihm auf und ab, als hätte sie einen Spazierstock verschluckt. »So laufen alle Weißen«, grinste sie, »ohne Rhythmus und Musik im Leib.«

»Ich vielleicht«, protestierte Dolphin, »nicht aber Dodo.« Sie sei schließlich ausgebildete Gymnastiklehrerin und wiege niemals ein Gramm zu viel.

»Das Gewicht spielt doch keine Rolle«, lachte Auguste und strich mit den Handflächen über ihre ausladenden Hüften abwärts zu den Oberschenkeln, »wenn das Becken steif bleibt.« Die Weißen beherrschten die Welt, aber sie wohnten nicht in ihrem Körper, wie ihr verstorbener Mann immer gesagt habe. Sie seien stets woanders, wie in den Flugzeugen, die den Körper transportierten, nicht aber die Seele. Und dann strich sie ihm über das Haar und flüsterte: »Aber ich mag mein bleiches Hähnchen, vor allem, wenn es Hunger hat.« Feixend stand sie auf und brachte ihm eine Süßspeise, die er mit keinem Blick würdigte.

Schweigend saßen sie am Feuer und betrachteten die Flammen. Irgendwann rückte sie näher heran und fragte, ob er die Legende vom Palastwächter und der Erfindung seiner Liebeskunst hören wolle, die Dolphin nach der gestrigen Nacht nicht gänzlich unvertraut sein könne. Er nickte. Sie begann vom ruandischen Kriegerkönig Kigeri zu erzählen, der seine Frau oft alleine ließ, wenn er sich auf Feldzügen befand. Um ihr die Langeweile zu vertreiben, befahl er eines Tags seinem Palastwächter Kamagere, die Nacht mit ihr zu verbringen. Als es so weit war, zitterte der Soldat jedoch am ganzen Körper, vielleicht, weil er sich vor der möglichen Rache seines Gebieters fürchtete, vielleicht davor, bei der Königin zu versagen. So war er zum normalen Akt nicht fähig, und immer wieder verfehlte sein Geschlechtsteil das Ziel. Doch mit dessen wilden Bewegungen verhalf er, ohne es zu wollen, der Königin zur Seligkeit.

Leise kicherte sie. Weil er nicht prüde erscheinen mochte, zwang er sich zu einem Grinsen. Ihm war nicht wohl bei dem Gedanken, bei Auguste die Position des Palastwächters einzunehmen, doch als sie später im Zelt lagen, schliefen sie sofort ein.

Am Vormittag fuhr sie in die Stadt, um nach dem Wagen sehen zu lassen. Beim Starten des Motors hatte sie seltsame Geräusche vernommen, die Dolphin zwar beim besten Willen nicht erkennen konnte, aber ohne Frage verstand sie bedeutend mehr von diesen Dingen. Er hatte ihr Geld mitgegeben. Die Summe, die sie für ausreichend erachtete, war lächerlich gering. An den südlichen Rändern des Empire besaß das englische Pfund noch immer diese Macht, die einem eine ungeahnte Leichtigkeit verlieh, mit der man sich, trotz aller Widrigkeiten, durch die Welt bewegte.

Stunden später hörte er eine Hupe. Als er die Augen aufschlug, sah er, wie ein verbeulter Kleinlastwagen sich näherte. Er zog eine Fahne aus Staub hinter sich her und wurde von Schlaglöchern durchgerüttelt, was Dolphin merkwürdigerweise an die Schemen jener Kriegszitterer in der Charité erinnerte, deren Körper unablässig, wie von Geisterhand, geschüttelt wurden. Die Unschärfe der Bewegung, die verschwommenen Silhouetten, das Zwangsläufige, Unentrinnbare, was immer es war, das alles war darin enthalten. Es war eigenartig: Die Leere der Tage füllte sich, ohne dass man es beabsichtigte, mit den Bruchstücken der Vergangenheit, doch nach welchen Gesetzmäßigkeiten sie herbeigespült wurden, blieb völlig unklar.

Als das Auto stoppte, stieg Auguste aus und erklärte, man müsse noch auf Ersatzteile warten, die aus Windhuk kämen. Und dann deutete sie auf einen jungen Schwarzen in einem verschmutzten Overall, der neben ihr Aufstellung genommen hatte. »Das ist Leopold«, sagte sie, »er arbeitet in der Werkstatt und ist übrigens auch mit Hosea verwandt.«

Leopold nickte ihm schüchtern zu. Seine Haut war eine Spur heller als die Augustes, und Dolphin wurde bewusst, dass er die Unterschiede genauer wahrnahm, seit er mit ihr unterwegs war. Der gertenschlanke Jüngling, der vielleicht gerade einmal achtzehn Jahre alt sein konnte, musste als ausgesprochen hübsch bezeichnet werden.

»Leopold gehört zu den Truppenspielern«, fuhr Auguste augenzwinkernd fort, »und er ist ganz neugierig, ob sein Bild auch in die Zeitung kommt.« Sie zeigte wieder diesen Gesichtsausdruck, in dem Nachsicht und Belustigung mitschwang. Dolphin, der den jungen Mann noch nie gesehen hatte, bemühte sich zu versichern, die Aufnahme käme auf jeden Fall in die engere Auswahl. Leopold fasste offenbar Zutrauen und bedankte sich in leidlichem Englisch. Und dann hievte er mit einem Eifer, der von der Aussicht befeuert sein mochte, sein Konterfei bald in dem berühmten Blatt aus London zu sehen, Kisten voller Lebensmittel und Getränke aus dem Wagen. Dolphin steckte ihm ein großzügig bemessenes Trinkgeld zu, was mit einem tiefen Diener und einem umwerfenden Lächeln quittiert wurde.

Nachdem der Wagen in der Ferne verschwunden war und die Staubfahne sich gelegt hatte, wollte er wissen, wann die

Ersatzteile einträfen. »Das kann ich nicht genau sagen, aber Leopold tut alles, was er kann.« Er verzog das Gesicht. Er mochte es nicht, wenn andere über seine Bewegungsfreiheit verfügten. Sie schien seinen Unmut zu bemerken. »Möchten Sie nicht arbeiten? Sie können mir diktieren.«

Es war seltsam, dass sie sich noch immer siezten, nach allem, was geschehen war, doch es kam ihm unpassend vor, jetzt etwas daran zu ändern. Er sah sie an und schwieg.

Offenbar deutete sie seinen Gesichtsausdruck als Erstaunen, und dann erzählte sie, wie sie alles Nötige auf der Farm gelernt habe, von einem verwitweten Landwirt aus Bayern, einem gläubigen Katholiken, kurz nachdem sie selbst Witwe geworden sei. Er habe ihr bald schon eine Stelle im Büro verschafft und ihr sogar Stenografie und später das Autofahren beigebracht. »Was für ein Glück ich hatte«, sagte sie und schaute ihn gedankenverloren an. »Mutter ging es sehr schlecht bei einem deutschen Farmer. Damals, nach der Schlacht am Waterberg.«

Zum ersten Mal sprach sie über ihre Mutter, doch als er mehr erfahren wollte, winkte sie nur ab. »Das sind alte Geschichten. Man darf nicht zurückschauen.« Und es half kein Nachfragen, sie wollte partout nichts mehr erzählen.

Dolphin wusste nicht, was er ihr diktieren sollte. Ganz abgesehen davon, dass ihm seine Imperial Good Companion fehlte. Sie glich einem Klavier, auf dem er zu improvisieren begann, bis allmählich die Stücke entstanden. Über den Umweg des Diktats konnte *er* jedenfalls seine Story nicht entfalten. Das war schon immer so, und Mrs. Hanbury wäre nun wirklich die Letzte, der er seine Suchbewegungen anvertrauen konnte, aus denen der Anfang einer jeden großen Geschichte bestand.

Auguste packte die Kisten aus und schenkte ihm ein Glas Brandy ein. Sie wusste immer, was er brauchte. Ganz anders als die stets um sich selbst kreisende Dodo. Abgesehen von den seltenen Momenten, wenn sie ihre Fürsorge in einer Weise zelebrierte, als handele es sich um ein neues künstlerisches Projekt, das im Zubereiten eines Sonntagsbratens seine umjubelte Vernissage erfuhr. So durchsichtig das Ganze auch sein mochte, man freute sich unbändig, und vielleicht machte das ihren Zauber aus, dem man nur schwer entkam.

Er ging ins Zelt und dachte nach. Blätterte in seinen Notizen. Er war noch nicht so weit, die Geschichte zu Papier zu bringen. Und dann fiel sein Blick auf den schwarzen Koffer in der Ecke, in dem der Phonograph und die Wachswalzen verwahrt wurden. Und da hatte er es. Plötzlich stand klar vor ihm, was er zu tun hatte.

Auguste musste die Tonaufnahmen, so verabscheuenswert die Umstände auch gewesen sein mochten, exklusiv für den Sunday Standard übersetzen. Womöglich ergäben sich Überraschungen aus dem, was die Schwarzen in den Schalltrichter gesprochen hatten. Jedenfalls gab es seines Wissens niemand im Kaiser-Wilhelm-Institut, der ihrer Sprache mächtig wäre. Vielleicht könnte er in jenem sich bereits abzeichnenden Fall, dass sein Artikel über Lichteneckers Untersuchungen deutlich ungünstiger ausfiel als allgemein erwartet, die kompletten Übersetzungen der Sprachproben abliefern, gewissermaßen als Kompensation.

Dolphin spürte wieder diese fiebrige Spannung. Binnen kürzester Zeit stellte er den Phonographen auf. Auf Anhieb gelang es, eine der Wachswalzen abzuspielen. Gierig versuchte er, Augustes Mienenspiel zu lesen, und sah dann, wie ihr Gesicht versteinerte. Er glaubte, die Stimme des silberhaarigen Greises zu erkennen, seinen heiseren Singsang, der einem vorkam, als würde er niemals enden, und plötzlich abrupt abbrach.

Traurig schüttelte sie den Kopf.

Fragend sah er sie an.

»Es ist sehr unerfreulich«, sagte sie leise.

Er schaute ihr in die Augen. »Sollen wir aufhören?«

»Nein, nein«, erwiderte sie, »ich will mich nützlich machen. Aber: Es ist nicht erfreulich.« Sie wiederholte es mehrmals. Dann bedeutete sie ihm, die Walze nochmals abzuspielen, und in rasender Geschwindigkeit machte sie Notizen, bis sie ihn fragte, ob sie ihm die ersten Sätze vortragen solle. Er nickte. Und mit tonloser Stimme hob sie an zu sprechen:

Ich konnte nichts hören und sehen, was geschah. Aber ich konnte nicht durch den Mund atmen. Meine Ohren waren wund, wund, wund. So war das.

Er sah die Grimassen des Alten, als dessen Mund vollständig von der Gipsmasse bedeckt wurde. Todesangst sprach aus seinen Augen.

Und dann forderte ihn Auguste auf, die nächste Walze aufzulegen. Unschwer erkannte er jenen wütenden Mann, der im Anschluss an der Reihe gewesen war. Er hatte länger gesprochen, mit lauter, krächzender Stimme, die sich zuweilen überschlug. Erneut spielte Dolphin die Wachswalze ab, bis sie ihm das Ergebnis in demselben resignierten Tonfall mitteilte:

Wir werden wieder missbraucht. Wir befinden uns wieder in der Konservendose. Ich kenne die Leute nicht, die diese Dinge benutzen werden. Wer weiß, wer sie sind? Mir wurde gesagt, ich soll sprechen. Nun weiß ich nicht, was ich sagen soll. Ich schreie nur, wie ein Hund im Fangeisen. Die dreizehn Kühe, die ich hatte, wurden mir mit Gewalt genommen. Die fünf Pferde, die ich hatte, wurden mir weggenommen. Die fünf Stiere, die ich hatte, wurden mir weggenommen. Der Hund, der bei mir war, starb an der Dürre. Jetzt stehe ich da, mit leeren Händen. Ich habe Hunger, ich kann nichts tun.

Er stand auf und schenkte ihr ein Glas Wasser ein. »Sollen wir lieber abbrechen?«

Trotzig schüttelte sie den Kopf. »Ich bin nicht überrascht«, antwortete sie. »So ist das Leben.« Ihr Lachen war aus dem Gesicht radiert. Er sah eine andere Frau, die er nicht kannte. Doch sie wollte weitermachen und drängte ihn – und zum ersten Mal bemerkte er einen fanatischen Zug an ihr –, die nächste Walze abzuspielen, man müsse das jetzt zu Ende bringen. Und dann erklang die schüttere Stimme der jungen Frau in der Kittelschürze, deren Alter man unmöglich bestimmen konnte, so sehr stritten sich in ihrem Gesicht die straffe Haut und die tiefen Falten, die sich bis zum Kinn zogen. Auguste gab ihm zu verstehen, sie sei bereit, und begann zu übersetzen.

Ich habe keinen Ehemann und ich sterbe vor Hunger, alleine.
Ich habe keinen Ehemann und keine Kinder, so ist es für mich.

Sie hatte Tränen in den Augen. Sie hielt die Hand vors Gesicht, entschuldigte sich und stand auf. Und dann entfernte sie sich, zum ersten Mal, seit er mit ihr unterwegs war, von ihrem Rastplatz und lief in die offene Landschaft.

Später krochen sie ins Zelt und konnten nicht einschlafen. Vielleicht lag es auch am Mond, der alles um sie herum erhellte. Es sah verwunschen aus, wie er die Gegenstände gleichsam mit Silber überzog: den Koffer, gleich am Eingang, der die Walzen mit den Stimmproben enthielt; darauf ihr Tuchgebinde mit den ausgestopften Enden, die an die Hörner von Rindern und den Reichtum eines Volks erinnerten, das einst aus stolzen Viehzüchtern bestanden hatte.

Sie lag neben ihm auf dem Rücken und rührte sich nicht. Jetzt erst bemerkte er, dass sie in die Luft starrte. Ihr Körper wirkte seltsam steif. So hatte er sie noch nie gesehen. Er überlegte, was er sagen könnte. Als wolle sie ihm zuvorkommen, begann sie zu sprechen, zu dem trapezförmigen Himmel des Zelts, zu sich selbst, und sie flüsterte, die Stimme der Frau habe sie an ihre Mutter erinnert. »Schlecht ist es ihr gegangen«, fuhr sie nach einer Weile fort, »sehr schlecht.« Vor allem, nachdem der Vater, nach der Schlacht am Waterberg und der Flucht durch die Wüste, in Gefangenschaft geraten war. Gerade einmal sechs Jahre alt sei sie gewesen, und sie waren gezwungen, in die Nähe von Lüderitzbucht zu ziehen, wo Vater in einem Konzentrationslager auf der Haifischinsel interniert war, während Mutter sich bei einem Farmer verdingen musste, der sie missbrauchte. Sooft es ging, hätten sie versucht, dem Vater Essen zu bringen, was nur ein einziges Mal gelang, denn die Verpflegung sei katastrophal gewesen. Ohne Vitamine. Das Mehl ungeeignet zum Brotbacken. Aus Mangel an Brennmaterial konnten nicht einmal Bohnen gekocht werden. So war es kein Wunder, dass er ganz entkräftet war von der schweren Arbeit, beim Bau der Mole und des Wellenbrechers, vom Wegräumen der riesigen Findlinge mit bloßen Händen und dem stundenlangen Stehen im eiskalten Wasser. Schutzlos den schneidenden Winden des Atlantiks ausgesetzt. Auch die Verschläge, in denen sie hausen mussten, boten keinen Schutz vor Regen und Kälte. Bloß aus Latten, Sackleinen und Stacheldraht bestanden sie, und der deutsche Missionar, der zu Visitationen in das Konzentrationslager kommen durfte, berichtete von den Schreien der Hererogefangenen. *Ombera i koza – Die Kälte tötet mich,* hätten sie gerufen, und als der Missionar Oberst Deimling, den Befehlshaber der Südtruppen, gefragt habe, ob es nicht besser sei, die Gefangenen auf dem Festland zu internieren, habe der gesagt, solange er etwas zu sagen hätte, dürfe *kein Hottentott die Haifischinsel lebend verlassen*.

Sie verstummte. Er sah ihr Profil. Ihre Haut, körnig fast, mit einem bläulichen Schimmer.

Dolphin räusperte sich. »Was ist mit Ihrem Vater passiert?«

Sie räusperte sich ebenfalls. »Der ist«, sagte sie, »an Typhus gestorben, wie so viele.«

Sie schwieg, bis sie von den 1 795 Gefangenen auf der Haifischinsel sprach, von denen 1 032 umkamen.

»Eintausendzweiunddreißig«, wiederholte sie und brach ab.

»Und die Mutter?«, fragte er leise.

Sie schüttelte den Kopf. Und dann schloss sie die Augen, und kein Wort war mehr aus ihr herauszubringen.

Er schaute auf den Koffer, in dem die Walze verborgen war, die sie an ihre Mutter erinnert hatte. Und er sah den Hut darauf, der den Koffer mit seinen gewaltigen Hörnern überwölbte, als wolle er die Geister der Vergangenheit ein für alle Mal zum Schweigen bringen.

16

Am nächsten Morgen weckte ihn der Klang der Hupe. Auguste hastete hinaus, als wollte sie unter allen Umständen vermeiden, beim Verlassen des Zelts gesehen zu werden. Er rieb sich die Augen, unschlüssig, was er tun sollte, langte schließlich nach Hemd und Hose, um sich anzuziehen.

Leopold stand neben dem Kleinlaster und sprach mit ihr. Als Dolphin hinzutrat, erklärte der Mechaniker, gleich folge sein Kollege mit dem Pritschenwagen. Neugierig musterte der Jüngling ihn. Und dann wanderte sein Blick zu Auguste und wieder zurück. Ahnte er etwas? Die Art und Weise, wie er nun schaute, verriet, dass er nicht ahnte, sondern wusste. Ein anzügliches Lächeln umspielte seine Mundwinkel, was Dolphin zu seiner eigenen Verblüffung in Rage brachte. Barsch verlangte er die Rechnung, um sogleich den Geldbeutel zu öffnen und den lächerlichen Betrag zu bezahlen, ohne jedoch, zur sichtlichen Enttäuschung Leopolds, die Summe aufzurunden. Dann ließ er ihn stehen und schlüpfte ins Zelt. Kurz danach hörte er das Starten des Motors, bis das Dröhnen und Scheppern sich allmählich in der Ferne verlor.

Sie machten sich auf zur letzten Etappe. Es hatte sich alles verändert. Auguste blieb schweigsam, so als schäme sie sich für die vergangene Nacht. Offenbar konnte sie es sich nicht verzeihen, so viel preisgegeben zu haben.

Sie bekochte und bediente ihn wie immer und hielt Abstand, wie sie es stets außerhalb des Zelts getan hatte. Doch auch in der folgenden Nacht zog sie jene unsichtbare Linie, die nicht überschritten werden durfte. Sie schien zu jenen Menschen zu gehören, die die Erinnerung an den eigenen Schmerz unter allen Umständen zu vermeiden suchen, um nicht weiter geschwächt zu werden. Wahrscheinlich schwang auch Stolz mit, dem vermeintlich unversehrten Gegenüber kein Gefühl der Überlegenheit zu gönnen. Vor allem aber schien es Dolphin, dass sie niemals erwartet hatte, er könne ihr in irgendeiner Weise helfen. Sie rechnete nicht mit ihm, dazu war sie viel zu lebenserfahren und zu wenig romantisch. Sie lebte im Augenblick, viel mehr, als es Dodo wohl je vermochte. Aber sie wusste von Anfang an, dass es unmöglich sein würde, ihre gemeinsamen Momente zu einem Leben zu verbinden. Aus den wenigen Andeutungen der letzten Wochen, an die er sich jetzt erinnerte, konnte man die Illusionslosigkeit erkennen, mit der sie ihre zufällige Liaison betrachtete. Noch nie habe es zu etwas Gutem geführt, wenn sich Schwarz und Weiß vermischten. Man musste nur ihren Cousin Adolf sehen oder die zahlreichen Mischlinge, die nicht wussten, ob sie stolz sein durften oder sich ihrer Herkunft schämen mussten.

Und einmal, kurz vor dem Einschlafen, hatte sie, obwohl sie es eigentlich nicht wollte, ihren verstorbenen Mann erwähnt, an dessen Körper kein Weißer je heranreichen könne, doch dann hatte sie den Satz abgebrochen, als wäre es ihr peinlich.

In diesem Augenblick wurde ihm klar, was Auguste eigentlich für ihn bedeutete. Zuerst bedeutete sie Rache an Dodo. Dann Geborgenheit. Trost. Was aber, wenn der Trost selbst trostlos wurde? Beharrlich schwieg sie über ihre toten Kinder. Sie hatte in dieser Nacht ihren Schmerz mit dem Ast eines Baums vergleichen, den man früh kappen müsse, sonst wachse und wuchere er und bilde ein weitverzweigtes Geäst, das alles mit seinem Schatten bedecke. Dolphin hatte sie unterschätzt. Die Welt, die sie in sich trug. Doch in allem musste er sie mit Dodo vergleichen. Erst jetzt wurde ihm deutlich, dass er inzwischen alle Frauen an ihr maß. Man mochte Augustes Rundheit genießen, doch Dodo war wie ein Vektor, der nach vorne wies, in die Zukunft. Zu ihr konnte man nicht zurückkehren. Sie war ständig in Bewegung. Man musste vorangehen, um sie einzuholen, aber vielleicht war es das, was ihn nicht von ihr loskommen ließ. Die Sehnsucht konnte er körperlich spüren. Was immer auch geschehen war, er konnte es kaum erwarten, sie endlich wiederzusehen.

Die Landschaft zog vorbei, doch er war abgestumpft gegen dieses Übermaß an Leere und Erhabenheit. Er verspürte kein Bedürfnis danach, zu seinem Notizbuch zu greifen. Es herrschte dieselbe Hitze wie immer, aber mittlerweile war es unpassend geworden, sich über eine solche Nichtigkeit bei Auguste zu beschweren. Sie schien längst woanders zu sein. Wenn er es recht betrachtete, kam es ihm gelegen, dass ihr Abschied bereits vollzogen war.

In der Nacht träumte er vom Hansahof in Swakopmund. Er sah Dodo nackt hinausstürmen, was ihn ungemein erregte, und folgte ihr. Barfuß standen sie am tosenden Strand und ließen sich von den Regenschauern peitschen und sahen zu, wie die Welt fortgespült wurde. Die Luft war scharf und aufgeladen. Als ein Blitz niederfuhr, zerrte Dodo ihn ins Meer, und später liebten sie sich auf dem Sand, ohne sich um die anbrandenden Wellen zu scheren.

Er erwachte und ging hinaus, um Wasser zu lassen. Dunkelheit umgab ihn. Ihn fröstelte. Dann kroch ein leiser Schauder das Rückgrat hinauf. Als er zurückkehrte, befiel ihn plötzlich eine unsinnige Angst, Auguste könne ein Kind von ihm bekommen. Sie hatte ihm den Rücken zugedreht und atmete leise. Was dann? Er könnte sich unmöglich dazu bekennen. Ein *Bastard*. Das wäre das Ende. Er konnte nur hoffen, sie hatte aufgepasst. Vielleicht hatte sie ihm deshalb auch die seltsame Form des Liebesspiels gezeigt. Doch sie waren nun in einem Stadium angelangt, in dem man unmöglich über solche Sachen sprechen konnte, und er versuchte sich mit der Aussicht zu beruhigen, dass sie, schon morgen, wenn alles glattlief, den Waterberg erreichten.

Auf der Fahrt zur Lodge sagte Auguste ihm, sie müsse gleich nach der Ankunft das Auto zurückbringen, auch wenn sie ihr Ziel einen Tag früher als geplant erreichten. Sie habe gestern mit ihrem Onkel in Keetmanshoop telefoniert, und der habe, schneller als erwartet, einen Käufer für den Wagen gefunden. Außerdem kämen ja Adolf und Dodo bald nach, und so müsse man auch nicht in zwei Autos zurückfahren. Dolphin fragte sich, ob es sich nicht eher um eine gut gemeinte Lüge handelte, aber im Grunde war er erleichtert, dass sie abreiste.

Als sie gegen Mittag ankamen, entluden sie das Auto. Ohne sich noch einmal umzuschauen, fuhr Auguste davon. Sie hatte nicht einmal das Übliche gesagt. Dass man sich vielleicht wiedersehe, in Swakopmund oder wo auch immer. Sie hatte so viele Abschiede erlebt, die endgültig waren. Warum sollte sie ihm nun, da es nicht um Leben und Tod ging, etwas vorspielen?

17

Die Mountain Lodge lag an einem bewaldeten Hang, nur wenige Höhenmeter unterhalb des Felsplateaus. Sie bestand aus dem Hauptgebäude, in dem sich Rezeption und Speisesaal befanden, sowie einem Dutzend Chalets, die ebenfalls aus dem ziegelfarbenen Sandstein gemauert waren. Dolphin saß auf der Terrasse seines Häuschens und ließ den Blick über die Buschsavanne schweifen. In seinem Rücken erhob sich das schroffe Massiv, das, schon weithin sichtbar, wie ein Zaun aus der Landschaft ragte. Stundenlang, so schien es, hatten sie sich auf den Waterberg zubewegt, bis das rötliche Kliff nach und nach in den Himmel wuchs und den Horizont verschwinden ließ. Später tauchten sie in das Geflimmer von Laubbäumen ein, und über Haarnadelkurven krochen sie zu dem Anwesen hinauf.

Er öffnete die Flasche südafrikanischen Weins, die als Willkommensgruß überreicht worden war, und schenkte ein Glas ein. Dann zündete er sich eine Zigarette an und schaute dem Rauch zu, wie er sich in den Zweigen über ihm verlor. Jedes Chalet war, abgeschirmt vom Nachbarn, zwischen Fels und Busch versteckt, was die Vorstellung beförderte, man schaue als Einziger hinab auf die geschichtsträchtige Szenerie.

Gedankenverloren trank er einen Schluck und drückte mit dem Absatz die Zigarette aus. Gleich neben der Terrasse gab es ein schmales kreisrundes Tauchbecken zum Abkühlen, das sich aus frischem Quellwasser speiste. Er könnte jede Wette darüber eingehen, was Dodo gleich nach der

Ankunft tun würde. Nur: Mit oder ohne Kleider, das war die Frage.

Er starrte auf das Becken, als käme sie gleich heraus. Wie würde sie ihn begrüßen, nach dem Eklat in Keetmanshoop? Kühl, abwartend oder ebenso nervös, wie er ihr entgegenfieberte?

Er sah die Lücke zwischen ihren Schneidezähnen, das Zahnfleisch. Bei ihrem ersten Aufeinandertreffen war es ihm vorgekommen, als zeige sie Wunden, die keine waren. Jetzt ging es um Wunden, die sie ihm immer verschwiegen hatte.

Vielleicht hatte Fürstenau doch recht? War sie in den Tod des Rittmeisters verstrickt, zusammen mit der Königin der Nacht? Dolphin versuchte erneut, den Gedanken abzuwehren. Das durfte nicht sein. Doch je länger er nachdachte, desto bedrohlicher erschien ihm alles. Die bösen Überraschungen, die er in den letzten Wochen erlebt hatte, verstörten ihn. Die Story über Lichtenecker war geplatzt. Dann die Geschichte der *Ritter vom feurigen Kreuze,* die noch viel schwerer wog. Wie hatte er nur so verbohrt sein können? Ob Hiro oder Fürstenau, alle hatten, wenn auch aus unterschiedlichen Motiven, an der Echtheit des Fotos gezweifelt. Wenn alle sich einig waren, musste das Ganze bald auffliegen. Und dann wäre er als Korrespondent in Berlin nicht länger zu halten. Wahrscheinlich wäre seine Karriere überhaupt beendet.

Es zeichnete sich immer deutlicher ab, dass ihn jemand hereingelegt hatte. Nur wer?

Wieder dachte er an Dodo. Er selbst hatte sie mit ihrer blonden Perücke tanzen sehen, an jenem Abend in der Babuschka Bar. Hatte sie von Westphal umgebracht, weil der sie gequält hatte? Oder war es ein Unfall?

Dolphin richtete sich auf. Er würde keine Ruhe geben, bis sie ihm endlich die Wahrheit sagte.

Wie lange er dastand, wusste er nicht. Dann ging er die wenigen Schritte zum Becken, kniete nieder und tauchte die Hand in das kühle Wasser. Und ohne es zu beabsichtigen, strich er mit dem Zeigefinger über die verschwitzte Stirn, als erneuere er sein Taufzeichen.

Nach einer Weile beschloss er, sich zu rasieren. Er musste sich beruhigen. Das hatte ihm sein Vater eingeschärft. In den Momenten größter Bedrängnis galt es, Abstand zu gewinnen. Er hatte diese Situationen mit einem Labyrinth verglichen. Man müsse versuchen, geistig einen anderen Standpunkt einzunehmen, gleichsam in großer Höhe, um von dort aus auf die Architektur seines Lebens herabzublicken. So könne man allmählich die ganze Anlage überblicken, die Ecken, Kreuzungen, Seitenpfade, Gänge, die in Sackgassen und toten Winkeln endeten, bis man schließlich, wenn sich alles glücklich füge, zu einer Übersicht gelange, nach der alles logisch miteinander verbunden sei und sich ein Raum aus dem andern ergebe.

Als er sich das Gesicht abtrocknete und das Rasierwasser einmassierte, musste er sich eingestehen, dass er keinen Schritt vorangekommen war. Er wusste nicht einmal, wie sich die Dinge zwischen Dodo und Adolf entwickelt hatten. Vielleicht hatte der unter ihrer Obhut eine andere Seite an sich entdeckt. Zuzutrauen wäre es ihr ohne Weiteres. Doch was, wenn sie bei Adolf bliebe? Wie hatte sie von ihrem Modell geschwärmt, mit dem etwas Neues beginne; seinem unverbrauchten Gesicht; dem Stolz, mit dem er sich dem Blick der Kamera verweigere.

Dolphin spürte wieder dieses Misstrauen. Ihn und Dodo verband ein Abgrund an Geheimnissen. Er hatte nie daran gerührt. Doch jetzt musste Schluss sein damit. Er verlor sich immer mehr, je länger er schwieg. Noch nie hatte er mit einer anderen Frau geschlafen, wochenlang und mit Genuss, während er in festen Händen war. Aber war er überhaupt jemals in festen Händen gewesen? Er musste mit ihr reden. Es kam ihm vor, als vermisse er sie gleich doppelt: als Zukunft und als Vergangenheit.

Aus einer plötzlichen Eingebung heraus beschloss er, die Rezeption aufzusuchen. Vielleicht hatte sie ihm eine Nachricht hinterlassen. Er bediente die Glocke. Niemand kam. Wahrscheinlich musste man sich bis zum Abendessen gedulden, wenn die übrigen Gäste erschienen und der Portier wieder seinen Dienst versah.

Er kehrte zu seiner Terrasse zurück und schenkte sich ein weiteres Glas Wein ein. Man musste einfach abwarten. Er schaute in die Ebene hinab. Hier, am Fuße des Waterbergs, hatten wochenlang die Hereroverbände gelagert. Bedrängt von den deutschen Soldaten, die versuchten, den Feind im unübersichtlichen Buschland einzukreisen, bis Generalleutnant von Trotha am 11. August 1904 die Entscheidungsschlacht erzwingen wollte. Wo mochte Augustes Vater gewesen sein? Er musste jedenfalls zu jenen Kriegern gezählt haben, denen es gelungen war, der Umzingelung zu entrinnen und in die Omaheke-Wüste zu fliehen. Verfolgt von den Schutztruppen wurden sie immer tiefer in das Sandfeld hineingetrieben und Tausende verdursteten, weil die Deutschen die Wasserstellen vorsorglich besetzt hatten. Wie der Vater dieser Hölle entronnen war, hatte Auguste nie erzählt. Ihr Bericht hatte mit dem Tod auf der Haifischinsel geendet.

Dolphin ging ins Zimmer, um nach dem Buch zu suchen. Ganz unten in einem der Koffer fand er es schließlich. *Peter Moors Fahrt nach Südwest.* Lange blätterte er darin, bis er auf eine Stelle stieß, in der das Gefecht in der Buschsavanne geschildert wurde und der literarische Held triumphierte:

Ich sah nicht weit von mir eine schwarze, halb nackte Gestalt, wie einen Affen, mit Händen und Füßen, das Gewehr im Maul, auf einen Baum klettern, und zielte nach ihm, und schrie auf vor Freude, als er am Stamm herunterfiel.

Und in demselben Tonfall, der Dolphin allmählich anzuwidern begann, berichtete der Ich-Erzähler von seinem Abenteuer, als sich die Kämpfe ausweiteten und modernstes Kriegsgerät zum Einsatz kam.

Das Rohr eines Maschinengewehrs schob sich neben meinem Gesicht vor. Gleich darauf knatterte es los. Die rasende Kugelsaat pfiff in die Büsche. Wie schön das klang! Wie sicher und ruhig ich schoss! »Getroffen habe ich! Hast gesehn? Mensch, schieß! Da … da!« (…) Und da kam auch schon der Ruf: »Sprungweise vor!« Wir sprangen und stürzten vor; aber eine entsetzliche Kugelsaat prasselte gegen uns an – wir warfen uns wieder hin. Schräg von mir hatte ein Unteroffizier eine Kugel in den Leib bekommen; das Blut strömte sofort mit aller Gewalt aus der Wunde, er kauerte und versuchte, es mit seinem Taschentuch zu hemmen, und rief laut um Hilfe. Er war ein schmucker hellblonder Mensch.

Mit allen Kräften hatten die Herero sich gewehrt. Dolphin erinnerte sich an einen Artikel in der Kolonialen Rundschau. Dort wurde der deutsche Gouverneur zitiert, der sich bereits zu Beginn des Aufstands von einem *so hohen Maß kriegerischer Tüchtigkeit und zäher Willenskraft* überrascht zeigte.

Er ging hinein, um das Fernglas zu holen. Er schwenkte hin und her, doch die Buschlandschaft hatte alle Spuren der Geschichte überwuchert. Reste waren vermutlich nur noch auf jenem Friedhof zu finden, auf dem, wie er gelesen hatte, deutsche Soldaten begraben waren. Vielleicht würde Dodo ihn begleiten, auch wenn ihr alles Militärische zuwider war.

Er trank noch einen letzten Schluck und schloss die Augen. Der Rotwein tat seine Wirkung. Eine ganze Flasche, bei diesen Temperaturen, am helllichten Tag. Kein Wunder, dass man in diesen Breiten den Sundowner erfunden hatte. Er musste sich bewegen. Mit schweren Beinen stand er auf, um einen weiteren Versuch zu unternehmen.

Die Rezeption war noch immer verwaist. Er ging um die Ecke, um die Toilette aufzusuchen. Lange wusch er sich das Gesicht, als könne er so den Alkohol vertreiben.

Als er herauskam, fiel sein Blick auf den Eckspiegel. Er erstarrte. Ungläubig schaute er in den goldverzierten Rahmen. An der Rezeption sah er einen Mann in einem strahlend weißen Hemd. Der Rücken wurde von Hosenträgern in Form eines Ypsilons geteilt, und ungeduldig trommelte der Mann mit den Fingern auf den Tresen. Das dünne Haar war nach hinten gekämmt. Er wippte mit den Füßen, als könne er jederzeit emporschnellen und mit einem Satz die Barriere überwinden. Während Dolphin ihn fassungslos beobachtete, untersuchte ein anderer Teil seines Gehirns die Erinnerungen, die der Anblick des geschnürten Rückens hervorrief. Die Überraschung lähmte ihn so sehr, dass er nichts tun konnte, als in den Spiegel zu starren. Und dann ging plötzlich hinter ihm eine Tür auf, und ein Zimmermädchen mit weißer Haube und Schrubber in der Hand trat aus der Damentoilette. Mit einem frechen Lachen ließ sie ihn spüren, dass er beim Spionieren erwischt worden war, und er wurde ganz rot und konnte sich nicht wehren gegen diese Unverschämtheit, bis er wieder in den Spiegel sah und erkannte, dass der Mann verschwunden war.

Mit einem Schlag war er völlig nüchtern. Und dann stürzte er hinaus, um nach dem Mann zu suchen, lief zwischen Bäumen, Büschen und Felsen im Zickzack um die Chalets herum, von denen die meisten einen unbewohnten Eindruck machten. Bei der nächsten Biegung überraschte er einen Herrn im Nadelstreifenanzug, der gerade im Schatten seiner Terrasse einen Drink zu sich nahm. »My goodness, you frightened me«, stieß der Gentleman hervor. Und dann reichte er ihm mit einem gutmütigen Lachen die Hand, stellte sich als Mr. Kruger aus Kapstadt vor und ließ Dolphin nicht gehen, bevor dieser nicht eingewilligt hatte, gemeinsam zu Abend zu essen.

Er lief zurück zum Hauptgebäude, klingelte lange an der Rezeption, bis endlich der Portier erschien. Auf die Frage, ob andere Gäste aus Deutschland im Hause logierten, hob er bedauernd die Hände. Man gebe prinzipiell keinerlei Auskünfte über andere Gäste. Und dann fügte er mit leiser Stimme hinzu: »I am sorry. This is our policy.«

Dolphin wollte den Geldbeutel zücken, doch an dem misstrauischen Blick des Portiers erkannte er, dass dies zu nichts führen würde. Achselzuckend ging er hinaus, um den Parkplatz abzusuchen. Bis auf einen Bentley mit südafrikanischem Kennzeichen war nichts zu sehen.

Er machte auf dem Absatz kehrt und eilte, unter Umgehung von Mr. Krugers Domizil, wieder durch den Parcours der Chalets, bis er schweißnass bei seinem Häuschen ankam. Er ging hinein und verschloss die Tür. Jetzt spürte er wieder das Stechen. Keuchend griff er sich an die linke Brust und ließ sich vorsichtig auf einem Stuhl nieder. Er war zu erschöpft, um sich ein Glas Wasser zu holen, und schloss die Augen. Und da sah er, gestochen scharf, wie der Mann in der Toilette der Babuschka Bar vor dem Spiegel stand, in einem Hemd, das, nach dem furiosen Tanz zwischen Sektkühlerständern immer noch von makellosem Weiß war. Er stand vor dem Spiegel, fast unnatürlich aufrecht, die Daumen unter die Hosenträger geschoben, bis er das Kinn in die Höhe reckte und mit einem harten, wollüstigen Knall die Gummibänder schnalzen ließ. Dolphin hörte das Geräusch, das wieder eine dunkle Saite in ihm zum Schwingen brachte, und fragte sich, was der Tänzer hier zu suchen hatte, am Abend vor Dodos Ankunft.

Keuchend stand er auf und zog die Vorhänge zu. Dann beugte er seitlich den Kopf hinab und roch an seinen Achselhöhlen. Der Gestank war unerträglich. Er stieg in die Dusche und hielt das Gesicht in den Strahl. Als er sich gerade einseifte, hörte er lautes Klopfen. Erschrocken hielt er inne, schlüpfte, ohne sich abzubrausen, in den Bademantel. Weil er nichts anderes fand, ging er zur Küchennische und steckte sich den Korkenzieher in die Seitentasche. Die rechte darin vergraben, schloss er mit der linken Hand die Tür auf.

Im Schatten der Veranda stand Mr. Kruger in weißem Dinnerjacket. Sein kahl rasierter Kopf glänzte wie eine Billardkugel. Verschmitzt deutete er auf seine Uhr. Er erwarte ihn in fünf Minuten im Speisesaal.

Mr. Kruger hatte den besten Tisch auf der Terrasse reserviert, die einem die Kalahari zu Füßen legte. Ein Glühen breitete sich über der Savanne aus, als sei der Himmel aus einer kostbaren Leinwand gemacht. Die Glastüren standen weit offen, und bis auf ein Ehepaar aus Lüderitz, das hier nach eigenem Bekunden in die Flitterwochen startete, waren sie die einzigen Gäste. Dolphin hatte, trotz des Protests seines Gastgebers darauf bestanden, den Platz mit dem Rücken zum Panorama einzunehmen. Auf jeden Fall wollte er das Foyer im Blick behalten.

Mr. Kruger, ein imposanter Mittfünfziger, der keinen Widerspruch gewöhnt zu sein schien, gab sich nur kurz geschlagen und übernahm die Bestellung eines mehrgängigen Menüs. Die Art, wie er daraufhin mit fließenden Bewegungen zum Silberbesteck griff und die Speisen zerteilte, erinnerte an die Stabführung eines Dirigenten. Das Einzige, was das Bild störte, waren die dicken, dicht behaarten Finger, in die sich Ringe verschiedenster Größe eingruben.

Mit Behagen deutete er auf die Schmuckstücke und erklärte, sie stammten just aus jenem Sperrbezirk um Kolmannskuppe, den die Deutschen angelegt hatten. »God bless the Germans«, sagte er und lachte. »They found the diamonds before the war. And now they are all mine.«

Dolphin hielt die ganze Zeit Ausschau nach dem Tänzer. Wenn es sich überhaupt um diesen handelte. Er hatte sein Gesicht nicht sehen können, aber die Statur, diese eigenartige Körperspannung, die Energie, die er ausstrahlte, das alles ließ kaum Raum für Zweifel.

Er musterte die Jagdtrophäen an der Wand. Fein säuberlich waren hier die *Big Five* präpariert. Dass er in der Mountain Lodge weilen durfte, hatte er, zu seinem plötzlichen Bedauern, allein Lord Bakerfield zu verdanken. Mr. Kruger schenkte Wein nach, wies mit dem behaarten Handrücken auf das Panorama und ließ mit einem »Cheerio« die Gläser klingen.

Nachdem sie getrunken hatten, fragte Dolphin ihn, ob er nicht zufällig einem Deutschen begegnet sei, einem mittelgroßen blonden Herrn von sportlicher Statur, der ebenfalls in der Lodge weile. Abwesend schüttelte der Südafrikaner den Kopf. Statt Fragen über andere zu beantworten, schien er lieber von sich selbst zu sprechen. Er begann, von seinem Bentley 8 Litre Tourer zu schwärmen, der ihm zu Testzwecken zur Verfügung gestellt worden sei. »May be it's a clever investment«, sagte er nachdenklich und kostete mit geräuschvollen Kaubewegungen den Wein. »It'll cost me an arm and a leg. But after all: it is British.«

Dolphin fuhr auf, als er eine schlanke Gestalt ins Foyer kommen sah. Dann ließ er sich wieder in den Sessel sinken. Es war nur der Portier.

Noch bevor der Kaffee serviert wurde, entschuldigte Dolphin sich und zog sich in sein Zimmer zurück. Er suchte nach dem Jagdmesser, zog es aus der Lederscheide und versteckte es unter seinem Jackett. Es war empfindlich kalt geworden. Er überlegte, ob er sich noch einen Pullover überstreifen sollte, ließ es dann aber. Wieder schlich er im Zickzack um die Chalets herum, gelangte zum Parkplatz, wo Mr. Krugers Bentley stand. Und sosehr er sich auch mühte, er konnte keine weitere Reifenspur erkennen.

In der Nacht verfolgte ihn wieder ein Traum. Diesmal beichtet er Dodo seine Affäre. Ist sie wirklich eifersüchtig oder spielt sie es nur? Sie kreist ihn ein mit ihren Sätzen, als werfe sie eine Schlinge aus.

»Ich verstehe dich, die schöne schwarze Haut, der Körper.«

Dann brüllt sie ihn an: »Warum du?«

Sein Schweigen provoziert sie umso mehr. »Du hast mich getäuscht.«

Sie packt ihn an den Schultern. »Du bist treu. Keiner ist treu außer dir.«

Nach einer Pause flüstert sie: »Du hast mich verraten.«

»Das sagst gerade du,« höhnt Dolphin und stößt sie von sich weg.

»Jeder verrät auf seine Weise«, zischt sie an ihn, »aber dieser Verrat passt nicht zu dir. Ich liebe Verräter, die sich treu bleiben, wenn sie untreu werden. Das ist *ihre* Natur, aber *deine* ist das nicht, und *das* verzeihe ich dir nie.«

Nach dieser absurden Tirade gab es kein Halten mehr, und Dolphin rutschte die Hand aus, worauf sie mit einem lauten Schrei, in dem Lüsternheit und Entsetzen mitschwangen, zu Boden ging, und dann fiel er in einer barbarischen Weise über sie her, die ihn selbst erschrak, und regungslos lag sie am Ende da, und er wusste nicht, ob sie nur erschöpft war oder niemals wieder aufstehen würde.

18

Am nächsten Morgen wachte er früh auf und suchte fluchend nach der Uhr. Vielleicht war sie schon da. Schnell zog er sich an.

Der Portier bedauerte. Es liege keine Nachricht vor. Auf alle Fälle würde er sofort verständigt werden, sobald sie einträfe. Er lief zum Chalet und rauchte eine Zigarette. Frühstücken mochte er nicht. Kaffee wäre eine gute Idee. Wieder machte er sich auf den Weg, um seine Bestellung aufzugeben. Und dann setzte er sich auf die Terrasse und wartete, bis das Silbertablett serviert wurde. Kurz darauf brachte ein schwarzer Boy die Tropenuniform und einen Satz Baumwollhemden, die in Rekordzeit gewaschen und gebügelt worden waren.

Die Rasur brachte er ohne jedes Vergnügen hinter sich. Er beschloss, die Tropenuniform anzuziehen. Einen Augenblick zögerte er, doch dann griff er zum Gürtel, um daran Lederscheide und *skinner knife* zu befestigen.

Er war zu unruhig, um zu lesen. Er überlegte, ob er nicht ein Bad im Tauchbecken nehmen sollte, doch die Umstände des An- und Entkleidens ließen ihn schnell wieder Abstand davon nehmen. Außerdem, so schoss es ihm durch den Kopf, steckte man in dem engen Wasserloch in der Falle. Wieder stand er auf und streifte um die Chalets. Keine weitere Reifenspur auf dem Parkplatz. Womöglich hatte er sich getäuscht. Vom Tänzer war weit und breit nichts zu sehen.

Er steckte sich die nächste Zigarette an und konnte nur hoffen, dass die Unruhe sich legte, wenn sie endlich eintraf. Und dann rang er sich dazu durch, nicht länger zu warten, und hinterließ bei dem Portier eine Nachricht für sie, dass er den Waterberg besteige und spätestens in zwei, drei Stunden wieder zurück sei.

Schüchtern deutete der Bedienstete auf die Sandalen, in die Dolphin, ohne darüber nachzudenken, geschlüpft war. Obwohl er ihm gestern erst die Auskunft verweigert hatte, fand es Dolphin nun an der Zeit, ihm ein Trinkgeld zuzustecken, das dieser mit einer geschmeidigen Handbewegung entgegennahm. Und dann machte er sich auf den Rückweg, um ächzend die Stiefel zu schnüren, die ihm in der Namib-Wüste so gute Dienste geleistet hatten.

Der Aufstieg war beschwerlicher als erwartet. Über felsige Pfade ging es hinauf. Er musste immer wieder Pausen einlegen, um zu verschnaufen. Papageien sahen ihm aus den Bäumen dabei zu, wie er innehielt und darauf wartete, dass das Stechen in der Brust nachließ. Sie hatten rot gefleckte Köpfe, die Streichhölzern ähnelten, während ihr übriges Gefieder in jenem hellen Grün gehalten war, mit dem sie im Blattwerk verschwinden konnten.

Weiter oben kletterten Paviane auf den Felsen herum, mit einer Leichtigkeit, die Dolphin unbegreiflich war, wenn er zwischendurch anhielt und sich fragte, ob er nicht besser umkehren sollte.

Als er schließlich das Plateau erreichte, fiel ihm ein riesiger Felsbrocken ins Auge, der sich im Klammergriff einer Kletterfeige befand. Er erinnerte an ein zugewuchertes Herz aus Stein. In kleinen Schritten tastete er sich voran und ließ sich auf einem rundgeschliffenen Sandstein nieder. Vor ihm lag die Steilkante, die durch keine Begrenzung gesichert war.

Mechanisch fingerte er in seiner Innentasche nach Zigarette und Feuerzeug, ließ die Hand dann wieder sinken. Er stand auf und näherte sich dem Abgrund. Er wusste nicht, warum, setzte seinen Stiefel aber immer weiter nach vorne, bis die Spitze in die Luft zeigte. Ein Schwindel befiel ihn, und er spürte, wie ihn die Tiefe anzog. Sie kam ihm vor wie eine Spirale, die sich zu drehen begann, und die Empfindung, die sie hervorrief, versprach eine Befreiung von der Schwerkraft, und alles wäre so einfach, wenn man in dem grünen Meer aus Blättern verschwand und endlich Frieden fände. Zentimeterweise tastete er sich vor, doch dann erschrak er so sehr, dass er zurückwich und sich stumm auf den Boden fallen ließ. Er zitterte.

Panisch griff er in die Jackentasche und zündete sich eine Zigarette an. Mit einer seltsamen Besessenheit versuchte er so tief zu inhalieren, bis er das Nikotin im Blutkreislauf und die Betäubung, die auf den Schwindel folgte, zu spüren glaubte.

Als er zurückkehrte, klingelte er vergebens nach dem Portier. Auch den Gang zum Parkplatz hätte er sich sparen können. In voller Montur legte er sich auf das Bett, doch er fand keinen Schlaf. Angestrengt achtete er auf jedes Geräusch. Irgendwann glaubte er, einen Motor zu hören. Er gab sich einen Ruck und stand auf.

Schon von Weitem schüttelte der Portier bedauernd den Kopf. Nachdem der das Trinkgeld bekommen hatte, wirkte er nun ungleich beflissener. Dolphin ließ einen Testballon steigen und fragte, ob das frisch vermählte Paar noch da sei. »I am sorry«, wiederholte der die altbekannte Wendung, »I am not allowed to talk about our guests.« Und dann erklärte er ihm in überraschender Ausführlichkeit, es stiegen hier so viele bedeutende Persönlichkeiten ab, die größten Wert auf ihr Inkognito legten.

»And what about Churchill?« Dolphin lächelte säuerlich und zeigte auf das handsignierte Foto an der Wand, das den Politiker in Triumphpose bei einer Safari zeigte.

»Well«, erwiderte der Portier, »that was the gentleman's decision.«

Im Zimmer kreisten seine Gedanken in einer endlosen Schleife. Während sich über ihm der Waterberg erhob und zu seinen Füßen die Kalahari erstreckte, zog sich seine Welt immer mehr zusammen und beschränkte sich auf den Bezirk zwischen Chalet, Rezeption und Parkplatz. Wie sollte Dodo wissen, dass er längst auf sie wartete, wenn der Portier gerade durch Abwesenheit glänzte? Dazu die Tatsache, dass bis auf Mr. Krugers Bentley kein weiterer Wagen zu sehen war. Gut möglich, dass sie bereits wieder abgefahren war. Dolphin wären die anderen Gäste jedenfalls verborgen geblieben, hätte er nicht zufällig den Diamantenhändler vor dessen Chalet und die Flitterwöchner beim Dinner gesehen. Bis auf den Portier, den Kellner und den Boy bekam man keine Angestellten zu Gesicht, und außerhalb der schwer durchschaubaren Dienstzeiten waren sie wie vom Erdboden verschluckt. Wie konnten sie nur dafür sorgen, dass ankommende Gäste ordnungsgemäß empfangen wurden und Unbefugte nicht heimlich das Anwesen betraten?

Wie unter Zwang erhob er sich und machte seine Runde. Der Parkplatz war völlig verwaist.

Er fragte sich, ob Mr. Kruger bereits die Heimreise angetreten hatte, ohne sich von ihm zu verabschieden. Stille senkte sich über das Areal. Falls die Frischvermählten ebenfalls aufgebrochen waren, müsste er nun der einzige Gast sein. Vom Tänzer keine Spur. Da er nicht alleine in dem riesigen Speisesaal essen wollte, ließ er sich einen Imbiss aus der Küche bringen.

Wieder und wieder wälzte Dolphin sich im Bett, bis es ihm endlich gelang, einzuschlafen. Irgendwann wachte er plötzlich auf und hörte draußen Geräusche. Er richtete sich auf und schaute zur Tür. Die Klinke senkte sich langsam. Langsam, wie in einem Film. Oder bildete er sich das nur ein? Die Dunkelheit kam ihm wie eine Wand entgegen, doch mit einem Mal sprang er auf und wollte den Eindringling stellen, als er mit dem Schienbein gegen einen Stuhl stieß und vor Schmerz laut aufschrie. Mit beiden Händen umfasste er die Stelle, die höllisch wehtat. So schnell es ging, humpelte er zur Tür und riss sie auf. Niemand war zu sehen. Und mit einem Mal nahm er ringsum schwer unterscheidbare Laute wahr, deren Entfernung man kaum einschätzen konnte, eine Mischung aus Grunzen, Scharren, Fauchen, Trällern, die sich im Dunkel des Gebirges zu einem Klang fügte. Er lauschte angestrengt, und als er wieder hineinging, kam ihm jener Kriminalfilm in den Sinn, den er mit Ella im UFA-Theater gesehen hatte. Die Szene, als die Türklinke sich mit einem kaum hörbaren Knarzen senkte und das Schicksal seinen Lauf nahm.

19

Es wurde Morgen, und nichts hatte sich verändert. Dolphin beschloss, sich zum Friedhof aufzumachen, den er eigentlich mit Dodo besuchen wollte. Nach einer schweißtreibenden Wanderung gelangte er zum Ziel. Umgeben von einer Mauer waren die Gräber in perfekter Symmetrie ausgerichtet. Die Sonne schien unerbittlich auf das baumlose Geviert, hinter dem sich das Massiv erhob. Aus dieser Perspektive erinnerte es ihn an eine Postkarte vom Elbsandsteingebirge bei Dresden, die ihm seine Eltern einmal aus den Ferien geschickt hatten.

Dolphin trank einen Schluck Wasser aus der Feldflasche und wischte sich über die Stirn. Dann zückte er die Leica, um Bilder von den Grabsteinen zu machen. Sie waren mit der kaiserlichen Krone und Eichenlaub vergoldet worden, und die Inschriften erzählten vom Heldentod, der bei dem Hereroüberfall der Station Waterberg im Januar 1904 und bei der berühmten Schlacht im August desselben Jahres gestorben worden war. Bei einem Grabstein zog er das Jagdmesser aus der Scheide und kratzte mit der Spitze über die Goldbuchstaben eines Gefallenen, dessen Namen ihn anrührte. Er hieß Reiter Rakete, der in treuer Pflichterfüllung seinen Tod gefunden hatte. Und Dolphin stellte sich eine Rakete vor, auf deren Strahl ein apokalyptischer Reiter ins Jenseits entschwunden war.

Der Rückweg war beschwerlich. Dolphin verspürte gewaltigen Hunger, als er am späten Nachmittag die Lodge erreichte. Auf seine übliche Frage hin zuckte der Portier nur mit den Schultern. Die Kraft reichte gerade noch dazu, die Schnürstiefel auszuziehen und die Füße auf einen Schemel zu legen. Während er auf das Essen wartete, war alle Kraft entwichen. Warum rief sie nicht an? Nun gut, bei den hiesigen Straßenverhältnissen waren Autopannen gang und gäbe, vor allem, wenn man sich in menschenleeren Gegenden befand, konnte es länger dauern, bis ein Wagen wieder fahrtüchtig wurde. Wenn er sich nur sicher wäre, dass sie Wort hielt, könnte er sein Warten als eine Sehnsucht begreifen, die zur Liebe gehörte wie ihre Anwesenheit, und im Grunde müsste man sich selbst gering schätzen, wenn man die Frau nicht liebte, auf die man so lange wartete.

Im Laufe des Abends entwickelte er ein Trinkritual, das einer strengen Systematik folgte. Pedantisch füllte er immer nur ein Fingerbreit Whisky nach, als könne er sich damit über die Mengen hinwegtäuschen, die er hinunterschluckte. Der Wasserspiegel im Becken, so schien es, begann parallel dazu zu steigen. Er musste an das Märchen denken, in dem Undine aus dem Schlossbrunnen auftaucht und den treulosen Gemahl, der sich gerade in das Gemach ihrer Widersacherin begeben will, zu Tode küsst.

Im Badezimmer schaltete er die Lampe an und sah im Spiegel zwei Tränen aus seinen Augen rinnen. Er war erstaunt und fühlte nichts. Er sah einen fremden Mann weinen. Und dann kehrte er auf die Terrasse zurück und goss, penibel wie ein Laborant, dasselbe Quantum in das Glas, als wolle er in seinem Gehirn ein Planquadrat nach dem andern betäuben.

Obwohl es deutlich abkühlte, wurde ihm immer heißer, und als er unter der Dusche stand, war das Wasser viel zu warm. Hatte er Fieber? Er musste etwas unternehmen. Achtlos schlang er sich ein Handtuch um die Hüften, das er vor dem Becken fallen ließ. Als er eintauchte, sträubte sich alles in ihm. Er fühlte ein Krabbeln und schlug sich mit der flachen Hand auf die Halsschlagader. Es war bloß ein Insekt, das er zerquetschte und ins Dunkel schnippte.

Die Kühle tat ihm gut. Mutig geworden, hievte er sich aus dem Becken und holte Flasche und Glas. Er glitt wieder hinein. Unbeeindruckt von dem Ortswechsel führte er die Prozedur fort. Das exakte Portionieren machte ihm Mühe. »So what«, sagte er laut und legte den Kopf in den Nacken. Und dann stellte er das Glas ab und breitete die Arme aus. Mit beiden Handflächen spürte er die Wärme, die in dem Steinboden der Terrasse gespeichert war, und nickte ein.

Irgendwann wachte er auf und hörte Schritte. Mit einem Mal befiel ihn eine Todesangst, die ihm den Hals zuschnürte. Er brachte nicht die Kraft auf, herauszuklettern. Er saß in der Falle. Fieberhaft überlegte er, was zu tun sei, und dann tauchte er unter und hielt die Luft an. Plötzlich erschien ein Schatten über ihm, und alles in ihm rüstete sich zum Todeskampf. Und dann packte ihn jemand mit festem Griff, doch er wurde nicht niedergedrückt, sondern mit beiden Händen unter die Achseln gefasst und hochgezogen, und er hörte einen lauten Fluch, den er nicht gleich verstehen konnte. »What the hell are you doing?«, hörte er die tiefe Stimme schließlich keuchen. Dann erkannte er Mr. Kruger, der im schwarzen Smoking am Beckenrand kniete. Der reichte ihm kopfschüttelnd die Hand, und zitternd stieg Dolphin aus dem Becken. Ohne ein Wort zu sagen, betrat der Diamantenhändler das Chalet und kam mit dem Bademantel zurück, half ihm hinein und wurde auf einmal von einem Lachkrampf geschüttelt, japste, was diese exzentrischen Briten alles so trieben, wenn sie ihre Insel verließen. Dolphin war erleichtert, dass sein Gegenüber offenbar so angeheitert war, dass er die Situation nicht erfasste und an einen Scherz glaubte, der ihm zu Ehren fabriziert worden war.

Kruger deutete auf die Weinflasche, die er neben dem Becken abgelegt hatte. Er komme gerade von einer stinklangweiligen Party, lallte er, und kein Mensch sei mehr im Hotel gewesen. Er habe auch nicht mehr damit gerechnet, ihn hier anzutreffen. Er bestand darauf, dass Dolphin zwei Weingläser holte. »Try this«, lallte er, »this is a more sophisticated sip than your bloody whisky.« Ohne nach dem Korkenzieher zu verlangen, drückte er plötzlich seinen behaarten Daumen in den Flaschenhals, und als er ihn wieder herausgezogen hatte, reichte er Dolphin die Flasche. Und dann stand er einfach auf und wankte in die Nacht.

20

Lustlos stocherte Dolphin in seinem englischen Frühstück. Selbst Grilltomaten und Bohnen fehlten nicht, doch er schob den Teller beiseite. Er hörte einen Boy im Badezimmer hantieren, der sich an dem defekten Brausekopf zu schaffen machte. Unablässig hatte es getropft, ein hartes Geräusch, so penetrant, dass er davon erwacht war.

Er goss sich Tee ein und zündete sich eine Zigarette an. Tag drei. Und Dodo war noch immer nicht da. Wenn sie bis morgen nicht erschiene, müsste er die Botschaft in Windhuk verständigen.

Er hörte das Geräusch der Rohrzange. Es erinnerte ihn an einen Traum, der ihn am frühen Morgen heimgesucht hatte. Blut tropfte von der Decke auf seine Stirn, und dann schwappte es in Augen, Ohren und Mund und lief an ihm herab und bedeckte den Boden mit dickflüssigen Lachen und Krusten wie Siegellack. Durch den Schleier aus Blut sah er eine breiige, aufgetriebene Masse in rötlichem Blau, die einmal ein Gesicht gewesen war, die Oberlippe, nach oben gekrampft und ein Stück Zahnfleisch, bis es sich in einem grellen Blitz auflöste.

Er löffelte Zucker in den Tee und rührte lange um, bis der Boy auf der Terrasse erschien und ihm mitteilte, das Problem sei behoben. Und tatsächlich, als er hineinging, um das Portemonnaie zu holen, fiel die Abwesenheit des Geräuschs auf. Es hatte seinen gesamten Aufenthalt grundiert, ohne dass es ihm aufgefallen war.

Ihm war rätselhaft, woher auf einmal jene Zuversicht kam, dass sie doch noch auftauchen würde. Vielleicht hatte sie auch mehrfach angerufen. Er stellte sich vor, wie sie plötzlich einfach da war, so wie an jenem Morgen vor dem Museum, als sie ihm entgegengeflogen war, leicht wie eine Feder, und ins Ohr geflüstert hatte, wie glücklich sie sei.

Am Nachmittag stieg er ins Tauchbecken, um sich abzukühlen. Er beruhigte sich mit dem Gedanken, spätestens morgen aktiv zu werden. Dodo könnte sich nicht beschweren. Drei Tage Warten waren Grund genug.

Wie würde sie ihm gegenübertreten? War der Sonnenbrand verheilt? Es schien ihm, als habe sie ihre Haut abstreifen wollen, wie eine Schlange. Immerzu wollte sie sich häuten. Vermutlich gehörte das zum Künstlerdasein. Aber irgendetwas anderes trieb sie dazu, sich zu verletzten, sich

Nadeln in den Körper zu stechen oder nach dem Gürtel zu verlangen. Er hatte ihr nicht geben können, wonach sie sich sehnte. Und dann kamen ihm die briefmarkengroßen Abdrücke auf ihrem Rücken in den Sinn, über deren Herkunft er noch immer rätselte.

Als es dämmerte, bestellte er beim Zimmerservice einen traditionellen High Tea. Hungrig verzehrte er kaltes Huhn, Pork Pie, gekochtes Gemüse und leerte dazu eine Kanne Darjeeling.

Obwohl es köstlich aussah, schmeckte er im Grunde nichts, so sehr kreisten seine Gedanken um Dodo. Bei Adolf war sie in guten Händen. Man konnte ihm, was Schutz und Sicherheit anging, vollstens vertrauen. Was aber, wenn sie einen Unfall hatte? Was dann?

Er konnte nicht mehr warten. Er musste etwas tun. Unverzüglich suchte er die Rezeption auf, wo wieder niemand anzutreffen war. Das Telefon befand sich offenbar im Büro. Nur: Wo war das Büro?

Er passierte die hüfthohe Schwingtür, um hinter den Tresen zu gelangen. Dort war in derselben Höhe eine Ablage angebracht, auf der Schreibutensilien und Aktenordner standen. Wie erwartet kein Telefon. Und dann fiel sein Blick auf das Gästebuch, das offen herumlag, als wollte es ihm etwas offenbaren. Er blätterte darin. Was sollte das schon sein? Er erkannte seine Unterschrift und die Angaben zu seiner Person samt Nummer des Reisepasses. Darunter Mister P. Kruger, Chairman and President, aus Cape Town, dessen schwungvolle Signatur das zugeteilte Feld bei Weitem sprengte. Mit Herzchen versehen die Namen von Mr. and Mrs. Dries de Beers, die statt einer Berufsangabe in bauchigen Lettern *honeymooners,* gefolgt von drei Ausrufezeichen, hineingemalt hatten. Und dann tauchte in dünnem Bleistift ein Mr. Ewald Vogel aus Berlin/Germany auf, der sich als *tourist* auswies. Dolphin stockte der Atem. Das musste der

Tänzer sein. Und als er fieberhaft nach der Zimmernummer suchen wollte, trat der Portier aus einer Tapetentür heraus und fuhr ihn entgeistert an: »Sir, what are you doing?« Und nach einer Pause stöhnte er: »I am losing my job.«

Mit allen möglichen Ausflüchten versuchte Dolphin, ihn zu besänftigen. Er habe nach der Adresse von Mr. Kruger gesucht und gehofft, seine Telefonnummer zu finden, weil der ja offenbar abgereist sei und etwas vergessen habe, aber vor allem sorge er sich um seine Verlobte, der womöglich ein Unglück zugestoßen sei, und dann versuchte er, den Spieß umzudrehen, und fragte den Portier, ob er dafür garantieren könne, dass jeder eingehende Anruf auch angenommen werde, was er so langsam bezweifle. Er überlege nun, sich bei der Direktion zu beschweren. Als sein Gegenüber ihn bestürzt ansah, drehte er sich um und lief zum Parkplatz. Der Bentley stand wieder an Ort und Stelle. Wie passte das nur alles zusammen? Und wie kam ein Mr. Ewald Vogel aus Berlin/Germany dazu, hier fast unbemerkt zu logieren?

Vielleicht war er längst abgereist, dachte Dolphin. Um sicherzugehen, suchte er das Chalet des Diamantenhändlers auf. In seidenem Hausmantel saß der auf seiner Terrasse und rauchte einen Zigarillo. Ohne Umschweife kam er zur Sache und wollte wissen, ob dieser wirklich keinen weiteren Deutschen gesehen habe. Misstrauisch schaute Mr. Kruger ihn an, bevor er in Lachen ausbrach. »Are you seeing ghosts?« Und dann wollte er ihm einen Drink anbieten, doch mit einer fadenscheinigen Entschuldigung suchte Dolphin das Weite.

Unschlüssig, ob er nochmals versuchen sollte, die Botschaft in Windhuk zu kontaktieren, lief er zum Hauptgebäude, bevor er sich es anders überlegte. Er musste erst einmal zur Ruhe kommen. Sich abkühlen. Er krempelte die Hosen hoch, streifte die Sandalen ab und steckte die Füße in das Tauchbecken. Nach einer Weile steckte er sich eine

Zigarette an und sog den Rauch tief ein. Im Wasser spiegelte sich das Licht der untergehenden Sonne. Er fragte sich, wo die Quelle verborgen war, die den Brunnen speiste. Undines Heimat. Lächelnd bewegte er die Füße hin und her. Die Kühle tat ihm gut. Bier wäre jetzt das passende Getränk. Doch er war zu faul, um aufzustehen. Er betrachtete seine gespreizten Finger, mit denen er sich auf dem Beckenrand abstützte. Ihm fiel der Dreck unter seinen Nägeln auf. Es sah abscheulich aus. Er griff nach dem Jagdmesser, zog es aus der Scheide und widmete sich akribisch der Maniküre.

Das Wasser wurde immer dunkler und er fröstelte. Mit nassen Füßen schlüpfte er in die Sandalen. Und da bemerkte er, dass die Tür einen Spalt weit offen stand. Kurz dachte er an das freche Zimmermädchen, aber dann fiel sein Blick auf den Schreibtisch, wo jemand in seinen Papieren herumgewühlt hatte. Die Schränke waren leer geräumt, Kleider lagen auf dem Boden. In einer Ecke entdeckte er den umgekippten Phonographen und die beschädigten Wachswalzen, was einer Kriegserklärung gleichkam. Wutentbrannt stürmte er hinaus und suchte Chalet für Chalet ab, bis irgendwo eine Tür aufging und ein Schatten zu sehen war, der sich im Zickzackkurs auf den Wald zubewegte, wo der Pfad zum Plateau hinaufführte.

Und dann jagt er dem Schatten hinterher und taucht ein in eine große Dunkelheit, in der sich allmählich die Umrisse von Zweigen, Ästen und Felsbrocken abzeichnen, scharf wie Scherenschnitte in einem bösen Märchen, und er fühlt das Adrenalin, wie es ihm in die Adern schießt, und keinen Schmerz, als er sich die Zehen an einem Stein blutig schlägt, er bückt sich nur kurz, um wieder in die Sandale zu schlüpfen, und kann nicht sagen, welche blinde Kraft ihn vorantreibt.

Bilder explodieren wie Blitzlichter. Der Tänzer, der sie von einer Seite zu anderen schwenkt und an ihrer Perücke herumzerrt, als sei sie eine namenlose Puppe; ihre verbundenen Pulsadern, gestreift vom Schatten der Jalousie; das stumme Entsetzen in ihren Augen, als sie sturzbetrunken in der Nacht nach Hause kommt und von einem Schlachtfeld murmelt, zu dem rätselhafte Blutergüsse gehören von der Größe einer Briefmarke.

Mechanisch setzt er einen Fuß vor den anderen, vorgebeugt auf einer schiefen Ebene, und ihm kommt eine Himmelsleiter in den Sinn, die zu jedem Himmelfahrtskommando gehört, dann stolpert er, muss sich fangen, läuft weiter, wie aufgepeitscht von einer Droge, die alle Schmerzen vergessen lässt.

Keuchend kommt er aus dem Dunkel heraus und sieht den Himmel über dem Plateau. Er spürt die Windstöße und atmet dagegen an. Er weiß, dass *er* da ist. Böen kommen und gehen. Sie streifen über das vibrierende Feld. Ein Mann mit einem Allerweltsnamen, hinter dem sich, er weiß es genau, der Mann ohne Gesicht verbirgt. Sie hatte den Namen wieder und wieder im Traum gemurmelt. Und war davon so verstört gewesen, dass sie nach Dolphins Antrag immer wieder gekichert hatte, sie wolle keinen Ring, schließlich sei sie kein Vogel.

Wo steckt dieser Vogel? Dolphins Augen tränen vom Wind. Vergeblich kneift er sie zusammen. Es will sich keine Gestalt aus der Fläche herausschälen. Das Tosen, stoßweise, dann wieder aussetzend, überlagert alles. Schwer deutbare Geräusche werden hin und her geweht, erinnernd an jenes Knurren, Scharren, Zwitschern und Grunzen, das er, weiter unten, in der Windstille, vernommen hatte. Man kann keinesfalls sicher sein, was sich dahinter verbirgt.

Plötzlich hört er das Knacken eines Asts im Gebüsch. Er zuckt zusammen. Es klingt, als würde jemandem das Genick gebrochen. Er redet sich zu. Ruhig Blut. In seinem Kopf ertönt die Stimme seines Vaters. *Keep calm.* Und dann erkennt er den Felsbrocken, der ihn an ein Herz aus Stein erinnerte, und er sieht einen hellen weißen Flecken, der dahinter verschwindet, und kurz fragt er sich, ob er nicht Gespenster sieht, doch dann taucht er wieder auf, und er wundert sich, wie man nur solch ein Hemd tragen kann, wenn man unerkannt bleiben möchte. Dolphin spürt wieder dieses Vibrieren in der Lendengegend, das Angst und Lust verheißt, und instinktiv greift er an seine Seite, wo er den Gürtel trägt und das Messer spürt. Blitzschnell zieht er es aus der Scheide. Der Griff fühlt sich kalt an. Er umklammert ihn, als wolle er ihn zerquetschen, duckt sich und nimmt eine gebückte Haltung ein. Was sich daran anschließt, kommt ihm vor wie eine einzige Bewegung, bestehend aus konzentrischen Kreisen, die sich abstoßen und überlappen und ineinander kriechen. Er schleicht um den Felsbrocken und eine Ansammlung von Büschen herum.

Und plötzlich steht er da. In jenem Hemd, das im Dunkel strahlt wie ein Lichtstreif. Er steht da, wenige Meter vor der Steilkante, in jener fast unnatürlich aufrechten Haltung, wie der *Jack in the box* seiner Kindheit. Dolphin umklammert das Messer. Er hat es gegen den Oberschenkel gepresst und wartet ab. Das Adrenalin setzt alles unter Strom. Er lauert. Wartet auf eine Bewegung. Auf Täuschmanöver. Heimtückische Finten.

Als Vogel den Dolch sieht, hebt er, begleitet von einem schattenhaften Lächeln, die Arme in die Höhe. Es sieht nachlässig aus, als habe er damit gerechnet.

Dolphin geht einen Schritt auf ihn zu. Hat jetzt den rechten Arm weit von sich gestreckt, bereit zur Attacke. Fixiert den Gegner. Stellt sich auf die Zehenspitzen, und jede Faser ist angespannt.

Vogels Lächeln verschwindet nicht. Es ist sein Mund, durch den es etwas Zweideutiges bekommt. Dolphin lauert, ob die Lippen wieder zu einem Strich werden, rechnet damit, dass dann der Gegenschlag erfolgt. Doch sie öffnen sich, und zu seiner Verblüffung beginnt Vogel mit leiser Stimme zu sprechen.

»Da wären wir also.« Die schmalen Lippen schürzen sich. Es sieht fast liebenswürdig aus.

»Wir? Wer ist wir?« Nun lächelt auch Dolphin. Er kann nichts dagegen tun. Als folge er einem Zauber, der ihn zur Wiederholung zwingt.

»Sie wissen, wer ich bin.«

Er hat eine helle metallene Stimme, sie kommt einem vor, als habe man die Spitzen mit einer Feile abgeschliffen.

»Wie sollte ich?«

»Kommen Sie, das glaube ich Ihnen nicht. Ein Oxford-Alumnus und Starjournalist …«

Ein leichtes Kratzen schwingt im Kehlkopf nach, wie Eisenspäne.

»Warum schmeicheln Sie mir?« Er muss die Strategie durchkreuzen. Den Bann brechen.

»Ich schmeichle Ihnen nicht. Ich halte mich an Fakten.« Das Lächeln ist wie ausgeknipst. Vogel lässt die Arme sinken.

Dolphin lässt es geschehen. Zwingt sich, in Lauerstellung zu bleiben. Er darf keine Fehler machen. Dann die Gegenfrage: »Was sind Ihre Fakten?«

»Welche Fakten?« Mit gespielter Überraschung öffnet er den Mund und zeigt seine blitzend weißen Zähne.

»Zum aktuellen Verbleib des Fräulein Liebermann zum Beispiel?« Das Spiel kostet ihn unendlich Kraft, aber er weiß, es ist nur das Vorspiel.

Vogel schnaubt verächtlich. Ein Punkt für Dolphin. Dann verwandeln sich die Lippen in ein kokettes Schmollen. »Wir mussten lange warten, bis wir endlich an diesem Punkt sind.«

Langsam geht Dolphin einen Schritt vor. Er hat es satt. Man muss das Theater sofort beenden. Er hebt den Arm und deutet auf die Klinge. Dann reckt er das Kinn. »Also, wo ist sie?«

Erschrocken weicht Vogel zurück, doch im nächsten Augenblick wirkt es wie ein Zitat aus einer Schmierenkomödie, auch, als er seufzend zu sprechen beginnt. »Ja, *Sidonie*«, sagt er, als setze er ihren Vornamen in Anführungszeichen, »Sidonie Liebermann«. Und nun zwinkert er mit dem linken Auge, »mit *ie,* ich erinnere mich.« Er lächelt verträumt. »Ich erinnere mich an ein jüdisches Flittchen aus der Rio Bravo Bar, das sich«, und hier zwinkert er wieder, ›Tischfrau‹ oder ›Gesellschafterin‹ nannte. Ein jüdisches Flittchen, nicht einmal untalentiert. Süchtig nach Schlägen, aber es müssen ganz *spezielle* Schläge sein, mit den geeigneten Werkzeugen auf die nackte Haut, aber keinesfalls Eisenrohre, die hinten in das enge Loch geschoben werden, wie das der selige Herr Rittmeister zu Verlustierungszwecken getan hat. Und dann kommt das Judenflittchen zu uns und verlangt nach Rache, und wir geben ihr das, was sie verlangt, und wir lassen sie hübsche Aufnahmen von dem Unhold machen mit der Königin der Nacht, um alle Welt wissen zu lassen, was der frisch gebackene Vater und treu sorgende Gemahl mit einer Hottentottin so treibt, doch dann enttäuscht uns Fräulein Liebermann bitterlich. Vor lauter Angst versiebt sie es, und mit dem Schlafmittel, das den Freund der Niggermusik in den Armen einer Niggerhure nur betäuben sollte, mit diesem famosen Barbiturat aus dem Hause Beyer bettet sie ihn zur ewigen Ruhe. Dieses eine Foto hätte ausgereicht, um dem System die Maske endgültig vom Gesicht zu reißen, doch dann war all die viele Arbeit einfach perdu.«

Er macht eine Geste des Bedauerns, als sei das alles bloß ein fatales Missgeschick und der murmelnde Strom seiner Sätze nur dazu da, das Gegenüber einzulullen. Dolphin tritt einen Schritt vor, und jetzt herrscht er ihn an: »*Wo* ist sie?«

»Kommen Sie, stecken Sie das Messer weg, lassen Sie uns doch vernünftig reden«, murmelt er und hebt wieder die Arme. Überdeutlich sein breiter Mund, der zu einem Strich wird, wenn er ihn schließt. Dolphin bemerkt, wie er sich aufteilt. In eine Person, die den Feind belauert und sich für einen Angriff rüstet. Und in eine, die dessen Worten folgt, und diese Person hört ihn von einem Bastard aus den Kolonien sprechen, der die Kühnheit besessen habe, nach Berlin zu schreiben und einen deutschen Fliegerhelden des Weltkriegs zu erpressen, und es bleibe wohl auf ewig ein Rätsel, wie ein Untermensch aus dem Busch habe glauben können, ungestraft dem Führer zu drohen. »Wir hatten keine Wahl«, sagt er so leise, dass man die gesamte Konzentration zusammennehmen muss, um ihm zu folgen, »wir konnten ihn nicht vor sich selbst schützen, wie wir auch den allseits bekannten Negerschauspieler nicht retten konnten, da half ihm weder sein jüdischer Künstlername noch die Flucht ins schöne Wien und an die Gestade der Amalfiküste, denn, so leid es uns tut, das Zeitalter der Negerkultur neigt sich im Deutschen Reich nun so langsam dem Ende zu.«

Seine starren Augen sprechen eine andere Sprache als das Bedauern heuchelnde Spiel seiner Lippen. Es kostet unendlich viel Kraft, sich dagegen zu wehren, und gerade als Dolphin ihm ins Wort fallen will, hebt der Mann besänftigend die Hände.

»Wir haben uns getäuscht in ihr«, murmelt er und schüttelt den Kopf. »Wir haben einen Moment der Schwäche gezeigt und sind ihr einen Augenblick lang verfallen, wir haben geglaubt, sie könne sich lösen aus all der Entartung um sie herum, aber das waren alles Träumereien. Doch sie hat so viel von der Lust verstanden, so krank und verdorben sie im Innern auch war, verfault wie die Republik, aber wie bei Krebskranken im letzten Stadium leuchtete ihre Schönheit umso heller auf, und dann wollte sie plötzlich alles vergessen, was sie angerichtet hatte, doch man kann die Vergangenheit nicht vergessen und unbehelligt im Tageslicht spazieren, wenn man eine Leiche im Keller hat.« Er wirft den Kopf zurück und lässt ein bitteres Lachen hören, dem man ebenso wenig Glauben schenken kann wie seinen Worten.

Und wieder hebt Dolphin langsam den Dolch, tritt einen Schritt vor und brüllt ihn an: »Wo ist sie?«

»Sie ist in Sicherheit«, und jetzt war alle Theatralik aus seinem Gesicht verschwunden, »wie sie immer in Sicherheit war, wenn wir sie vor sich selbst retten mussten. Nach ihrem törichten Versuch, mit einem Küchenmesser Schluss zu machen, in den Berliner Nächten, auf Rügen, die ganze Zeit waren wir für sie da, und sie war, ohne es zu wollen, ein Werkzeug in unserem Kampf geworden, aber man kann nicht einfach weglaufen, auch nicht mithilfe eines Judengaleristen, und deshalb haben wir ihre Reise beendet, wie auch Ihre Reise bald zu Ende sein wird, Mr. Dolphin.«

Überdeutlich sieht er nun jedes Detail in Vogels Gesicht. Die kalten, blassen Augen, die nichts verraten. Die Brauen darüber, die so dünn sind. Die andere Person in Dolphin nimmt diese Drohung ungläubig auf und fragt sich, wie einer, der unbewaffnet mit dem Rücken zum Abgrund steht, die Unverfrorenheit besitzen kann, ihm zu drohen, und hört Vogel sagen, dass Dolphin zu jenen Leuten zähle, die die Zukunft aufhalten wollten, aber das Tausendjährige Reich lasse sich nicht aufhalten, auch nicht vom Empire. Und während die erste Person Vogels Gesicht belauert, dessen Argwohn durchtrainiert ist wie ein Muskel, tauchen im steten Strom der Worte Ungeheuerlichkeiten auf, nach denen niemand Verdacht schöpfen wird, wenn der englische Reporter mutterseelenallein in einer Schlucht fern der Heimat liege und ein Foto genügte, um seinen Freitod zu belegen.

Dolphin lauert auf jede Bewegung. Kurz scheint es ihm, als sei von jemand anderem die Rede, doch dann schießt ihm das Adrenalin in die Adern und mit einem grimmigen Lachen zeigt er mit der Linken auf die Spitze seines Dolchs.

»Ach ja, ein Foto?«

Vogels Augen funkeln. Zum ersten Mal sieht man blanken Hass.

»Wir brauchen es der Hauptstadtpresse nur in die Briefkästen zu stecken, portofrei«, und er hält sich kurz die Hand vor den Mund, als habe er einen gewagten Scherz gemacht. »Sie haben doch nicht etwa das hübsche Bildchen vergessen? Mit dem putzigen Kapuzenkarneval der *Ritter vom feurigen Kreuze*? Der von niemand anderem als Berliner Polizeikommissaren im Präsidium am Alexanderplatz nachgestellt worden ist? Aus reinem Jux?«

Jetzt blickt er Dolphin direkt in die Augen, und der weiß sich nicht anders zu helfen und hebt trotzig das Kinn.

»Ach ja, glauben Sie?«

»Alle werden es glauben.« Vogel lässt wieder sein bitteres Lachen hören. »Und Ihre eigene Sekretärin wird alles fein säuberlich bezeugen. Sie wird die Machenschaften eines korrupten Karrieristen beglaubigen, dem jedes Mittel recht ist, um nach oben zu kommen, und Ihre Mrs. Hanbury wird das alles mit derselben Akribie tun, mit der sie uns von Anfang an über jeden Ihrer Schritte informiert hat.«

»Kommen Sie, Vogel. Wer mich kennt, glaubt nicht an Selbstmord.« Und Dolphin, als folge er wider Willen den Gebärden des anderen, bricht in ein bitteres Lachen aus, das eindeutig zu hysterisch gerät.

Vogel mustert ihn, als sei er erfreut über diese Entgleisung. Sein Blick schwankt zwischen Belustigung und grimmiger Entschlossenheit.

»Tod oder Freitod«, flüstert er, »das sind nur Worte. Am Ende ist alles eins. Niemand kann seinem Schicksal entrinnen. Auch wenn nicht jedem ein Heldentod beschieden ist, Mr. Dolphin.«

Dann hält er inne. Nickt ihm bedächtig zu. Er macht den Eindruck, als sei er zugleich wach und schliefe, und Dolphin muss an die Krokodile denken, die er als Kind im Zoologischen Garten gesehen hat, und er wundert sich darüber, wie er sich wundert, dass er nichts anderes entgegnen kann als: »Ach, wirklich?« Er sagt es nun zum zweiten Mal.

Es scheint, als amüsiere Vogel diese Frage. Dann wirft er ihm einen Blick zu, schnell und hart wie eine Kugel.

»Wir brauchen eine neue Form für das Leben«, sagt er und wird plötzlich lauter, »und eine neue Form für den Tod. Wir sind im Kampf, doch das Ende ist nahe, und unsere Krieger werden sich nach dem Siege versammeln, in gewaltigen Reihen und Formationen voll mathematischer Schönheit, und diese höhere Ordnung wird auch den Tod schmücken, und in schnurgeraden Reihen werden wir unsere Feinde zur Schlachtbank führen, und sie werden von dieser Welt verschwinden und ihr Grab in den Lüften beziehen, wo sie auf ewig herumirren werden, ohne Recht und Aussicht, ihren Frieden in deutscher Erde zu finden.«

Er lächelt versonnen, als sehe er die Szene vor seinen Augen. Dann dämpft er die Stimme, als wolle er sein Gegenüber zwingen, in das Unvorstellbare einzuwilligen.

»Machen Sie sich keine Sorgen«, flüstert er. »Ihr Freitod wird von niemandem bezweifelt werden, wie er auch beim seligen Rittmeister nicht ernsthaft bezweifelt worden ist, weil alle Seiten ein Interesse daran haben, und selbst der steinreiche Herr Kruger aus Kapstadt wird keine Zweifel hegen, nachdem er Sie tief in der Nacht vor dem Ertrinken gerettet hat, und wenn alles so weit ist, werden wir den Diamantenhändler aufsuchen und von dem einsamen und gemütskranken Briten erzählen, der sich, von bösen Geistern geplagt, am Ende in die Schlucht gestürzt hat.«

Langsam, als erwache er aus einer Hypnose, dringen die Worte zu ihm durch. Und dann reißt Dolphin den Dolch in

Höhe und bricht in höhnisches Gelächter aus: »Wer am Ende in der Schlucht liegt, das werden wir erst einmal sehen.«

Vogels mattes Grinsen, als betrachte er das sinnlose Aufbegehren einer todgeweihten Kreatur. Um ihn noch mehr zu reizen, senkt er die Stimme. »Wer den Herrn sieht«, murmelt er, »muss sterben.« Und dann schiebt er beide Daumen unter seine Hosenträger und lässt sie schnalzen. Wie gebannt folgt Dolphin dem Schauspiel und lauscht dem harten Geräusch, und dann weicht Vogel mit einem Ausfallschritt zur Seite und streift sich die Hosenträger ab, ohne Dolphin dabei aus den Augen zu lassen, packt sie mit der rechten Faust und lässt sie schwingen wie ein Lasso. Dolphin glaubt, die Klemmen aus Metall zu sehen, und er weiß auf einmal, wie sie geschändet und süchtig wurde nach etwas, das sie zerstörte, mit briefmarkengroßen Klemmen und Gummibändern, die ihre Haut zum Platzen brachten, und wie zum Hohn soll er sich nun selbst unter dieser Knute ducken, von einem, der über Leben und Tod bestimmen will. Sein Herz beginnt zu stechen, als stecke bereits der Dolch darin, mit dem er jetzt hin und her fuchtelt, und Vogel führt ihn auf seinen Tanzboden und verwirrt ihn mit seinen Bewegungen, während er immer weiter zurückweicht und sich mit dem Rücken dem Abgrund nähert. Sein Lächeln ist festgefroren, und der drahtige Oberkörper kommt ihm plötzlich vor, als trage dieser ein Kettenhemd, das ihn unverwundbar macht. Wie lange sie sich umkreisen, kann er nicht sagen, sind es Minuten oder Stunden, und die Zeit dehnt sich aus und zieht sich zusammen, und es scheint ihm, als falle er in Löcher, in die die Vergangenheit einsickert und ihn verschlingt, und dann wird er plötzlich herausgeschossen in die reine Gegenwart und spürt von den Fußsohlen bis zur Schädeldecke ein giftiges Brennen, und er ist wach wie ein Tier, durchdrungen von dem einzigen Wunsch, den Feind zu vernichten. Sein Herz sticht und sticht. Und der Schmerz wird zu seiner Waffe, die alle Angst pulverisiert. Er fühlt einen Stromstoß, der ihn in eine andere Dimension katapultiert, glaubt, das Knistern zu hören, als würde die Lücke zwischen den Elektroden von einem funkelnden Bogen überspannt, spürt diesen wirbelnden, sich krümmenden, unaufhörlich sich ausbreitenden Hass und stürzt auf Vogel zu, und in diesem Augenblick sieht er die Nacht herabrasen und die Streifen der verglühenden Sterne, sieht die Blitze eines Stroboskops, die sein ganzes Leben erhellen, und dann bricht die Finsternis herein, und er fällt in eine bodenlose Tiefe.

21

Als er erwachte, war er umgeben von Licht. Ein unermessliches, weißes Strahlen füllte ihn aus, als sei er selbst Teil einer überbelichteten Fotografie, die alle Materie auflöst. Der schwarze Tunnel lag hinter ihm. Der Scheinwerfer, der vom Ende her mit immer größerer Geschwindigkeit auf ihn zugerast war, war einer ewigen Helligkeit gewichen. Er sah sich von weit oben auf einem Bett liegen, sah seinen Körper, doch er spürte ihn nicht. Ein Mann in einem weißen Kittel beugte sich über ihn. Er sah ihm zu. Es ging ihn nichts mehr an. Schichten aus Energie hüllten ihn ein, sanft wie Watte. Alles schwebte. Er fühlte einen tiefen inneren Frieden, wie er ihn nie gekannt hatte, und glaubte, es überstanden zu haben. Er war glücklich.

Einigen der Personen, um die es in diesem Roman geht, liegen historische Figuren zugrunde. So trägt etwa der Protagonist Segal Dolphin Züge des englischen Reporters Sefton Delmer, der in seiner Autobiografie Die Deutschen und ich *(1962) sein abenteuerliches Leben, u. a. als Journalist im Berlin der Zwanziger- und Dreißigerjahre, schilderte. Andere geschichtlich verbürgte Figuren wie zum Beispiel Louis Brody treten unter ihrem eigentlichen Namen auf. Dennoch ist es wichtig zu betonen, dass diese Geschichte und die Porträts der Personen ebenso wie die Ereignisse und Reisen frei erfunden sind.*

Im Verlauf der Recherchen zu diesem Buch habe ich etliche Romane, Sachbücher, Aufsätze, Zeitungsartikel und Internetseiten gelesen. Von besonderem Wert war Die unheimliche Maschine. Rasse und Repräsentation im Weimarer Kino *(2009) von Tobias Nagl sowie dessen Artikel zu Louis Brody in* CineGraph: Lexikon zum deutschsprachigen Film. *Des Weiteren der von Jürgen Zimmerer und Joachim Zeller herausgegebene Sammelband* Völkermord in Deutsch-Südwestafrika. Der Kolonialkrieg (1904–1908) in Namibia und seine Folgen *(2016) und das von Marianne Bechhaus-Gerst und Reinhard Klein-Arendt edierte Buch* AfrikanerInnen in Deutschland und schwarze Deutsche – Geschichte und Gegenwart *(2004).*

Außerdem der Band Was wir sehen: Bilder, Stimmen, Rauschen: zur Kritik anthropometrischen Sammelns *(2012) von den Herausgeberinnen Anette Hoffmann, Britta Lange und Regina Sarreiter und der vom Deutschen Historischen Museum vorgelegte Katalog* Deutscher Kolonialismus. Fragmente seiner Geschichte und Gegenwart *(2016). Und nicht zuletzt der Aufsatz* ›Playing Soldiers‹: The Truppenspieler Movement Among the Herero of Namibia, 1915 to ca. 1945 *von Wolfgang Werner im Journal of Southern African Studies (1990).*

Andreas Höll studierte Allgemeine Rhetorik, Germanistik und Empirische Kulturwissenschaften in Tübingen sowie an der Stanford University in Kalifornien. Nach Volontariaten beim Ammann Verlag in Zürich und bei RIAS Berlin/ Deutschlandradio wurde er Kunstredakteur beim Kulturradio des Mitteldeutschen Rundfunks. Neben zahlreichen Katalogtexten zur zeitgenössischen Kunst erschien 2004 sein Buch »Halbzeiten für die Ewigkeit. Über die wichtigste Nebensache der Welt« im Gustav Kiepenheuer Verlag. »Am Ende des Schattens« ist sein Romandebüt.

DIE PASSENDE PLAYLIST
ZUM ROMAN FINDEN SIE HIER:

CHRISTOPHER ECKER

HERR OLUF IN HUNSUM

ROMAN

Christopher Eckers Literatur gilt als spannend, provokativ und hintergründig, aber er hat auch eine boshaft-komische Seite – und diese kommt in seinem neuen Roman »Herr Oluf in Hunsum« voll zum Tragen. Während seine beiden letzten Romane herausragende Beispiele für literarische Phantastik sind, kehrt Ecker jetzt in eine Realität zurück, die sich als ähnlich abgründig erweist – aber mit mehr Ironie aufwartet. Mit seinem »Herrn Oluf« ist Ecker nicht nur in psychologischer Hinsicht das überzeugende Porträt eines zutiefst verunsicherten Mannes gelungen, dem alle liebgewordenen Gewissheiten entgleiten. Außerdem unterzieht der Autor in diesem Buch auch den akademischen Betrieb einer schonungslosen Bestandsaufnahme.

»Herr Olufs Reise nach Husum
ist ein origineller Trip mit Tiefgang.«

NDR Kultur, Andrea Ring

Das gesamte Programm gibt es unter
www.mitteldeutscherverlag.de

TILL SAILER

HAUS MIT DER MADONNA

ROMAN

Hanna Sewald steht 1947 vor dem Nichts. Ihr Mann Albin, völkischer Dichter und Erzieher einer nationalpolitischen Lehranstalt, kam in den letzten Kriegstagen ums Leben. So muss Hanna allein den Lebensunterhalt für sich und ihre Kinder sichern. Ihr Vater, der liberale Jurist Wilhelm Elsner, Mitglied der Thüringer Landesregierung, nimmt die Familie im Weimarer »Haus mit der Madonna« auf. Aber für die Akademikerin gestaltet sich die Arbeitssuche im Osten problematisch. Ebenso kann Hanna im Westen nicht Fuß fassen. Als auch ihr Vater in politische Bedrängnis gerät, bittet er sie schließlich um Hilfe, und auf diesem unsicheren Fundament erlebt sie die Gründung der DDR …

Till Sailer erzählt mitreißend und in großer Nähe zu seinen Protagonisten vom Schatten der Vergangenheit und einem schwierigen Neubeginn – die Geschichte einer Frau, die keine innere Wandlung vortäuschen wollte, aber alte Leitbilder nicht völlig überwinden konnte.

mitteldeutscher verlag

1. Auflage

www.mitteldeutscherverlag.de

Originalausgabe

Gesamtherstellung: Mitteldeutscher Verlag, Halle (Saale)
Layout und Satz: Stefanie Bader, Leipzig
Umschlaggestaltung unter Verwendung der Grafiken von
© Shutterstock – Kursat Unsal (Brandenburger Tor) sowie
Albert Solon, Air France – Marseille-Alger, 1934,
airfrancelasaga.com (Palme mit Flieger)

ISBN 978-3-96311-511-0

Printed in the EU